JAKOB O MENTIROSO

JUREK BECKER

JAKOB O MENTIROSO

Tradução:
REINALDO GUARANY

COMPANHIA DAS LETRAS

Dados de Catalogação na Publicação (CIP) Internacional
(Câmara Brasileira do Livro, SP, Brasil)

Becker, Jurek, 1937-
B356j Jakob o mentiroso / Jurek Becker ; tradução Reinaldo Guarany. -- São Paulo : Companhia das Letras, 1987.

ISBN 85-85095-33-4

1. Romance alemão I. Título.

87-1168 CDD-833.91

Índices para catálogo sistemático:
1. Romances : Século 20 : Literatura alemã 833.91
2. Século 20 : Romances : Literatura alemã 833.91

Título original:
Jakob der Lügner
Roman

Capa:
João Baptista da Costa Aguiar

Revisão:
Marcia Copola
Regina Colonéri
Telma Domingues

1987

Editora Schwarcz Ltda.
Rua Barra Funda, 296
01152 — São Paulo — SP
Fones: (011) 825-5286 e 67-9161

Eu já ouço todos dizerem: uma árvore, o que é isso?, um tronco, folhas, raízes, pequenos escaravelhos no córtex e uma copa bem-educada quando chega no alto, e daí? Eu os ouço dizer: você não tem nada melhor em que possa pensar para que seus olhos brilhem como os de uma cabra faminta à qual se mostre um belo e grosso tufo de grama? Ou talvez você esteja querendo se referir a uma árvore especial, uma bem distinta, a qual, que sei eu?, possivelmente tenha dado seu nome a uma batalha, algo como a Batalha junto à Pistácia, é de uma assim que você está querendo falar? Ou alguém em particular foi enforcado nela? Tudo errado, ninguém foi enforcado? Muito bem, é bem verdade que não tem a menor graça, mas, se lhe dá tanto prazer assim, vamos continuar um pouco mais com essa brincadeira ridícula, como você quiser. Porventura você se refere ao leve ruído que as pessoas chamam de ramalhar, quando o vento encontrou sua árvore, quando ele, por assim dizer, toca nas folhas? Ou à quantidade de metros úteis de madeira que se escondem num tronco como esse? Ou você se refere às famosas sombras que ela proporciona? Já que, quando se fala em sombras, todos pensam estranhamente em árvores, embora as casas e os altos-fornos dêem sombras bem maiores. Você está se referindo às sombras?

Tudo errado, digo eu então, vocês podem parar de adivinhar, claro que não vão conseguir. Não estou me referindo a nada disso embora o poder do calor não deva ser desprezado; refiro-me de modo bem simples a uma àrvore. Tenho minhas razões para isso. Em primeiro lugar, as árvores desempenharam um certo papel em minha vida, o qual é possível que seja superestimado por mim, contudo é assim que eu sinto. Aos nove anos, caí de uma árvore, aliás de uma macieira, e quebrei a mão esquerda. Tudo se curou de novo, de uma certa forma, porém há alguns movimentos difíceis que, desde então, não pude mais realizar com os dedos da mão esquerda. Menciono isso porque foi tido como coisa decidida que um dia eu me tornaria violinista, mas ísso não tem nenhuma importância em si. Primeiro foi minha mãe quem quis, depois meu pai também quis e, no final, nós três queríamos assim. Portanto, nada de violinista. Alguns anos mais tarde, eu já havia completado dezessete, dormi com uma moça pela primeira vez na vida, debaixo de uma árvore. Dessa vez foi uma faia de uns bons 15 metros de altura, a moça se chamava Esther, ou não, Moira, creio, de qualquer modo era uma faia e um javali nos incomodou. Poder ser que também tenham sido vários. Não tivemos nem tempo de nos virar. E de novo, alguns anos mais tarde, minha mulher, Chana, foi fuzilada sob uma árvore. Não posso dizer de que tipo, eu não estava presente, apenas me contaram, e eu me esqueci de perguntar sobre a árvore.

E agora a segunda razão por que meus olhos brilham quando penso nesta árvore, provavelmente ou mesmo com toda certeza a mais importante das duas. É que neste gueto as árvores foram proibidas (decreto nº 31: "É rigorosamente proibido manter plantas úteis ou ornamentais de quaisquer tipos no território do gueto. O mesmo vale para as *árvores*. Caso alguma planta silvestre não tenha sido notada quando da instalação do gueto, esta deve ser removida o mais rápido possível. As transgressões serão...").

Hardtloff inventou isso, o diabo sabe o motivo, talvez por causa dos pássaros. Em contrapartida, milhares de outras coisas também foram proibidas, anéis e outros objetos de valor, ter animais, ficar na rua depois das oito, não faria o menor sentido querer enumerar tudo. Eu imagino o que acontece com alguém que tenha um anel no dedo e seja encontrado na rua, com um cachorro, depois das oito. Mas não, eu não imagino isso propriamente, eu não penso nem um pouco em anéis, cães e horas. Penso apenas nesta árvore, e meus olhos brilham. Compreendo tudo, quero dizer, posso entender do ponto de vista teórico, vocês são judeus, são menos que uma merda, para que precisam de anéis e por que haveriam de perambular pela rua depois das oito? Tencionamos fazer isso e aquilo com vocês e queremos fazer assim e assado. Isso eu compreendo. Choro por causa disso, eu os mataria a todos se pudesse, torceria o pescoço de Hardtloff com minha mão esquerda, cujos dedos já não conseguem mais realizar nenhum movimento difícil, contudo a coisa entra na minha cabeça. Mas por que nos proibiram as árvores?

Já tentei me livrar desta maldita história milhares de vezes, sempre em vão. Ou aqueles a quem eu quis contá-la não eram as pessoas certas ou cometi algum erro. Confundi muitas coisas, troquei nomes ou, como já foi dito, não eram as pessoas certas. Todas as vezes que bebi um par de aguardentes ela esteve presente, não consigo me defender. Não devo beber tanto, todas as vezes eu penso que serão as pessoas certas e penso que tenho tudo muito bem ponderado, que nada mais pode me acontecer durante o relato.

Em compensação, Jakob, quando olhamos para ele, não lembra uma árvore de maneira nenhuma. Existem de fato tais homens dos quais se diz: um sujeito parecido com uma árvore, grande, forte, um pouco impetuoso, em quem gostaríamos de nos apoiar durante alguns minutos todos os dias. Jakob é bem menor, ele chega no máximo ao ombro do sujeito parecido com uma árvore. Tem medo como todos nós, a bem da verdade, ele em nada se diferencia de Kirschbaum ou do natural de Frankfurt ou de mim ou de Kowalski. A única coisa que o distingue de todos nós é que sem ele não poderia ter acontecido esta maldita história. Mas mesmo quanto a isso as pessoas podem ter opiniões diferentes.

É noite portanto. Não perguntem a hora exata, somente os alemães sabem, nós não temos nenhum relógio. Já faz um bom tempo que escureceu, a luz está acesa em algumas janelas, isso deve bastar. Jakob se apressa, já não tem mais muito tempo, de há muito que escureceu. E de repente Jakob não tem mais tempo nenhum, nem mesmo meio segundo, pois clareia em volta dele. Isso acontece no meio da calçada da Kurländische, próximo ao limite do gueto, onde outrora os costureiros tinham seu centro. Lá está a sentinela, 5 metros acima de Jakob, numa torre de madeira atrás do arame colocado de um lado a outro da calçada. A princípio ele não diz nada, apenas segura Jakob com o holofote, bem no meio da calçada, e espera. À esquerda, na esquina, está a antiga loja de Mariutan, um romeno imigrado que nesse meio tempo tivera de voltar para a Romênia a fim de defender no front os interesses de seu país. E à direita está o antigo negócio de Tintenfass, um judeu do país que nesse meio tempo se encontra no Brooklyn, Nova York, costurando roupas femininas de primeira. E no meio, sobre as pedras da calçada e sozinho com seu medo, está Jakob Heym, na verdade já velho demais para tais testes de nervos, ele arranca a boina da cabeça, não consegue reconhecer nada na luz, sabe apenas que em algum lugar dessa claridade estão dois olhos de soldado que o acharam. Jakob repassa os delitos mais prováveis e não tem consciência de nenhum. Ele traz consigo a carteira de identidade, não faltou ao trabalho, a estrela no peito se encontra no exato local prescrito, ele nem sequer olha para ela, e a das costas Jakob só costurou há dois dias. Se o homem não atirar logo, Jakob poderá responder a todas as perguntas de modo satisfatório, claro que ele só precisará perguntar.

— Estou enganado ou é proibido ficar na rua depois das oito? — diz o soldado finalmente. Um soldado do tipo jovial, a voz nem sequer soa zangada, soa mais para o suave, ele teria vontade de conversar um pouco, o humor não deve ser frustrado.

— É proibido — diz Jakob.

— E que horas são agora?

— Não sei.

— Mas você devia saber — diz o soldado.

Nesse momento, Jakob poderia dizer "é verdade", ou poderia perguntar "como?", ou poderia perguntar "então, que horas são?". Ou poderia se calar e esperar, e é isso que ele faz, é o que lhe parece mais conveniente.

— Você sabe pelo menos que prédio é aquele lá embaixo? — pergunta o soldado depois de constatar que seu parceiro não é o homem certo para se entabular uma conversa.

Jakob sabe. Ele não viu para onde o soldado indicou com a cabeça ou apontou com o dedo, ele vê apenas o deslumbrante holofote, atrás dele estão muitas casas, mas no atual estágio das coisas apenas uma interessa.

— O quartel — diz Jakob.

— É lá que você vai entrar agora. Apresente-se ao oficial de guarda, diga-lhe que você ficou na rua depois das oito e lhe peça uma punição justa.

O quartel. Jakob não sabe muita coisa a respeito desse prédio, ele sabe que lá se encontra alguma administração alemã, pelo menos é o que as pessoas contam. Nada se sabe sobre o que é administrado ali. Ele sabe que lá antes funcionava a repartição de finanças, sabe que existem duas saídas, uma que dá para a frente e outra para o gueto. E sabe sobretudo que são muito poucas as perspectivas de um judeu sair vivo daquela casa. Até hoje ninguém teve conhecimento de um caso assim.

— Alguma coisa? — pergunta o soldado.

— Não.

Jakob se vira e vai embora. O holofote o acompanha, chama sua atenção para as irregularidades do calçamento, faz com que suas sombras fiquem cada vez mais compridas, faz com que as sombras cheguem à pesada porta de ferro com os pequenos postigos redondos e cresçam em torno dela quando Jakob ainda tem muitos passos a caminhar.

— E o que você vai pedir? — pergunta o soldado.

Jakob pára, volta-se, paciente, e responde:

— Uma punição justa.

Ele não grita, apenas as pessoas descontroladas e desrespeitosas gritam, ele fala, mas também não baixo demais para que o homem da luz possa compreendê-lo com clareza à distância, ele se esforça para encontrar o tom correto. Precisam notar que ele sabe o que deve pedir, basta que lhe perguntem.

Jakob abre a porta, torna a fechá-la com rapidez entre ele mesmo e o homem do holofote e olha para o longo corredor vazio. Já estivera ali muitas vezes, antes havia uma mesinha logo à esquerda, junto à porta, atrás dela sentava um funcionário insignificante, conforme Jakob podia recordar, sempre o senhor Kominek, que perguntava a todos os visitantes que entravam:

— Em que lhe posso servir?

— Eu gostaria de pagar meus impostos do semestre, senhor Kominek — dissera Jakob.

Mas Kominek agira como se nunca houvesse visto Jakob, embora tivesse freqüentado o bar de Jakob de outubro até o final de abril, comendo lá bolo de batata.

— Categoria profissional? — perguntara Kominek.

— Pequeno negociante — dissera Jakob. Não deixara que a raiva fosse notada, nem a mínima, todas as vezes Kominek pegara quatro bolos no mínimo e, de vez em quando, ele ainda levara a mulher.

— Nome? — perguntara então Kominek.

— Heym, Jakob Heym.

— Letras de F a K, sala dezesseis.

Mas, quando Kominek ia até ele no bar, não pedia bolos, apenas dizia: ''O de sempre'', já que era um freguês habitual.

No lugar onde outrora se situava a mesa, não há agora mais nenhuma mesa, todavia ali onde ficavam suas pernas ainda se vêem quatro impressões no assoalho. Em contrapartida, a cadeira não deixou nenhum vestígio, provavelmente por não ter ficado tão persistente sobre um único e mesmo lugar, como a mesa. Jakob se recosta na porta e descansa um pouco, os últimos minutos não foram fáceis, mas que importância tem isso ainda? O cheiro da casa ficou diferente, um tanto quanto melhor. Desapareceu o fedor de amônia que antes pairava no corredor, em compensação, de uma maneira inexplicável, havia um cheiro mais civil. Há no ar um pouco de couro, suor feminino, café e uma brisa de perfume. Uma porta é aberta bem no fundo do corredor, sai uma mulher de vestido verde, dá alguns passos, ela tem belas pernas retas, entra numa outra sala, duas portas estão abertas, ouve-se quando ela ri, a mulher sai da sala, retorna, as portas se fecham novamente, o corredor volta a ficar vazio. Jakob continua encostado na porta de ferro. Tem vontade de sair, talvez o homem do holofote já não esteja mais esperando por ele, talvez tenha procurado alguma coisa nova, mas talvez ele ainda esteja esperando, é muito pouco provável que não esteja esperando mais, a última frase do soldado soara de modo tão definitivo.

Jakob entra no corredor. Não está escrito nas portas das salas o nome de quem lá se encontra, somente números. É possível que o oficial de guarda ocupe a sala em que antes se instalava o diretor da repartição, mas isso não é certo, e não é recomendável que se bata à porta errada. O que você quer, uma informação? Vocês ouviram isso, ele quer uma informação! Nós tencionamos fazer isso e aquilo com ele e ele simplesmente entra aqui querendo uma informação!

Jakob ouve ruídos atrás da quinze, outrora pequenos negociantes, letras de A a E. Ele encosta o ouvido na porta, tenta escutar, não consegue entender nada, exceto palavras isoladas que não formam nenhum sentido, mas, mesmo que a madeira fosse mais fina, ele não conseguiria muita coisa, pois quase nenhum homem se dirige a um outro dizendo "senhor oficial de guarda". De repente, a porta se abre, justamente a quinze, por sorte as portas dali se abrem para fora, de modo que o homem que sai não vê Jakob, o qual é encoberto pela porta. Também por sorte o homem deixa a porta aberta, ele voltará em pouco tempo, quando alguém acredita que está entre íntimos deixa as portas abertas, e Jakob mantém sua cobertura. Um rádio está ligado lá dentro, ele crepita alguma coisa, com certeza um de seus programas populares, mas nenhuma música. Desde que chegou a este gueto, Jakob nunca mais ouviu música, nenhum de nós ouviu, apenas quando alguém cantava. Um locutor relata coisas sem importância de um quartel-general, alguém foi promovido a tenente-coronel após a morte, depois vem algo sobre o abastecimento assegurado da população e, em seguida, até mesmo esta notícia chega a alcançar o locutor: "Numa acirrada batalha da defesa, nossas tropas, combatendo heroicamente, conseguiram deter o ataque bolchevique a 20 quilômetros de Bezanika. No decorrer das operações militares, que de nossa parte..." Então o homem torna a entrar em sua sala, fecha a porta, e a madeira é muito grossa. Jakob fica parado, ele ouviu demais, Bezanika não fica muito longe, não se trata de dois passos dali, não, mas não fica infinitamente longe. Ele nunca esteve lá antes, acabara de escutar alguma coisa sobre Bezanika, trata-se de uma cidade bem pequena, quando se viaja de trem passando por

Mieloworno em direção ao sudeste, passando pela capital de comarca Pry, onde seu avô materno dirigira uma farmácia, fazendo-se lá a baldeação na direção de Kostawka, então, num dado momento, deve-se chegar a Bezanika. Talvez sejam uns bons 400 quilômetros, talvez até mesmo 500, oxalá não mais, e lá estão eles agora. Um morto ouviu uma boa notícia e se alegra, ele gostaria de se alegrar por mais tempo, porém a situação, o oficial de guarda espera por ele, e Jakob precisa seguir adiante. O próximo passo é o mais difícil, Jakob tenta dá-lo, mas em vão. A manga de seu paletó está presa na fenda da porta, o homem que retornou à sala o prendeu sem nenhuma má intenção, ele apenas fechou a porta às suas costas e Jakob ficou preso. Ele puxa com cuidado, a porta foi bem trabalhada, ajusta-se com exatidão, não há nenhuma folga, nenhuma folha de papel poderia deslizar através dela. Jakob cortaria com prazer o pedaço de manga, mas sua faca está em casa, com os dentes, dos quais falta a metade, não faz nenhum sentido. Ele tem a idéia de tirar o paletó, simplesmente tirá-lo e deixá-lo preso, para que ainda precisa de um paletó? Já tirou uma das mangas quando lhe ocorre que, claro, ainda precisa do paletó. Não para o inverno vindouro, quando se está ali o próximo frio não assusta, o paletó será necessário para o oficial de guarda, caso este ainda seja encontrado, para o oficial de guarda que com certeza pode suportar a visão de um judeu sem paletó, a camisa de Jakob está limpa e tem poucos remendos, mas dificilmente suportaria a visão de um judeu sem as estrelas no peito e nas costas (decreto nº 1). No verão passado, as estrelas estavam na camisa, ainda se podem ver os furos da agulha, no entanto agora não estão mais, agora estão no paletó. E ele torna a vesti-lo, pára nas estrelas, puxa com mais firmeza, ganha alguns milímetros, mas não o bastante. A situação é, como se diz, desesperadora, ele puxa com toda força, alguma coisa se rasga fazendo ruídos e a porta se abre. Jakob cai no corredor, sobre ele se encontra um homem em trajes civis muito admirado, então ele ri e fica sério novamente. O que Jakob está procurando ali? Jakob se levanta e escolhe as palavras exatas. Não que ele tivesse estado na rua depois das oito, não, a sentinela que o detivera havia dito que já seriam oito horas e que ele devia se apresentar ali ao senhor oficial de guarda.

— E então você ficou espreitando aqui?

— Eu não fiquei espreitando. Nunca estive aqui e não sabia qual era a sala. Por isso estava justamente querendo bater aqui na porta.

O homem não faz mais perguntas, indica com a cabeça o fundo do corredor. Jakob passa por ele e anda até que o homem diz "aí"; não é a sala do diretor da repartição. Jakob encara o homem e, em seguida, bate à porta. O homem vai embora de novo, mas lá dentro ninguém responde.

— Entre — o homem diz e desaparece em sua porta, quando Jakob pressionou a maçaneta.

Jakob na sala do oficial de guarda, ele pára junto à porta, desde que foi encontrado pelo homem do holofote ainda não tornou a pôr a boina na cabeça. O oficial de guarda é um homem bem jovem, de trinta anos no máximo. Tem cabelos castanho-escuros quase negros, levemente ondulados. Não dá para reconhecer sua patente, ele está de camisa, a jaqueta está pendurada num cabide de parede, de forma que não se podem ver as dragonas. Sobre a jaqueta se encontra o cinturão de couro com a pistola. Isso é um tanto ou quanto ilógico, na verdade ele deveria estar pendurado debaixo da jaqueta, é claro que primeiro se desafivela o cinturão e depois se tira a jaqueta, mas ele estava pendurado em cima. O oficial de guarda está deitado num sofá de couro preto, dormindo. Jakob acredita que ele esteja dormindo profundamente, Jakob já ouviu muitas pessoas dormindo, tem o ouvido aguçado. O oficial não está roncando, contudo sua respiração é profunda e regular, Jakob precisa se fazer notar de algum modo. Em geral, as pessoas pigarreiam, mas ali não dá, isso se faz quando se chega à sala de alguém bem conhecido. Quer dizer, quando se chega à casa de uma pessoa muito conhecida tampouco se pigarreia, basta dizer "acorde, Salomon, estou aqui" ou simplesmente se dá um tapinha no ombro do outro. Porém, mesmo assim não dá para pigarrear, isso está mais ou menos entre ali e Salomon. Jakob quer bater à porta, deixa cair a mão, vê que há um relógio em cima da escrivaninha, virado para o oficial. Jakob precisa saber que horas são, não existe mais nada que ele precise saber com tanta urgência. O relógio marca 19h36, Jakob retorna à porta em silêncio. Eles fizeram uma brincadeira com você ou, por outra, não eles, apenas aquele atrás do holofote, aquele fez uma brincadeira com você e você se deixou enganar.

Jakob ainda tem 24 minutos e, se forem decentes, até mesmo 24 minutos mais o tempo que lhe está custando a parada ali. Ele ainda não bateu à porta, reconhece o sofá de couro negro em que está deitado o oficial de guarda. O próprio Jakob já sentou nele, o sofá pertenceu a Rettig, ao corretor Rettig, um dos homens mais ricos da cidade. No outono, Jakob pedira 35 marcos emprestados a ele, a juros de 20%, pois todo o verão havia sido tão frio que quase não se puderam vender sorvetes. Os rendimentos foram baixos como nunca, nem mesmo seu famoso sorvete de framboesa tivera saída, já em agosto Jakob se vira obrigado a começar com os bolos, mas tão cedo assim ele não havia reunido dinheiro algum para as batatas e precisara pedir emprestado. E em fevereiro ele colocara 36 marcos em cima do sofá quando fora devolver o dinheiro a Rettig. Esperara por ele na ante-sala, Jakob ficara sentado uma hora esperando por Rettig. Ainda se admirara com o desperdício, com o couro se poderiam fazer tranqüilamente dois casacos ou três paletós, e agora estava ali, na ante-sala. O oficial de guarda se vira de lado, suspira, masca algumas vezes, um isqueiro desliza para fora do bolso de sua calça e cai no chão. Agora Jakob precisa despertá-lo sem falta, não seria bom que ele acordasse sem que Jakob o despertasse. Do lado de dentro da sala ele bate à porta, o oficial de guarda diz "sim?", mexe-se, continua dormindo. Jakob bate mais uma vez, como é que se consegue dormir um sono tão profundo?, ele bate com força, o oficial de guarda senta antes de acordar direito, esfrega os olhos e pergunta:

— Que horas são?

— Passam-se alguns minutos das 19h30 — diz Jakob.

O oficial de guarda termina o esfregar de olhos, agora olha para Jakob, esfrega os olhos mais uma vez sem saber se deve ficar com raiva ou rir, aquilo nunca aconteceu antes, afinal ninguém acreditaria nele. Ele se levanta, tira o cinturão do cabide, a jaqueta, veste-a, afivela o cinturão. Senta atrás da escrivaninha, recosta-se, estica bem os braços para os lados.

— A que devo a honra?

Jakob quer responder alguma coisa, não consegue, a boca está tão ressecada, o mesmo parece estar acontecendo ao oficial de guarda.

— Só não me venha com falsas vergonhas — diz o oficial de guarda —, trate de ir soltando a língua. Onde é o incêndio?

Junta-se na boca um pouco de saliva, claro que aquele ali é um homem amigável, talvez seja novo aqui, talvez não conheça ainda a má fama da casa. Por um momento, ocorre a Jakob que possivelmente ele se enganou na distância, que talvez Bezanika não seja tão longe, que no final não são 300 quilômetros e sim um trecho bem menor, talvez o homem em sua frente esteja com medo, o esperto homem se previne, para tudo deve haver uma explicação natural. Mas depois lhe ocorre que a notícia do locutor acabou de chegar, que o oficial de guarda estava dormindo, que ainda não poderia tê-la ouvido. Por outro lado, pode ser de extrema valia que ele ainda não a tenha ouvido, no rádio se falou que os russos haviam sido detidos, afinal eles conseguiram parar o avanço, então vocês conseguiram algo, talvez ele esteja pensando que eles ainda vão se aproximar mais. Jakob calcula por um tempo longo demais, o oficial de guarda se impacienta, isso não é inteligente, formam-se rugas em sua testa.

— Você não conversa com alemães?

Mas é natural que Jakob conversa com alemães, como haveria ele de não conversar com os alemães, essa impressão não deve ser despertada pelo amor de Deus, afinal de contas claro que todos somos pessoas sensatas, daí podermos conversar uns com os outros.

— O senhor sentinela da torre da Kurländische disse para eu me apresentar ao senhor. Disse que eu estava na rua depois das oito.

O oficial de guarda olha para o relógio em sua frente, em cima da mesa, puxa a manga da camisa e também dá uma olhada em seu relógio de pulso.

— E fora isso não disse mais nada?

— Ele também disse que eu devia pedir uma punição justa.

A resposta não pode causar nenhum mal, pensa Jakob, ela soa tão obediente, irresistivelmente honesta, alguém que vá tão longe com sua franqueza poderia ter aspirações a um tratamento justo, sobretudo quando não foi cometido o delito que lhe imputam, qualquer relógio pode atestar.

— Como você se chama?

— Heym, Jakob Heym.

O oficial de guarda pega papel e lápis, anota algo, não apenas o nome, ele escreve mais, torna a olhar para o relógio, está ficando cada vez mais tarde, segue escrevendo, quase meia página, em seguida afasta o papel. Abre uma caixinha, retira um cigarro e procura no bolso da calça. Jakob vai até o sofá de couro negro, abaixa-se, pega o isqueiro do chão, coloca-o em cima da mesa, diante do oficial de guarda.

— Obrigado.

Jakob volta a se postar diante da porta, nessa oportunidade ele viu que no relógio em cima da mesa já passou de 19h45. O oficial de guarda acende o cigarro, dá uma tragada, seus dedos brincam com o isqueiro, ele o acende algumas vezes e depois torna a fechá-lo, a chama já está bem pequena.

— Você mora longe daqui? — pergunta ele.

— A menos de 10 minutos.

— Vá para casa.

Deve-se acreditar nisso? A quantos ele já disse o mesmo e eles não saíram dali? O que fará ele com sua pistola quando Jakob se virar? O que há lá fora, no corredor? Como se comportará a sentinela ao ver que Jakob escapou de seu justo castigo? Por que haveria de ser Jakob Heym, justamente este pequeno, insignificante e trêmulo Jakob Heym com lágrimas nos olhos, o primeiro judeu a poder contar qual a aparência do quartel? Como se diz, são necessários outros seis dias de Criação, a confusão ficou ainda maior que antes.

— Ora, vamos, suma — diz o oficial de guarda.

O corredor está vazio de novo, quase já se pode contar com isso, caso ele entre nos cálculos das pequenas fontes de perigo. Mas depois tem a porta de saída. Teria ela feito ruídos antes, quando da abertura, teria sido aberta silenciosamente ou teria rangido ou chiado ou se arrastado? Vá e preste atenção em tudo, coisa nem um pouco possível, se pelo menos se soubesse antes que, mais tarde, isso teria alguma importância. Mas o que significa importância? Sensatamente pensando, não tem a menor importância se ela se move em silêncio ou não. Se ela não range, será aberta e, se range, por acaso Jakob deverá ficar ali, faltando 10 minutos para as oito?

A maçaneta é pressionada para baixo, com todo cuidado. Uma pena que não exista nenhuma outra palavra para cuidado, no máximo com todo cuidado ou com um cuidado infinito, tudo muito longe do que se quer dizer. Talvez se pudesse dizer abra a porta em silêncio, se ele ouvir pode-lhe custar a vida, a vida que de repente ganhou sentido. E assim ele abre. E depois Jakob chega do lado de fora, com todo frio que surge de uma só vez, a ampla praça está em sua frente, uma vontade de atravessá-la. A espera ficou longa demais para o homem do holofote, ele se diverte em alguma parte, parado, descansa enfim para novas aventuras. Ficar sempre bem grudado na parede, Jakob, assim está bem, quando você chegar no canto da casa trinque os dentes e atravesse os 20 metros da praça. Então, se ele notar alguma coisa, primeiro precisará se virar e procurar, mas aí a esquina já estará ali, miseráveis 20 metros.

São exatamente 20 metros, já medi o trajeto, exatos 19 metros e 67 centímetros. Estive lá, a casa ainda está de pé, inteiramente intata, apenas a torre da sentinela não existe mais. Todavia, mandei que me mostrassem o local exato, no meio da calçada da Kurländische, depois medi o caminho com os passos, tenho uma boa noção de um metro. Contudo, isso não me bastou, comprei uma fita métrica, depois voltei lá e procedi a outra medição. As crianças ficaram assistindo e me tomaram por um homem importante, e as pessoas ficaram olhando admiradas e me tomaram por louco. Até mesmo um policial apareceu, pediu-me o documento e perguntou o que eu queria medir ali, de qualquer modo são 19 metros e 67 centímetros, isso é certo.

A casa chega ao fim, Jakob se prepara, poucos minutos para as oito são quase 20 metros a ganhar, a coisa é quase segura e é mesmo. Será que se precisaria ser um rato? Um rato é tão discreto, pequeno e silencioso? E você? Segundo o decreto, você é um piolho, um percevejo, todos nós somos percevejos que, por capricho do nosso Criador, saímos extravagantes percevejos ridiculamente grandes, e quando foi que um percevejo já desejou trocar de lugar com um rato? Jakob toma a decisão de não correr, ele prefere andar devagar, assim se tem melhor domínio sobre os ruídos. Sempre se pode apressar, caso haja algum movimento no holofote. Na metade do caminho ele ouve a voz da sentinela, nada de medo, não se dirigia a ele, a sentinela diz "sim, senhor!". Em seguida, torna a dizer "sim, senhor!" e mais uma vez, a única explicação é que ele está falando ao telefone. Talvez tenha telefonado para ele uma outra sentinela também entediada. Porém, para esta ele não ficaria dizendo continuamente "sim, senhor", isso está excluído. Portanto, seria o comandante do posto de sentinela que estaria dando uma ordem qualquer? No fundo, isso não tem a menor importância, mas vamos ficar com o caso mais favorável, o oficial de guarda está na linha. Mas o que lhe deu na cabeça?, você ficou maluco?, dar um susto desses em pobres judeus inocentes! ("Sim, senhor!") Por acaso você não viu que o homem ficou todo perturbado, que suas pernas tremiam de medo?! Que isso não me aconteça outra vez, entendeu? ("Sim, senhor!") No quarto "sim, senhor" chega à esquina, que ele continue conversando até lhe crescer a barba, então, em menos de 10 minutos Jakob chega em casa.

Jakob divide o quarto com Josef Piwowa e Nathan Rosenblatt. Eles se conheceram somente aí, nesse quarto, ninguém pode gostar muito de ninguém, o aperto e a fome fazem a discórdia, contudo para sermos justos é preciso que se diga que já o primeiro cumprimento foi bem cerimonioso.

Rosenblatt morreu um ano antes do feliz regresso de Jakob, ele devorou um gato que foi imprudente o bastante para desprezar o cartaz de advertência no arame e, um dia, caiu morto de fome no pátio. Rosenblatt foi o primeiro a achá-lo e, como dissemos, devorou-o e morreu disso. Piwowa morreu há apenas três meses. Sua morte foi acompanhada de certas circunstâncias misteriosas, constatou-se apenas que foi fuzilado por um guarda da fábrica de sapatos em que trabalhava. Ele foi impertinente, disse palavras que, mesmo em tempos normais, é melhor não dizer a um guarda e, como conseqüência, o homem, encolerizado, atirou nele. Uma teoria se baseia em que Piwowa não soube refrear seu temperamento, ele sempre foi descontrolado e era assim que um dia devia terminar. Em contrapartida, outros afirmam que ali nada se esclarecia pelo temperamento e pelas emoções, eles dizem que se tratou de um suicídio bem comum, mesmo que tenha sido perpetrado por meio tão hábil. De qualquer modo, Piwowa está morto há três meses e Rosenblatt há um bom ano, sua cama se foi pela chaminé no último inverno, e a de Piwowa ainda espera, no porão de Jakob, acha por acha, pelos vindouros tempos frios. Até agora não chegaram novos reforços em termos de companheiros de quarto, as provisões são produzidas, malditos ou amaldiçoados sejam todos os gatos e guardas, em todo caso eles não se gostavam. Rosenblatt se mantém calado pelo menos, quando está em casa senta na cama de olhos fechados e reza, é o último a ir dormir e o primeiro a levantar, já que seus debates com Deus custam um longo tempo. Ele não abandonou esse hábito nem mesmo após a morte, contudo pelo menos fica calado, sentado e calado de olhos fechados e, no máximo, arrisca um olhar de vez em quando.

Piwowa é dado a brigas. Foi o último a ser alojado e age como se fosse o primeiro a estar ali. Arruma tudo de novo, precisa ficar deitado com os pés para a janela, a ração de pão deve ser escondida dele. Digamos tranqüilamente, antes Piwowa trabalhou na floresta como caçador clandestino. Seu pai já era caçador clandestino, ele próprio foi um ainda melhor, filhos não tem nenhum.

Portanto, Jakob chega em casa. O dia foi extenuante, muita coisa vivida, sofrida, aturada, tremida, ouvida. Alegrem-se, irmãos, fiquem loucos de alegria, os russos estão a 20 quilômetros de Bezanika, se é que isso lhes diz alguma coisa! Abra os olhos, Nathan Rosenblatt, pare de brigar, Piwowa, os russos estão a caminho, vocês não compreendem?, a 20 quilômetros de Bezanika! Entretanto, Rosenblatt segue rezando, Piwowa continua deitado com os pés para a janela, que fiquem deitados e briguem e rezem e fiquem mortos, Jakob está em casa, e os russos devem se apressar.

Agora queremos bater um papo.

Queremos bater um papo como cabe numa história de verdade, permitam-me a pequena alegria, sem um papo tudo fica tão miseravelmente triste. Apenas algumas palavras sobre discutíveis recordações, algumas palavras acerca da vida ligeira, queremos assar um rápido bolo com ingredientes modestos, comer apenas um pedacinho e empurrar o prato novamente para o lado antes que percamos o apetite por outro motivo.

Estou vivo, quanto a isso não há a menor dúvida. Estou vivo, e nenhum homem pode me forçar a beber e a me lembrar de árvores e de Jakob e de tudo que tenha a ver com isso. Pelo contrário, já me oferecem algo, devo ter alguns lindos dias, só se vive uma vez, meu caro. Para onde quer que eu olhe, mudança, novas serenas preocupações com um pouco de desdita entremeada, mulheres, isso ainda não acabou, bosques arborizados, túmulos cuidados que, por qualquer motivo, recebem tal quantidade de flores frescas que quase fica parecendo um desperdício. Não quero ser indiscreto. Piwowa, a quem nunca mais vi, era indiscreto, as pessoas precisavam esconder dele as provisões de animais e a ração do pão, mas eu não sou Piwowa.

Chana, minha briguenta mulher, disse uma vez para mim:

— Você está enganado — era assim que começava quase toda frase dirigida a mim —, um homem é modesto quando está satisfeito com aquilo a que tem direito. Não com menos.

Visto assim, devo estar muito satisfeito, às vezes me sinto até mesmo regalado, as pessoas são amigáveis, atenciosas, esforçam-se para parecer pacientes, não posso me queixar.

Às vezes, eu digo, essa foi toda a história, eu lhe agradeço por ter ouvido, você não precisa me provar nada.

— E também não estou querendo em absoluto. Mas você precisa saber que tenho vinte e nove...

— Você não precisa me provar coisa alguma! — eu digo mais uma vez.

— Sim, claro. Mas, quando a guerra chegou ao fim, eu tinha apenas...

— Vá tomar no cu — eu digo, levanto-me e vou embora. Após cinco passos fico furioso comigo mesmo por ter sido tão rude, tão desnecessariamente agressivo, e ele não imaginou nada. Mas eu não me viro e sigo adiante. Ao sair, pago minha conta ao garçom, olho para trás por cima do ombro, em direção à mesa, e vejo que ele está sentado lá, sem entender nada do que se passou, e eu fecho a porta às minhas costas e não quero lhe explicar.

Ou estou deitado na cama com Elvira. Para que fique claro, tenho quarenta e seis anos, nasci em 1921. Estou deitado na cama com Elvira, estamos empregados numa fábrica, ela tem a pele mais branca que já vi. Acho que vamos nos casar um dia. Ainda estamos com a respiração pesada, nunca conversamos a esse respeito, então, de repente, ela me pergunta:

— Diga, é verdade mesmo que você...

O diabo sabe quem contou para ela, ouço a compaixão em sua voz e fico maluco. Vou ao banheiro, sento-me na banheira e começo a cantar para não fazer alguma coisa da qual, sei muito bem, me lamentarei após cinco passos. Quando retorno depois de meia hora, ela, ferida, me pergunta o que foi que tive de repente, e eu digo "nada" e lhe dou um beijo e apago a luz e tento adormecer.

Toda a cidade está situada no verde, o ambiente é sempar, os parques são cuidados, cada árvore me convida a recordações, e eu faço uso abundante disso. Mas, quando ela, a árvore, me olha nos olhos, para ver se eles brilham, então devo desapontá-la, pois não é ela.

Jakob diz a Mischa.

Ele não chegou à estação de mercadorias com a intenção de contar a qualquer um, tampouco se propôs a não contar a ninguém, ele chegou à estação sem intenções. Sabia que seria difícil guardar a notícia para si mesmo, coisa difícil de fazer sempre que se trate da fina flor, as boas notícias existem para ser transmitidas. Por outro lado, sabe-se como é, o informante será responsabilizado por todas as conseqüências, com o tempo a comunicação se torna uma promessa, não se pode fazer nada contra isso. A coisa está quente na extremidade oposta da cidade, os primeiros russos já teriam sido avistados, três jovens e um que parecia ser tártaro, as velhas irão jurar, bem como os apreensivos pais. Alguém dirá que soube por aquele, e este soube por aquele e alguém na fila saberá que a coisa veio de Jakob. De Jakob Heym? Irão pedir informações sobre ele, será preciso examinar de maneira bem acurada tudo o que tenha relação com essa pergunta, a mais importante de todas, um homem probo e sério, dá uma impressão sólida, antes ele deve ter sido dono de uma modesta cantina em algum lugar por aqui. Parece que podemos nos alegrar.

Então se passarão dias, semanas se Deus achar necessário, 300 ou 500 quilômetros são um bom pedaço de terra; e os olhares que acompanham Jakob não serão mais tão amigáveis, não mais. Haverá cochichos do outro lado da rua, as velhas pecarão e lhe desejarão o pior, aos poucos o sorvete que ele vendia se tornará o pior da cidade, até mesmo seu famoso sorvete de framboesa, e seu bolo de batata nunca foi muito limpo, isso pode lhe acontecer.

Jakob arrasta com Mischa algumas caixas para um vagão.

Ou vejamos uma outra possibilidade. Heym afirma ter ouvido que os russos estão avançando, já a 400 quilômetros da cidade. Onde pode ele ter ouvido tal coisa? É justamente isso, no quartel. No quartel?! Pode se seguir um olhar de espanto, um lento balançar de cabeça, um assentir, pode responder que está confirmada a suspeita. Não o julgariam capaz disso, não logo o Heym, jamais, mas é assim que podemos nos enganar com um homem. E talvez o gueto tenha mais um suposto agente provocador.

De qualquer modo, Jakob foi à estação sem nenhuma intenção firme. Seria bonito se eles já o soubesem sem ele, se eles o tivessem recebido com a novidade, seria melhor. Ele teria ficado contente com eles, não teria revelado que havia três pessoas que já haviam sido informadas, Rosenblatt, ele e Piwowa, teria ficado de boca fechada, teria se alegrado com eles e, no máximo, perguntado depois de horas de quem teria partido a notícia. Mas tão logo Jakob chegou no recinto viu que eles ainda não sabiam, viu já por suas costas. A sorte não ocorrera e também não se podia contar com ela, duas sortes num espaço de tempo tão curto tem, no máximo, Rockefeller num domingo.

Eles levam caixas para um vagão. Jakob não é nenhuma companhia especialmente procurada nos transportes, ninguém o disputa, somente com muito esforço os gigantes brotam no forno, e as caixas são pesadas. A estação está cheia desse tipo de gente que ninguém disputa, precisam-se procurar os gigantes com lupa. Os gigantes são disputados, porém não deixam que as pessoas se relacionem, preferem se unir. Não me venha falar de camaradagem e coisas do tipo, quem assim fala não entende nada disto aqui, mas absolutamente nada. Eu mesmo não faço parte dos gigantes, eu os amaldiçoei e odiei como a peste quando tive de arrastar caixas com um moço como eu. Todavia, se eu fosse um deles, teria feito exatamente o mesmo, exatamente o mesmo e nada diferente.

Jakob e Mischa levam uma caixa para o vagão.

Mischa é um jovem alto, de vinte e cinco anos, olhos azul-claros, o que em nosso meio é uma grande raridade. Certa vez ele lutou boxe em Hakoah, apenas três lutas, das quais perdeu duas, e na outra o adversário foi desqualificado por causa de um golpe baixo. Era peso meio-médio, quer dizer, no início estava mais para o peso médio, no entanto seu treinador o aconselhou a perder alguns quilos, pois a concorrência era muito grande no peso médio. Mischa seguiu o conselho, mas não adiantou muito, mesmo no peso meio-médio ele não se saiu muito bem, como atestam suas três lutas. Ele já andou brincando com a idéia de comer até se tornar peso pesado, talvez fosse melhor nessa categoria. O gueto apareceu em sua vida quando ele andava por volta dos 85 quilos e, desde então, seu peso foi baixando aos poucos. Apesar disso ele ainda tem um certo vigor, no fundo merecia um parceiro melhor que Jakob. Muitos são de opinião que, um dia, sua benevolência ainda vai lhe custar a cabeça, mas ninguém diz para ele, talvez um dia ele mesmo tenha este prazer.

— Não fique aí de olhos vidrados na paisagem e preste atenção no caminho. Nós dois ainda vamos cair — diz Jakob.

Ele está furioso porque a caixa é muito pesada, apesar de Mischa, e sobretudo irritado por saber que Mischa será o primeiro a quem contará, só que ainda não sabe com que palavras deve começar.

Eles colocam a caixa na beira do vagão, Mischa está distraído mesmo, retornam ao depósito para buscar uma outra. Jakob tenta seguir o olhar de Mischa, ele o deixa maluco com seu olhar perdido, a estação está como sempre.

— Aquele carro lá — diz Mischa.

— Qual carro?

— No penúltimo trilho. Aquele sem teto — Mischa sussura, embora a sentinela mais próxima esteja situada a pelo menos 20 metros e nem sequer esteja olhando para eles.

— E? — pergunta Jakob.

— Há batatas no carro.

Jakob lança um olhar crítico para a próxima caixa inteira, pois são justamente batatas que se encontram lá dentro, o que há de especial nisso?, as batatas só são interessantes quando as temos, quando as podemos cozinhar ou comer cruas ou quando podemos fazer bolos com elas, mas não quando se encontram num vagão qualquer, numa estação como esta, batatas naquele vagão ali são a coisa mais entendiante do mundo. E se ali houvesse arenques em conserva ou gansos assados ou milhões de latas cheias de *Tscholent*?,* Jakob fala e fala, Mischa deve mudar de idéia e se envolver na conversa.

Só que ele não presta atenção, as sentinelas devem ser rendidas em breve, sempre fazem disso uma pequena cerimônia, com posição de sentido, apresentação e fuzil sobre o ombro, e este é o único momento em que se poderia tentar. As objeções de Jakob não devem ser levadas a sério, claro que existe um risco, muito bem, inclusive um enorme risco, e daí? Ninguém afirmou que as batatas já estão como que comidas, qualquer chance é um risco, vá se explicar isso para um homem de negócios, se não houvesse nenhum risco também não haveria nenhuma chance. Então isso seria uma coisa segura, as coisas seguras são raras na vida, o risco e a perspectiva de sucesso são os dois lados de uma só moeda.

Jakob sabe que não resta mais muito tempo, o jovem se encontra num estado tal que não se pode ter uma conversa

(*) *Tscholent*: prato típico dos judeus da Europa oriental, feito de feijão branco, cebola, batata e carne de boi, geralmente cupim; preparado na sexta-feira, antes do anoitecer, e deixado em fogo brando para ser servido no sábado. Do alemão *schule ende*, fim do serviço religioso. (N. E.)

normal com ele. E então ele vê a rendição chegar marchando em coluna e agora precisa dizer ao outro.

— Você sabe onde fica Bezanika?

— Daqui a pouco — diz Mischa agitado.

— Perguntei se você sabe onde fica Bezanika.

— Não — diz Mischa, e seus olhos acompanham a coluna em seus últimos metros.

— Bezanika está a cerca de 400 quilômetros de nós...

— Ah.

— Os russos estão a 20 quilômetros de Bezanika!

Por um momento Mischa consegue liberar seu olhar dos soldados em marcha, seus olhos raros sorriem para Jakob, no fundo a coisa é muito simpática da parte de Heym, e ele diz:

— Isso é muito simpático de sua parte, Jakob.

O golpe quase atinge Jakob. Então a pessoa se esforça, despreza todas as regras da cautela e da reserva que, claro, não são sem fundamento, então a pessoa elege um jovem idiota de olhos azuis, e o que faz o fedelho? Ele não acredita. E você não pode simplesmente ir embora, você não pode deixá-lo plantado em sua imbecilidade, dizer-lhe que vá para o diabo e simplesmente ir embora. Você precisa ficar ao seu lado, guardar sua raiva para uma outra ocasião, você nem sequer pode imaginar qual. Precisa mendigar sua boa vontade, como se sua própria vida dependesse disso. Você precisa provar que é de confiança, embora não precisasse disso em absoluto, somente ele precisa. E precisa fazer tudo isso com extraordinária rapidez, antes mesmo que eles estejam frente a frente, estalem os fuzis nos ombros e se informem de que não houve nenhum acontecimento especial.

— Você não se alegra? — pergunta Jakob.

Mischa lhe dá um sorriso amigável, "está bem", diz com uma voz que soa um pouco triste, mas na qual também se deve ouvir um certo reconhecimento pelo excitante esforço de Jakob. E depois ele volta a ter algo mais importante para observar. A coluna se aproxima mais, já passou pela pequena casa de pedras, onde os ferroviários e as sentinelas têm seu lugar de parada.

Mischa treme de excitação, e Jakob tenta fazer com que suas palavras corram mais rápido que os soldados. Ele conta sua história resumidamente, o motivo por que não começou a contá-la antes, conta do homem do holofote, do corredor do quartel, da porta que se abriu e o escondeu. A notícia que saiu da sala, a formulação, palavra por palavra, que ele se repetiu milhares de vezes nessa noite, nada acrescentado e nada calado. Ele deixa de lado o breve aprisionamento na fenda da porta, somente o essencial, também nada sobre o homem que o tinha levado ao oficial de guarda, um figurante na história, apenas sobre o próprio oficial de guarda, que deve ter sido um homem e, por conseguinte, um elo fraco na, fora isso, lógica corrente de provas. Ele havia olhado para o relógio como um homem e, em seguida, disse a Jakob para ir para casa, como um homem.

E então Jakob vê horrorizado que Mischa não poderá ser detido por mais nada, apenas pela certeza, e os soldados já estão frente a frente, deve-se golpear o inimigo quando ele menos conta com isso, portanto quando sua atenção está em baixa. Mischa se abaixou e está para dar o salto, longe estão a certeza e os russos, a última coisa que Jakob pode fazer é se lançar sobre ele e segurá-lo pela perna. Ambos caem, Jakob vê o ódio nos olhos de Mischa, ele estragou uma chance do outro, pelo menos é o que tentou. Mischa se livra, nada mais pode detê-lo, ele empurra Jakob.

— Eu tenho um rádio! — diz Jakob.

As sentinelas não atiraram. Não viram nada até agora, estão ocupadas com a representação de sua troca, foi Jakob quem atirou, atingindo no coração. Um tiro de sorte, dos quadris e sem ter mirado direito, mas mesmo assim acertou. Mischa fica sentado, imóvel, os russos estão a 400 quilômetros de nós, perto de uma Bezanika qualquer, e Jakob tem um rádio. Eles estão sentados no chão, encarando-se, nunca houve nenhum vagão com batatas, nenhum deles jamais esperou pela troca, bem de repente amanhã também é um dia. É bem verdade que continua valendo que a perspectiva de sucesso e o risco são os dois lados de uma mesma e única moeda, mas a pessoa precisa ser maluca para não ver que, de uma certa forma, deve reinar uma relação saudável entre os dois.

Eles ainda permanecem sentados durante pouco tempo, Mischa sorri feliz com os olhos como um *goi*,* de tanto que Jakob o enobreceu. Jakob se levanta, não se pode ficar sentado para sempre, ele está ainda mais furioso que antes. Foi forçado a trazer ao mundo afirmações irresponsáveis, esse idiota ingênuo aí o forçou com sua desconfiança ridícula apenas por ter tido um repentino apetite por batatas. Ele ainda vai lhe contar a verdade, não agora, mas ainda hoje, tanto faz se amanhã aquele vagão ainda estiver ali ou não. Já daqui a uma hora, no máximo dentro de uma hora, talvez até mesmo antes ele lhe diga a verdade, mas que ele ainda se alegre despreocupadamente por mais alguns minutos, coisa que não mereceu. Daqui a pouco ele não poderá mais viver sem essa alegria, então Jakob lhe diz a verdade, e então ele precisará acreditar na história do quartel, afinal isso não muda nada em relação aos russos, ele precisa acreditar.

— Recomponha-se e fique de pé. E sobretudo fique de bico calado. Você sabe muito bem o que significa um rádio no gueto. Ninguém deve ficar sabendo disso.

Para Mischa tanto faz o que significa um rádio no gueto. Que milhares de artigos o proíbam sob pena de morte, que proíbam, isso tem alguma importância quando amanhã ainda será um dia?

— Ah, Jakob...

O comandante da guarda vê um rapaz alto sentado no chão, à toa, sentado ali, nem ao menos está caído, ele se apóia

(*) *Goi*: o não-judeu, em hebraico. (N. T.)

nas mãos e olha fixo para o céu. Ele estica a jaqueta e se põe a caminho, o sujeitinho.

— Cuidado! — grita Jakob, apontando com a cabeça na direção de onde o perigo vem caminhando com ar grave.

Mischa torna a voltar a si, chega ao convívio dos homens, levanta-se, sabe o que acontecerá dentro em breve, mas não pode fazer nada contra o fato de seu rosto continuar alegre. Começa a trabalhar nas caixas, quer pôr uma no canto, e então o comandante lhe dá um soco de lado. Mischa se vira para ele, o comandante é um palmo menor que ele e precisa se esforçar um pouco para bater para o alto, atingindo o rosto de Mischa. A coisa quase parece um pouco cômica, não que seja algo para o documentário de cinema alemão, parece mais uma brincadeira da época do cinema mudo, quando o pequeno policial Charlie tenta matar o gigante de sobrancelhas espessas, tem muito trabalho, e o grande não nota nada. Todos sabem que Mischa poderia levantá-lo e fazê-lo em pedaços. Bastaria querer. O comandante ainda bate um pouco, as mãos já devem estar doendo, ele grita algo que não interessa a ninguém e só se acalma quando um filete de sangue escorre do canto da boca de Mischa. Então ele torna a esticar a jaqueta, nota muito tarde que em sua agitação perdeu o quepe, pega-o do chão, coloca-o na cabeça, retorna ao seu pessoal e manda a guarda rendida segui-lo.

Mischa enxuga o sangue na manga da camisa, pisca um olho para Jakob e pega uma caixa.

— Vamos — diz ele.

Os dois erguem a caixa, ao carregá-la a raiva de Jakob se reacende, fazendo-o trincar os dentes. Ele não é supersticioso e não existe um poder supremo, mas, inexplicavelmente, talvez só por ter sido um pouco cômico, Mischa mereceu os socos, ele acha.

— Ah, Jakob...

Nós sabemos o que acontecerá. Temos nossas modestas experiências para saber como, de vez em quando, as histórias costumam correr, temos uma certa imaginação e, em conseqüência, sabemos o que acontecerá. Mischa não conseguirá ficar de boca fechada. Proibição vai e proibição vem, não será nenhuma má-fé que romperá seu silêncio ou nem sequer o tentará primeiro, não será nenhuma hostilidade para deixar Jakob em dificuldades, será a alegria, nada mais. Parem de se suicidar, dentro em breve vocês voltarão a precisar de suas vidas. Parem de não ter esperança, os dias de nosso martírio estão contados. Esforcem-se para sobreviver, afinal vocês têm prática nisso, conhecem todos os milhares de truques por meio dos quais se faz a morte cair no vazio, claro que vocês conseguiram até hoje. Apenas sobrevivam os últimos 400 quilômetros, então terminará a sobrevivência, então começará a vida.

Estas são as razões, Mischa não poderá ficar de boca fechada, irão perguntar-lhe pelas fontes, ele as revelará, que mal há nisso? Em pouco tempo até mesmo as crianças do gueto conhecerão o grande segredo, claro que sob o selo do mais rigoroso voto de silêncio elas ficarão sabendo quando os pais, em meio à alegria, se esquecerem de sussurrar. As pessoas irão até Jakob, até o dono do rádio Heym, e vão querer saber quais são as novidades, elas chegarão com uns olhos que Jakob nunca viu antes. E o que ele lhes dirá?

Passou-se meio dia, as caixas grandes estão arrumadas nos vagões, as menores chegaram na fila, essas que um homem consegue carregar sozinho, e Jakob perdeu Mischa de vista. Quer dizer, não perdeu exatamente de vista, eles se vêem com intervalos de minutos, mas sempre alguns metros os separam, apenas de passagem, as costas sob uma carga ou a caminho de um novo fardo. Ainda não apareceu a oportunidade para uma palavra esclarecedora, não se pode simplesmente puxá-lo para o lado e dizer: na verdade, a coisa é assim e assado. Todas as vezes que os dois se vêem Mischa lhe pisca um olho ou sorri ou faz uma careta ou um aceno secreto, com uma caixa ou sem, isso quase não tem importância para ele, todas as vezes alguma coisa confidencial, nós dois sabemos o que está acontecendo. Uma vez, Jakob se esquece e pisca em resposta, mas logo torna a se lembrar, a coisa já foi longe demais, ela obstrui o caminho para a tal oportunidade. Contudo, ela não está em seu poder, sua raiva vai se enfraquecendo cada vez mais, afinal o jovem tem direito a estar alegre, como não haveria de se alegrar depois de tudo o que aconteceu?

O dia está azul, como que escolhido para a festa. A sentinela está sentada em cima de alguns tijolos no barracão de madeira, desvencilhou-se do fuzil, colocou-o ao seu lado, a cabeça encontra-se recostada na parede, mantém os olhos fechados e mais nada. Ele sorri, quase se poderia ter pena dele.

Jakob passa por ele e o observa, caminha bem devagar, examina o rosto de olhos fechados, ele conserva o sorriso, o enorme pomo-de-adão, o grosso anel de selo de ouro no pequeno dedo da sentinela. Jakob segue adiante e, como ele me disse, descobre que se tornou diferente. De repente, de um dia para o outro, seus sentidos ficaram muito mais despertos, ele começa a observar. O impassível desespero não sobreviveu às aflições da noite passada, não sobrou mais nada da apatia, agora é como se fosse preciso fixar tudo com exatidão para depois poder informar a respeito. Depois.

Jakob imagina uma brincadeirinha inocente. No caminho até o vagão ou no trajeto de volta às caixas, ele passa cada vez mais perto da sentinela adormecida. Tão perto que quase pisa suas pernas esticadas e, cada vez, rouba-lhe o sol por um breve momento. Claro que a sentinela não repara, nem sequer abre os olhos, embora não esteja dormindo, apenas mexe de leve a cabeça uma vez ou manifesta um tremor na boca, involuntário, quer parecer a Jakob, ou não faz nada.

Mas a cada passagem ele perde um pouco de sol. Jakob continua com a brincadeirinha até chegar a vez de um outro monte de caixas. A sentinela não se encontra mais no caminho, seria preciso desviar, com isso a diversão volta a ser pequena e o risco grande demais. Jakob vê com satisfação que algumas nuvenzinhas seguem fazendo sua travessura. É meio-dia então.

Um homem com uniforme de ferroviário sai da casa de pedras, sempre o mesmo, desde que trabalhamos aqui. Ele tem uma perna dura que, a cada passo, faz ruídos como um pequeno seixo caindo na água, portanto uma perna de pau. Nós o chamamos de Apito, de maneira nenhuma em tom depreciativo, pois não temos conhecimento de suas qualidades humanas ou técnicas. A única coisa que temos contra ele é que se trata justamente de um alemão, o que, quando se pensa direito, não pode ser nenhum motivo para uma má opinião, mas às vezes a necessidade atua de forma muito injusta. Tão logo sai da casa ele tira do bolso do peito um apito, preso por um cordel à casa do botão, e apita num volume considerável, como sinal de que agora é meio-dia. Esse é o único som que, à exceção do patinhar de sua perna de pau, sempre ouvimos dele, por isso o chamamos de Apito. Talvez ele seja mudo.

Nós nos postamos numa fila, de modo bem controlado, sem o menor empurra-empurra. Foi assim que eles nos ensinaram, sob a ameaça de não nos dar comida. Deve dar a impressão de que não temos nenhum apetite no momento, ah, de novo essa comida, mal começamos o trabalho e somos interrompidos por uma das muitas refeições. Portanto, nós nos postamos na fila, sem pressa, você olha à sua volta e se endireita, até que todos estejam numa linha reta imaginária, você mede com o braço esticado a distância ao homem da frente, corrige alguns centímetros para que haja a impressão de que ali se está entre homens civilizados. A colher de sopa é retirada do bolso da calça, pela mão esquerda, na costura esquerda da calça. Em seguida, da esquina do barracão, vem o carrinho de mão, a pilha de pratos de lata ao lado de dois fumegantes caldeirões verdes-de-campanha. O carrinho pára no início da fila voraz. O primeiro homem avança, abre o caldeirão, com isso ele queima regularmente o dedo, e começa a distribuição. O Apito fica ao lado, quieto e com os olhos fixos, para que a coisa ocorra de maneira justa.

Neste dia azul sou eu o distribuidor. Não sei de nada, sou sempre o último a saber de tudo, o sol me deixa irritado, estou furioso. Fico com raiva do trabalho adicional, os dedos queimados doem, sou o último a ir comer. Estalo a concha de sopa em seus pratos, eles se retiram para que eu não descubra nada de incomum em seus rostos, em nenhum rosto, mas eu também não estou prestando atenção. Nem ao menos estou vendo a quem acabo de dar a sopa, olho apenas para os pratos.

Jakob pegou sua comida, como dizem, ele vira a cabeça para olhar para Mischa, que ficou um longo tempo na fila, em sua frente. Assim, o meio-dia seria uma ocasião adequada, uma conversinha a dois sem ser perturbados, uma pequena retificação que, é claro, nada mudará no fato original. Mischa não é descoberto em parte alguma, o lugar é grande, as pessoas se dispersam com os pratos. A pausa é curta demais para uma longa procura. Jakob senta numa caixa e toma a sopa quente. Ele também é apenas um ser humano, seus pensamentos se movem bem longe do prato, o que será?, por quanto tempo mais?, e o que virá depois?, o sol lhe dá a impressão de uma hora, e ninguém faz sombra. Lá vem Kowalski.

Kowalski se aproxima.

— Ainda tem um lugarzinho desocupado aqui? — pergunta Kowalski.

Senta ao lado de Jakob e começa a tomar colheradas. Kowalski é divino. Ele se toma por uma raposa e muito esperta, em compensação, seu rosto não consegue ocultar nada, é loquaz. Quando se o conhece um pouquinho sabe-se muito bem o que está lhe acontecendo, antes mesmo que ele abra a boca. Suas palavras são sempre apenas a confirmação de suposições de há muito levantadas, quando se o conhece mesmo que somente um pouco. Todos na estação conhecem Kowalski um pouco. E Jakob o conhece desde que os dois freqüentavam a escola juntos. Aqui eles se perderam um pouco de vista, nesse tempo sombrio, é fácil dizer a razão disso. Ambos não são gigantes, uma caixa não fica mais leve quando o sujeito do outro lado é um velho amigo, isso foi provocado simplesmente pelas circunstâncias. E, em geral, não existe nenhuma oportunidade. Ou as pessoas têm algo a ver com outras ou não têm. Quase não se tem, e agora chega Kowalski com seu prato e diz: "Ainda tem um lugarzinho desocupado aqui?", senta ao lado de Jakob e come.

Kowalski era o freguês mais habitual de Jakob. Não o melhor, o mais habitual. Todos os dias, por volta das sete, tocava a sineta da loja, era Kowalski que chegava, sentava em seu lugar e comia tantos bolinhos que se podia perder a conta. Nunca pediu menos de quatro ou cinco e, a seguir, na maioria das vezes, mais um copinho por baixo do pano, pois Jakob não tinha licença para aguardentes. Qualquer taberneiro teria se extasiado com um freguês assim, ao contrário de Jakob, pois Kowalski nunca pagou, nem mesmo um níquel, nem uma única vez. Não foi a escola comum a razão para a generosidade de Jakob, afinal que razão seria essa?, aliás não era nenhuma generosidade. Os dois haviam firmado um pacto num estúpido momento, numa tardinha embriagada. A barbearia de Kowalski se situava a apenas algumas casas; de qualquer modo eles se encontravam quase todos os dias e o acordo pareceu vantajoso para ambos. Você de graça comigo e eu de graça com você. Mais tarde os dois se arrependeram, mas acordo é acordo e afinal de contas um homem sozinho não pode arruinar um outro. Ambos tentaram. No começo, os bolinhos eram o prato favorito de Kowalski, essa foi a razão de sua proposta, porém logo depois a coisa mudou. Com o tempo, os bolinhos ficavam presos em sua garganta, ele comia os quatro apenas porque Jakob os trazia, por velho hábito, nesse meio tempo os copinhos de depois se tornaram mais importantes para ele. Por outro lado, no início Jakob sofreu com o fato inalterável de que, na verdade, podiam-se comer bolinhos todos os dias, mas não cortar o cabelo. Após longa meditação, ele chegou ao barbear. Sacrificou até mesmo o parco cavanhaque, embora o tenha feito com um peso na consciência. Seu momento glorioso eram os verões, por sorte dele o estômago de Kowalski não suportava sorvetes, e se tornava único beneficiário temporário do acordo. Contudo, sua cobiça diminuiu com o tempo, outras preocupações eram realmente mais importantes, ele deixou crescer de novo o cavanhaque, e a coisa adormeceu em silêncio, à exceção de um recrudescimento ocasional.

Mas essas são velhas histórias, Kowalski está sentado ao seu lado, toma colheradas de sua sopa, calado ainda durante um longo tempo, em suas secas bochechas está escrita apenas uma única pergunta reprimida, com pontos vermelhos. Jakob olha fixo para seu prato vazio, reflete, talvez seja por acaso, existem acasos esquisitos. "Como vai?" soaria idiota, pensa ele. Jakob lambe a colher com todo cuidado, enfia-a no bolso, ainda não existe nenhum motivo para se levantar, a pausa ainda vai durar alguns minutos. Os últimos da fila acabam de receber a comida. Põe o prato de lado, apóia-se nas mãos, recosta-se, fecha os olhos, a cabeça para cima, ser sentinela por poucos minutos e desfrutar o sol.

Kowalski pára de tomar a sopa, Jakob percebe que seu prato ainda não está vazio, não foi raspado no fundo. Assim, Jakob sente que Kowalski o está encarando, não pode durar mais tempo, só falta o começo certo.

— Tem alguma novidade? — pergunta Kowalski como quem não quer nada.

Quando Jakob o encara, ele já está tomando colheradas de novo, as segundas intenções ainda nas bochechas, mas os olhos inocentes no meio da sopa. É como se você chegasse em sua barbearia, sentasse na única cadeira diante do único espelho, ele sacudisse da capa os cabelos negros do último freguês e a atasse à sua volta, bem apertado como sempre. "Tem alguma novidade?" O filho de Mundek ganhou seu primeiro processo, pelo jeito ele vai abrir seu caminho, mas isso a gente já sabia há muito tempo, Hübscher contou ontem mesmo. Porém, tem uma coisa que você ainda não sabe, a mulher de Kwart foi embora, ninguém sabe para onde, mas também nenhuma pessoa sensata pode se dar realmente bem com Kwart. A coisa parece já tão conhecida que Jakob teria vontade de dizer: "Corte, mas atrás não tão curto quanto da última vez".

— E então, como é? — pergunta Kowalski, enquanto seus olhos ameaçam se afogar na sopa.

— Que novidade? — diz Jakob. — Por que você pergunta justamente a mim?

Kowalski libera o rosto para Jakob, todo o rosto de raposa que nada consegue ocultar, ele o volta para Jakob revelando uma suave repreensão, uma certa compreensão pela cautela de Jakob e a alusão de que, neste caso especial, a cautela não cabe.

— Jakob!... Não somos velhos amigos?

— O que isso tem a ver? — diz Jakob.

Ele não tem certeza se conseguiu convencê-lo fazendo-se de estúpido, uma vez que Kowalski já o conhece há muito tempo. E pode imaginar que, no fundo, não tem a menor importância se conseguiu ou não, quando Kowalski sabe de algo é capaz de virar até mesmo um *Moissi*.* Quando Ko-

(*) *Moissi*: forma coloquial de Moisés. (N. E.)

walski sabe de algo ele não afrouxa, é capaz de torturar alguém até tirar sangue.

Kowalski se aproxima um pouco mais, deixa a colher nadando na sopa, agarra o braço de Jakob com a mão livre, ele não vai escapar.

— Pois muito bem, conversemos francamente... — ele baixa o tom da voz ao nível em que se conversa sobre segredos, portanto sussurra. — É verdade esse negócio dos russos?

Jakob se assusta com o tom. Não com o sussurro, sussurra-se por todos os motivos possíveis, isso não dá nenhum medo. Ele se assusta com a seriedade, vê que não será divertido, nada será deixado de lado, ele se assusta com o tremor da voz de Kowalski. Há espera nessa voz, uma espera que não suportará que alguém se divirta com ela, então será exigida uma certeza, então um homem pergunta, um homem que só quer ter essa pergunta respondida, tem que ser, apenas essa pergunta, mais nada, para sempre. Mas mesmo assim Jakob faz uma última tentativa inútil:

— O que com os russos?

— O que com os russos! Você precisa me magoar tanto assim, Jakob? Alguma vez eu lhe fiz algum mal? Lembre-se, Jakob, lembre-se de quem é que está sentado ao seu lado! O mundo inteiro sabe que ele tem um rádio e a mim, seu único e melhor amigo, ele não quer dizer nada!

— O mundo inteiro sabe disso?

Kowalski recua.

— Não é bem o mundo inteiro, mas um ou outro já sabe. Alguém me disse ou eu sou um adivinho?

Em sua mente, Jakob suprimiu a segunda possibilidade. Kowalski é interpretado por Mischa como se estivesse em segundo plano, esse tagarela o deixa numa situação impossível. De repente, passa a não ser mais necessário puxar Mischa para o lado a fim de fazer uma retificação, totalmente inútil, o fogo já não pode mais ser debelado, quem sabe quantos teriam que ser puxados para o lado. E, mesmo se fizesse esse esforço com cada um deles, se tentasse, com paciência de anjo, homem por homem, esclarecer o estúpido caminho através do qual a gloriosa notícia voou pelo gueto até chegar em seus ouvidos, o que mais lhes restaria a não ser acreditar nele? Por mais que houvesse estima e muita compreensão por sua situação? Ou alguém supõe seriamente que Kowalski poderia se dar ao luxo de se contentar com uma história que anda aos quatros ventos?

— E então, o que é?

— Isso dos russos é verdade — diz Jakob. — E agora me deixe em paz.

— Eles estão a 20 quilômetros de Bezanika?

Jakob revira os olhos e diz:

— Estão!

Ele se levanta, eles estragam tanto o prazer da pessoa, e no entanto este teria a mesma razão que o deles todos. Aposto uma fortuna como Kowalski não teria sido descoberto pela sentinela na Kurländische, Kowalski ou qualquer outro. O que teria ele perdido ontem à noite por lá? Todos os cidadãos decentes ficam em suas camas, mas nas horas escuras ele precisa tornar as ruas intranqüilas, porque o teto lhe cai na cabeça, porque outra vez Piwowa e Rosenblatt estão insuportáveis, porque um passeio no fim do trabalho tem o estranho cheiro dos tempos normais. Um passeio numa cidade que conhece desde que o colocaram num carrinho de bebê, com um travesseiro nas costas. As casas lhe relatam insignificâncias já quase esquecidas, ali você caiu uma vez e torceu o tornozelo esquerdo, naquela esquina você finalmente contou a verdade na cara de Gideon, no pátio houve um incêndio no meio do inverno. Esse cheiro tão desejado de tempos normais, ele se prometeu isso, mas não o sentiu por muito tempo, e agora isto aqui.

— Você pelo menos vai ficar calado?

— Você me conhece bem — diz Kowalski. Ele quer ser deixado em paz por enquanto, a pausa é curta, e ele está muitíssimo ocupado consigo mesmo e com as coisas que, de repente, vêm ao seu encontro.

Jakob pega o prato do chão e vai embora. Ainda leva consigo o rosto de Kowalski, ao seu lado, nenhuma guerra por toda parte, os olhos voltados para um ponto distante que ninguém mais pode ver. Ainda ouve os lábios de Kowalski sussurrarem, apaixonados:

— Os russos...

E então chega ao carrinho de mão, põe seu prato em cima dos outros, torna a olhar para Kowalski que, nesse momento, pesca a colher na sopa. O apito ressoa, até mesmo Kowalski o ouve, rapidamente se forma uma torre de pratos. Jakob se sente como se todos o estivessem encarando com um ar estranho, de modo ainda mais diferente do de ontem, de alguma forma com o segredo no olhar. Talvez seja um engano, aliás com toda certeza, é impossível que todos já possam estar sabendo, mas um ou outro já deve estar a par.

Ainda não é tarde demais, eu gostaria de dizer algumas palavras sobre as minhas informações antes que se apresente uma ou outra suspeita. Meu informante mais importante é Jakob, a maior parte daquilo que dele escutei se encontra aqui, reproduzida em algum lugar, por isso posso me responsabilizar. Mas digo a maior parte, não tudo, com cuidado eu digo a maior parte, e dessa vez a causa não está em minha má consciência. De qualquer modo sou eu quem conta a história, não ele, Jakob está morto, além disso eu não conto a história dele, e sim uma história.

Ele disse a mim, todavia eu converso com vocês, há uma enorme diferença nisso, já que estive presente. Ele tentou me explicar como vieram uns após os outros e ele não pôde fazer outra coisa, mas quero esclarecer que ele foi um herói. De seus lábios não saíram três frases sem que a conversa fosse sobre o medo, porém quero contar da sua coragem. Sobre essas árvores, por exemplo, sobre essas árvores que não existem e que eu procuro, nas quais não quero mas preciso pensar, e meus olhos ficam úmidos, então, disso ele não tinha a menor idéia, é uma coisa exclusivamente minha. Agora não consigo juntar tudo, entretanto ainda existem muitas coisas das quais ele nada sabia e talvez me perguntasse como eu adivinhei, mesmo assim acho que são pertinentes. Eu gostaria de lhe dizer o motivo por que acho isso, devo-lhe uma prestação de contas, penso que ele me daria razão.

Algumas coisas eu soube através de Mischa, mas depois existe uma imensa lacuna para a qual simplesmente não se encontra nenhuma testemunha. Digo a mim mesmo, deve ter sido mais ou menos assim, ou digo a mim mesmo, seria melhor se tivesse sido assim, e depois conto e ajo como se fosse pertinente. E também é pertinente, a culpa não é minha, o fato de as testemunhas, que poderiam corroborar, não serem mais encontradas.

A probabilidade não é decisiva para mim, é improvável que justamente eu ainda esteja vivo. É muito mais importante que eu descubra, assim poderia ou deveria ter acontecido, e isso nada tem a ver com a probabilidade, por isso eu também me responsabilizo.

Não foi a pior idéia de Mischa dirigir a palavra a Rosa durante a distribuição dos cartões de racionamento de comida e, juntando toda a coragem, perguntar-lhe se ambos não faziam o mesmo caminho num pequeno trecho, por sorte ela concordou. A princípio foi apenas seu rosto que lhe fez falar, quantas moças não são abordadas por causa de seus olhos brilhantes?, mas mais tarde foi sendo acrescentada uma coisa após a outra e, hoje, cerca de um ano depois, ele a ama do jeito que ela é. Os primeiros passos foram de um silêncio atormentador, a cabeça de Mischa estava como que vazia. Ele não teria recebido dela o menor apoio, nem sequer um olhar animador, ela ficou olhando para a frente, envergonhada, provavelmente esperando que algo de importante ocorresse. Contudo, não aconteceu nada até eles chegarem à porta de sua casa, a mãe já estava intranqüila na janela, onde teria ficado a filha única tanto tempo assim? Rosa se despediu apressada e cabisbaixa, mas ainda deve ter ouvido onde e em que lugar ele a estaria esperando no dia seguinte. De qualquer modo ela compareceu ao encontro, Mischa se sentiu aliviado, enfiou a mão no bolso e lhe deu seu primeiro presente. Era um pequeno livro de contos e canções, ele já conhecia todos de cor, aquele era o único livro que ele por acaso possuía. Na verdade queria presenteá-la com uma cebola, se possível uma de casca azulada, desde o início levara muito a sério a coisa com Rosa, todavia uma cebola foi muito exagero, mesmo com a maior boa vontade não conseguiria encontrar uma naquele breve espaço de tempo. Primeiro ela se fez um pouco de rogada, perguntando se devia aceitar o presente, como o fazem com freqüência as moças inexperientes, mas, depois, claro que ela pôs o livro no bolso e lhe disse que ficara muito contente pelo presente. Somente aí ele se apresentou, eles não haviam chegado a esse ponto na excitação do dia anterior, e então ouviu seu nome pela primeira vez, Rosa Frankfurter.

— Frankfurter? — perguntou ele. — Você por acaso não é parente do famoso ator Frankfurter?

Mais tarde pôde-se constatar no programa do teatro da cidade que o adjetivo foi um enorme exagero, o ator Frankfurter jamais foi além dos papéis médios. No entanto, Mischa não o disse com ironia, jamais vira Frankfurter atuar, só tinha estado uma vez no teatro, apenas ouvira ou lera sobre ele. E Rosa também não entendeu assim, ela confessou corando que de fato era isso mesmo, que o ator Frankfurter era seu pai. A seguir, os dois conversaram um pouco a respeito de teatro, sobre o qual ele não tinha a menor idéia, porém mais tarde ele conseguiu, com muito jeito, ir dirigindo a conversa para o boxe, sobre o qual quem não tinha a menor idéia era ela. Assim, eles tiveram uma brilhante conversa e, ainda nessa mesma tarde, ela deixou que Mischa lhe desse um beijo nos sedosos cabelos.

Quando Mischa bate à porta, Felix Frankfurter está sentado à mesa, jogando uma partida de damas com a filha. É um homem alto, alto e magro, Mischa me descreveu sua aparência com todo zelo de apaixonado. Uma poderosa gordura do passado pusera rugas na pele de Frankfurter, sendo ainda sublinhada pelo fato de muitas de suas roupas serem originárias de tempos mais gordos. Fotos comprovam que homem e pele haviam formado uma unidade bem harmoniosa anos atrás, um grosso álbum cheio de fotos com o qual Frankfurter recebeu Mischa já na primeira visita. Pois lhe seria impossível deixar que se lhe assentasse a impressão desvantajosa da qual era por inteiro consciente. Em volta de seu pescoço está enrolado um cachecol, artístico e negligente, uma ponta para a frente e a outra nas costas, e tem um cachimbo metido na boca, de espuma-do-mar, que de há muito já se esqueceu qual o sabor do fumo.

Encontra-se sentado à mesa com a filha, a partida não oferece esperanças para Rosa. A senhora Frankfurter está sentada com eles, não presta atenção no jogo, costura uma camisa do marido, apertando-a ainda mais e talvez sonhando com uma felicidade tranqüila. Quando Mischa bate, Rosa já está aflita, pois a partida é muito entediante, ele pensa durante um tempo infinito a cada jogada, e o pai lhe explicou que é mais conveniente ganhar uma partida em duas horas do que perder cinco.

— Mas por que você ainda fica aí matutando agora? — perguntou ela. — De qualquer modo você já está numa posição melhor.

— Não estou numa posição melhor de qualquer modo — disse ele —, mas porque penso um longo tempo.

Ela fez que não com a cabeça, irritada, já não havia mais nenhuma alegria no jogo, só não virou as peças por obediência e porque Mischa ainda não chegara, contudo em seguida bateram à porta. Ela correu apressada e abriu-a, e Mischa entrou. Eles se cumprimentaram, Frankfurter exortou Mischa a sentar, Mischa o fez. Rosa desapareceu rapidamente com as peças e o tabuleiro, antes que Mischa pudesse assumir a partida perdida. Ele já havia sentado em seu lugar várias vezes, procurando uma saída, mas sendo obrigado a desistir no final e a pedir revanche. Frankfurter a concedia e, então, ambos ficavam sentados, meditando, e de repente era tão tarde que Mischa precisava ir embora, antes que Rosa dele recebesse algo.

— Vocês jogaram? — perguntou Mischa. — Quem foi que ganhou hoje?

— Quem podia ser? — diz Rosa, e a frase soa como uma recriminação.

Frankfurter pita seu cachimbo de espuma-do-mar, satisfeito como devia estar, e pisca um olho para Mischa.

— Ela joga mais rápido do que pensa. Mas aposto como você mesmo já notou isso em outras ocasiões, não é verdade?

Mischa não faz caso da piadinha, hoje ele não vem de mãos vazias, apenas ainda está pensando como a notícia pode ser dada de uma forma particularmente eficaz, uma vez que o que Frankfurter mais gosta é de uma história com final engraçado. Quando ele conversa sobre o teatro, no qual, se é para lhe acreditarem, acontecem as coisas mais malucas, não existe nenhum passo e nenhum olhar que não tenham ocorrido de alguma maneira especial. Alguém caiu ou foi ridículo ou estragou a apresentação ou não compreendeu por que os outros riram. Se não fosse assim, acha Frankfurter, não se precisava nem contar a história.

— O que podemos oferecer a um convidado hoje em dia? — diz Frankfurter para sua silenciosa mulher. E depois para Mischa: — O que se pode oferecer fora a filha?

Ele sorri, deu bom resultado a observação, em seguida torna a pitar o cachimbo. Qualquer um pode dar tragadas num cachimbo vazio, uma brincadeira de criança, mas não como Frankfurter. Ele interpreta o prazer, o agradável enchimento do fumar, quando não se presta atenção pode-se ficar tentado a abanar a fumaça.

Ficam calados durante alguns pensamentos, daqui a pouco Frankfurter contará uma anedota, uma de suas histórias, em cujo final ele sempre dá uma palmada satisfeita na coxa, mais ou menos como Tell tirou o chapéu para o chapéu do cabide, logo no início, para uma aposta miserável, ou como o ator Strelezki, que por outro lado deve ter sido um Otelo divino, cuja dentadura caiu exatamente quando ele estava inclinado sobre Desdêmona, para estrangulá-la. Rosa pousa os dedos sobre as mãos de Mischa, a mãe continua apertando ainda mais a camisa, Frankfurter esfrega o joelho, talvez não esteja disposto hoje e, além disso, Mischa vem com uma notícia tão boa, apenas ainda pensa a melhor maneira de dizê-la, como de uma tirada.

— Você já ouviu a última? — pergunta-lhe Rosa de repente.

Mischa olha para um e outro, surpreendido, renuncia à procura e se admira com o fato de a senhora Frankfurter nem ao menos ter levantado o olhar da camisa. Eles já sabem e, de mais a mais, ele não notara até agora que já sabiam, Mischa fica admirado, pois tudo na sala ainda está do mesmo jeito que na última visita. Surpreende-se com a rapidez com que a coisa corre, ele ouviu de Jakob hoje de manhã pela primeira vez, agora já está ali, na casa dos Frankfurter, passando por quantas estações, contudo o mais estranho é que só agora

Rosa tenha começado a falar disso. Ela não pode ter esquecido e agora lhe ter ocorrido novamente, impossível, tem alguma coisa que não está certa, talvez eles tenham razões para não acreditar na história.

— Vocês já sabem?

— Contaram há pouco no trabalho — diz Rosa.

— E vocês não se alegram?

— Alegrar? — diz Frankfurter, de fato ele rola o *r*. — Devemos nós alegrar? Por que devemos nos alegrar, hem, jovenzinho? Antes elas poderiam se ter alegrado com isso, poderiam ter convocado toda a parentada e enchido a cara, mas hoje existem algumas insignificâncias que ficaram diferentes. Acho a coisa uma tortura só, meu jovem, quase uma desgraça para as pessoas, e vem você e me pergunta por que não me alegro?

No mesmo instante fica claro para Mischa que a conversa é sobre algo bem diferente, a única explicação para o estado de espírito, se não for assim Frankfurter perdeu a razão, então ele já não sabe mais do que está falando.

— Vai ser difícil educar a criança — diz a senhora Frankfurter entre duas agulhadas.

O primeiro ponto de referência, um novo espanto nos olhos de Mischa, fala-se de uma criança qualquer, portanto a transmissão das notícias não é tão rápida assim. Pelo visto dois loucos trouxeram uma criança para este mundo sem ter ouvido a novidade, nos tempos normais do gueto esse era um tema sobre o qual, com toda certeza, as pessoas falavam. Porém, desde ontem os tempos não são mais normais, agora sopra um outro vento, agora podemos dizer as coisas, agora você se esquece de filho, marido, mulher, comida e bebida, desde ontem que o amanhã voltou a ser um dia.

Agora é Rosa quem se admira, primeiro se admira e depois ri da cara de Mischa.

— Claro que você ainda não sabe — diz ela. — Mas ele é assim. Não consegue suportar quando os outros sabem mais do que ele. Sempre banca o espertalhão e, em compensação, não tem a menor idéia de nada. Uma criança nasceu no segundo distrito, em Witebsker. No início eram gêmeos, mas um deles morreu logo depois do parto. Na noite de ontem. Quando tudo passar, eles vão querer registrar o menino com o nome de Abraham.

— Quando tudo passar — diz Frankfurter. Põe o cachimbo em cima da mesa, levanta-se, passeia cabisbaixo pela sala, as mãos nas costas. Seu olhar de desaprovação encontra Mischa, que não está sorrindo. Eles encaram tudo com tanta facilidade, Rosa também, podem ser jovens demais para compreender, falam de tempos futuros como quem fala do fim de semana que certamente virá, viaja-se ao campo com toda a família e um cesto cheio de comida, tanto faz se chover ou não. — Quando tudo passar, a criança não estará mais viva e os pais já não viverão. Todos nós não estaremos mais vivos, então tudo estará acabado.

Frankfurter chegou, sua caminhada está no fim, e ele torna a sentar.

— Acho David mais bonito — diz a senhora Frankfurter em voz baixa. — Dovidl... Vocês se lembram?, assim se chamava o filho de Annette. Abraham dá uma impressão de tão velho, não parece mesmo uma criança. Em compensação, o nome só tem significado em crianças. Mais tarde, quando elas crescem, o nome passa a não ser mais importante.

Rosa prefere Jan ou Roman, ela acha que as pessoas deveriam finalmente se desvencilhar dos nomes tradicionais, quando não se precisar mais usar a estrela, então também outros nomes. Frankfurter balança a cabeça com o palavrório das mulheres, e de repente Mischa passa a desejar ter chegado ali somente nesse momento, entrando logo na casa com a novidade, do jeito que ela é. Pois se começasse com ela agora para eles daria no mesmo, como lhe aconteceu com seu engano, por que ele só estava dizendo agora?, ele não poderia ter esquecido. Ele já está sentado, eles se aprofundam cada vez mais na conversa, sombrios, ou Mischa só diz amanhã e age como se fosse a última novidade ou engendra uma história que explique por que só agora e não logo que a porta foi aberta. Decide-se por hoje, uma gracinha extra para Frankfurter, ele se levanta, faz cerimônia, ele mesmo não sabe se foi ensaiada ou sincera, lança um olhar embaraçado para Frankfurter, que já está admirado com o longo arranque, e com toda formalidade lhe pede a mão da filha.

Rosa descobre algo em sua unha que a ocupa de corpo e espírito, algo tão importante que seu rosto fica vermelho e começa a arder, os dois não haviam trocado nenhuma palavra a esse respeito e, no fundo, a coisa devia ser feita assim. A senhora Frankfurter se inclina mais sobre a camisa, que ainda não ficou suficientemente pequena, o colarinho é que dá mais trabalho, pois é de enorme importância a sua exata colocação. Mischa desfruta sua idéia, vingando ou não, Frankfurter está perplexo e dirá alguma coisa. É a vez de ele dizer uma palavra, uma pergunta amável merece uma resposta e, mesmo que a pergunta seja tão despropositada como parece por enquanto, ele construirá uma ponte para a grande novidade, a qual, ao mesmo tempo, explicará por que somente agora. Esse é o plano de Mischa, elaborado apressadamente e não tão mal assim, Felix Frankfurter construirá uma ponte, é a vez dele na fila, todos esperam a resposta.

Portanto, um grande espanto em Frankfurter, incredulidade nos olhos, ele acabou de dar uma tragada no cachimbo e esqueceu de soprar a fumaça. O pai que não daria a filha única a nenhum outro a não ser Mischa, ele já o ama como a um filho, o homem da realidade, que ninguém pode enganar, foi abatido.

— Ele ficou maluco — sussurra —, a necessidade o deixou perturbado, são esses malditos tempos em que os desejos bem normais parecem monstruosidades. Vamos, fale você alguma coisa!

Contudo, a senhora Frankfurter nada diz, ela deixa que algumas lágrimas silenciosas pinguem sobre a camisa, afinal nada tem a dizer, até agora foi apenas seu marido quem tomou a decisão em todas as questões importantes.

Frankfurter retoma o passeio, agitação em seu íntimo, e a esperança de Mischa parece tão boa, como se agora ele só pudesse dizer: "Leve-a e sejam felizes".

— Nós estamos no gueto, Mischa, você sabia disso? Não podemos fazer o que queremos, pois eles fazem conosco o que querem. Posso lhe perguntar que segurança você tem a oferecer a ela, já que é minha única filha? Posso lhe perguntar onde pensam morar? Posso lhe dizer que dote Rosa receberá de mim? Claro que isso deve lhe interessar, não? Ou será que devo lhe dar alguns conselhos, como se obtém um casamento feliz, e depois ir perguntar ao rabino qual o momento que mais lhe convém para a *Chassene?**... É melhor você quebrar a cabeça para descobrir onde se esconderá quando eles vierem buscá-lo.

Mischa se calou, confiante, afinal isso não era nenhuma resposta.

— Ouçam essa! O barco dele naufragou, ele está nadando no meio do mar, nenhum ser humano em parte alguma que o ajude. E ele medita para saber se é melhor ir ao concerto ou à ópera à noite!

Os braços caem, Frankfurter disse tudo que havia para dizer, conseguiu até mesmo uma pequena alegoria no fim, ninguém precisa ser mais claro.

Mas não impressionou Mischa. Pelo contrário, tudo correu conforme o desejado. Nenhuma ajuda em parte alguma, Mischa só esperava uma frasezinha assim, daqui a pouco vocês saberão como é a coisa de fato. Já faz sentido inclusive falar do futuro, claro que Mischa não é nenhum

(*) *Chassene*: casamento. (N. E.)

idiota, naturalmente que sabe onde estamos, naturalmente que sabe que não pode se casar até, e é disso mesmo que se trata, até os russos chegarem.

Mischa para mim:

— Então eu lhes disse apenas (literalmente: apenas) que os russos estavam a 20 quilômetros de Bezanika. Entenda, não foi somente uma comunicação, nesse momento foi também um argumento. Eu imaginei que eles começariam a se jubilar, não se fica sabendo desse tipo de coisa todos os dias. Mas Rosa não se jogou nos meus braços, ela nem sequer pensou na notícia, encarou o velho quase chocada, e este me encarou, não disse qualquer palavra durante um longo tempo, apenas me encarou de tal modo que já fiquei intranqüilo. No primeiro momento eu pensei, talvez eles precisem de um pouco de tempo para compreender, pelo jeito que o velho me encarou, porém depois ficou claro para mim que não precisavam de tempo algum, só de certeza. Foi assim que aconteceu comigo, eu ainda pensei que Jakob queria apenas me desviar do vagão de batatas, pensei assim até ele me contar toda a verdade, como ele ficara sabendo. Uma notícia dessas sem a fonte não vale nada, é só um boato. Logo, eu já ia esclarecer, mas preferi esperar. Que eles façam perguntas, pensei, quando você arranca a coisa de alguém, ela entra mais fácil na cabeça do que quando é dita por conta própria e de uma vez. E foi assim que sucedeu.

Portanto, um silêncio infindável, a agulha se deteve na metade da picada, a respiração pesada de Rosa, os olhos de Frankfurter, à frente está Mischa, na ribalta, e o público preso aos seus lábios.

— Você sabe do que está falando? — diz Frankfurter. — Não se faz piada com isso.

— O senhor não precisa me dizer — responde Mischa. — Eu soube através de Heym.

— De Jakob Heym?

— Sim.

— E ele? Como ele soube?

Mischa ostenta um sorriso fraco, banca o embaraçado, encolhe os ombros triste, sem convencer ninguém, então há uma promessa em algum momento. Que ele não a manterá é uma outra coisa, mas a promessa foi feita de repente e seria bom pelo menos ser forçado a rompê-la, queria ter feito o máximo possível, em meu lugar você também não teria podido fazer diferente.

— Como ele soube?

— Eu lhe prometi não contar a ninguém — diz Mischa, no fundo já preparado para contar, porém não ficou suficientemente claro que está preparado, pelo menos não claro o suficiente para Frankfurter. Não é o momento de se prestar atenção às nuances da voz, Frankfurter dá um, dois passos rápidos para a frente e esbofeteia Mischa, um meio-termo entre uma bofetada teatral e uma séria, mas mais para a séria, pois cheia de indignação, não estamos conversando aqui para passar o tempo.

Claro que Mischa fica um pouco chocado, também não era necessário usar de tanta violência, todavia agora ele não pode se sentir melindrado, afinal a violência tinha que assumir uma forma qualquer. Ele não pode sentar com o rosto rígido, os braços cruzados no peito e esperar desculpas, pois poderia ficar esperando um longo tempo. Ele pode, e é o que faz, eliminar todas as dúvidas, já chegou a esse ponto, o plano deu certo, ninguém mais vai perguntar por que somente agora.

— Jakob Heym tem um rádio.

Mais um pouco de silêncio, alguns olhares trocados, a camisa ainda grande demais arrasta no chão sem que se perceba, o próprio genro é que o diz. Enfim, Rosa se joga nos seus braços, ele esperou bastante por isso, por cima de seu ombro vê Frankfurter sentar extenuado e tapa o rosto enrugado com as mãos. Não surgirá nenhuma conversa, não há nada para dizer, Rosa aproxima a boca de seu ouvido e sussurra. Ele não compreende, o velho ainda está com as mãos na frente do rosto e Mischa a encara com ar interrogativo.

— Venha, vamos até a sua casa — sussurra Rosa outra vez.

Uma idéia brilhante, ela tira as palavras da boca de Mischa, hoje as boas idéias se atropelam. Eles saem em silêncio, sem necessidade, a porta se fecha, ninguém ouve, lá fora em pouco tempo ficará perigosamente escuro.

Então Frankfurter fica sozinho com sua mulher, sem testemunhas. Sei apenas como acabou, conheço apenas o resultado, nada desse meio tempo, mas consigo imaginar mais ou menos.

A mulher se levanta afinal, em algum momento. Enxuga as lágrimas, não mais as do pedido de casamento, ou não as enxuga, vai até seu marido, em silêncio, como se não quisesse incomodá-lo. Posta-se atrás dele, pousa as mãos em seus ombros, leva o rosto para perto do seu, que ainda está coberto pelas mãos, e espera. Nada acontece, nada também quando seus braços caem, ele olha fixo para a parede oposta, e ela o toca de leve. Procura alguma coisa em seus olhos e não encontra.

— Felix — ela poderia ter dito após um longo tempo —, então você não se alegra? Bezanika não fica tão longe assim. Se eles chegaram até lá, é claro que também chegarão até nós.

Ou poderia ter dito:

— Felix, imagine só se isso for verdade! Minha cabeça fica girando, imagine só isso! Não demorará mais muito tempo e tudo voltará a ser como antes. Você poderá atuar de novo, num palco de verdade, com toda certeza nosso teatro será reaberto, irei buscá-lo após cada apresentação, esperarei por você ao lado do cartaz, junto à portaria. Imagine só, Felix!

Ele não responde. Levanta-se apesar das mãos da mulher e se dirige ao armário. Talvez esteja com a aparência de um homem que tomou uma resolução importante e não quer perder mais tempo para realizá-la.

Frankfurter abre o armário, retira uma xícara ou uma caixinha e nela encontra a chave.

— O que você quer no porão? — ela pergunta.

Ele balança a chave na mão, como se ainda houvesse algo a ponderar, talvez a questão do momento, mas quanto antes melhor, nada mais vale. Talvez então já lhe tenha dito o que tencionava fazer, ainda na sala ele lhe confia o segredo, porém isso é improvável, ele nunca levou muito em conta suas opiniões. Além disso, não tem a menor importância quando ele lhe diz, nada muda com isso, a chave já se encontra em seu bolso. Portanto, suponhamos que ele tenha fechado o armário em silêncio, ido à porta e, virando-se para ela, tenha dito apenas:

— Venha.

Eles vão ao porão.

Casas de gente pobre, em que outrora nunca se poriam os pés, os degraus de madeira estão gastos, rangem como loucos, mas ele vai bem colado à parede e na ponta dos pés. Ela o segue inquieta, também em silêncio, também na ponta dos pés, não sabe por quê, ele faz assim. Até agora ela sempre o seguiu, sem perguntar, muitas vezes ele apenas adivinhou o que seria feito, nem sempre era coisa boa.

— Você não quer me dizer agora o que estamos fazendo aqui?

— Psiu!

Eles caminham ao longo do estreito corredor do porão. Ali já se pode andar com todo o pé no chão, o penúltimo porão à direita é deles. Frankfurter abre o cadeado, descerra a porta de arame com armação de ferro, a qual não é combustível, por isso ainda existe. Ele entra, ela o segue hesitante,

Frankfurter fecha a porta transparente atrás dela, e lá estão eles agora.

Frankfurter é um homem cuidadoso, ele procura um pedaço de saco ou um saco furado, que ele rasga ou, caso não haja nenhum saco, tira o paletó e o pendura na frente da porta, por precaução. Imagino que ele ponha o dedo na boca por um momento, feche os olhos e fique à espreita, mas não se ouve nada. Então ele se põe a trabalhar no pequeno monte que enche um canto do cômodo, um pequeno amontoado de coisas inúteis, um outeirinho de recordações.

Outrora, quando chegou a comunicação, eles sentaram juntos durante dois dias, meditando no que deviam aproveitar, à exceção das coisas proibidas, é claro. A situação era bem séria sem sombra de dúvida, eles não esperavam que a coisa fosse um paraíso, contudo ninguém sabia com exatidão. A senhora Frankfurter pensara de modo prático, prático demais para ele, apenas nas roupas de cama, louças e peças para vestir, mas ele não queria separar-se de muitas coisas, as quais ela achara supérfluas. Não queria separar-se do tambor com o qual anunciara, numa apresentação muitíssimo bem-sucedida, a chegada do príncipe herdeiro da Espanha, nem das sapatilhas de balé de Rosa, de quando ela tinha cinco anos e que estão quase novas, nem do álbum com as críticas cuidadosamente coladas, em que seu nome é mencionado e está sublinhado em vermelho. Diga-me uma razão pela qual eu deva me separar dessas coisas, a vida é mais do que comer e dormir. O problema do transporte? Ele comprara um carrinho de mão às pressas, por uma quantia fabulosa, pois nessa época os preços dos carrinhos de mão subiram enormemente da noite para o dia, e agora o pequeno monte enche um canto do porão.

Ele separa peça por peça, sua mulher o observa calada, já com uma tremenda curiosidade, o que ele procura?, talvez ele contemple por um momento o quadro com todos os membros do teatro, no qual ele se encontra, gordo, no canto direito, entre Salzer e Strelezki, que então não era muito conhecido. Entretanto, não é isso que ele procura, depois de ter contemplado o quadro ele torna a pô-lo de lado e segue diminuindo o monte.

— Esse Jakob Heym é um palerma — diz ele.

— Por quê?

— Por quê! Por quê! Ele ouviu uma notícia, maravilhoso, mas isso é uma coisa. Uma boa notícia, aliás muito boa, então deve ficar contente e não enlouquecer a todos com ela.

— Eu não o compreendo, Felix — diz ela. — Você é injusto com ele. Claro que é muito bom que todos saibamos. Todos deviam saber.

— Inteligência feminina! — exclama Frankfurter furioso. — Hoje você sabe, amanhã sabem os vizinhos e, no dia seguinte, o gueto inteiro não estará falando de outra coisa!

Ela pode assentir, ferida com a raiva dele, assim é, até agora nenhum motivo para fazer a mais leve recriminação que seja a esse Heym.

— E de repente a Gestapo fica sabendo! — ele diz. — Eles têm mais ouvidos do que você imagina.

— Mas, Felix — ela o interrompe —, você realmente pensa que sem nós a Gestapo não ficará sabendo onde os russos estão?

— Mas quem foi que disse isso?! Eu digo que de repente a Gestapo fica sabendo que há um rádio no gueto. E o que farão eles? Na mesma hora irão virar cada rua de pontacabeça, casa por casa, não descansarão até encontrar o rádio. E onde é que encontrarão um?

O monte está baixo. Frankfurter ergue um papelão, branco ou marrom, de qualquer forma um papelão em que se encontra o motivo para uma sentença de morte justificada e válida. Ele retira a tampa e mostra o rádio à mulher.

Talvez ela solte um gritinho baixo, talvez fique horrorizada, com toda certeza assustada, ela olha fixo para o rádio e para ele e não compreende.

— Você trouxe o nosso rádio — sussurra e cruza as mãos. — Você trouxe o nosso rádio, poderiam nos ter fuzilado a todos por causa disso e eu não saberia de nada... não saberia de nada...

— Para quê? — diz ele. — Por que haveria eu de lhe dizer? Já tremi bastante sozinho, e você também já tremeu muito sem o rádio. Houve dias em que esqueci, simplesmente esqueci, às vezes até mesmo durante semanas. Tem-se um rádio no porão e não se pensa mais nisso. Mas todas as vezes que me lembrei voltaram os tremores e nunca fui tão lembrado dele como hoje. Contudo, o pior é que eu nunca ouvi, nem uma única vez, nem mesmo nos primeiros tempos. E não para que você não pudesse notar, eu simplesmente não me atrevi. Às vezes eu quis, quase não consegui suportar de tanta curiosidade, eu pegava a chave e você sabe que, de tempos em tempos, eu vim ao porão. Você me perguntava o que eu iria fazer aqui, e eu dizia que queria ver fotos ou dar uma lida nas velhas críticas. Mas era mentira, eu queria ver o rádio. Eu vinha ao porão, cobria a porta, mas não ousava. Eu sentava, dava uma olhada nas fotos ou lia as críticas, como lhe havia dito, e não me atrevia. Mas agora acabou-se com isso!

— Eu não sabia de nada — ela sussurra para si mesma.

— Isso está acabado, de uma vez por todas! — diz ele. — Você tinha razão naquela época, era uma coisa inútil, não preciso mais dele. Não vai sobrar mais nada que tenha aparência de rádio, nada. Aí eles podem vir procurar.

Ele desmancha o rádio, peça por peça, provavelmente o único rádio que se encontra em nossas mãos, ele o destrói sem muita celeuma. As válvulas serão pisadas até virar pó, um fio indestrutível será enrolado na forma de inofensivo cordel em torno de uma carcaça, as tábuas da caixa são postas de lado pedaço por pedaço e ainda deverão esperar algumas semanas até poderem ser queimadas. Pois, nessa época do ano, qualquer chaminé fumegante se torna suspeita, mas isso não é lá muito trágico, afinal madeira é madeira.

— Você também ouviu que os russos já estão quase em Bezanika? — pergunta a senhora Frankfurter em voz baixa.

Ele a encara muito admirado.

— Mas eu já lhe disse que nunca ouvi — ele poderia ter respondido à mulher.

Mischa entra com Rosa em seu quarto, e isso já é toda uma história em si. Se for uma história de como se precisa mentir para alguém a fim de que se possa ser um pouco feliz, com Rosa não acontece diferente, se for uma história de como ousadas artimanhas precisam ser empregadas, e está em jogo o medo da descoberta, e nenhum erro pode passar inadvertido, pelo amor de Deus, devendo a história continuar sempre séria e inofensiva, se tudo isso render uma história útil, ela também será uma história como a de Rosa que entra com Mischa em seu quarto.

No meio do quarto há um biombo.

Faingold é o nome do homem que dorme na outra cama, Isaak Faingold é o culpado por tal gasto exagerado, mesmo achando-o ridículo, de qualquer modo todas as noites ele fica como que moído, já passou dos sessenta e é branco como a neve, tem realmente outras preocupações, mas vai e faz alguma coisa. A princípio apenas o armário dividia o quarto, para Mischa parecia o bastante e também para Faingold, para Rosa, contudo, não bastou. Ela disse a Mischa, ainda que Faingold seja surdo-mudo, cego ele não é mesmo, e a lua brilha tão amigável no quarto e, de qualquer modo, o armário é estreito demais. Aliviado, Mischa tirou o pano da janela e o prendeu no teto ao lado do armário, agora a lua podia entrar, brilhando mais amigável ainda, mas não para Faingold, o principal era que Rosa ficasse tranqüila.

Faingold é tão mudo e tão surdo quanto eu ou Kowalski ou qualquer outra pessoa que possa fazer uso de seus ouvidos e língua, para Rosa, no entanto, ele é mudo e surdo como uma concha. Ficou claro para Mischa desde o primeiro segundo que Rosa não daria nenhum passo nas proximidades de sua cama, pois lá havia mais um leito, com um estranho em cima dele, com a compreensiva dona da casa, os discretos hóspedes e os porteiros que olhavam discretamente para o lado e não faziam perguntas, como se nesse momento se encontrassem numa outra cidade. Ele sabia muito bem que, nessas circunstâncias, ela somente poderia dizer não, Rosa não era uma moça dessas, nem se precisa falar a esse respeito, e ele tampouco é um rapaz desses. Entretanto, quando se leva em conta a renúncia como sendo a última de todas as possibilidades sempre sobra muito tempo para a meditação, ninguém pode levá-lo a mal por isso, e Mischa meditou bastante.

Numa abençoada noite, ele estava desperto na cama, pensando em Rosa, Faingold estava na outra, prestes a adormecer, e Mischa começou a lhe falar de Rosa. Quem ela é e como é, qual a aparência dela e como ele a ama e como ela o ama, e Faingold apenas suspirou. Então, Mischa lhe confessou seu ardente desejo: receber Rosa por uma noite.

— Tenha a bondade — respondeu Faingold, sem penetrar mais fundo no problema. — Não tenho nada a objetar. Mas agora me deixe dormir.

Mischa não o deixou dormir, explicou a Faingold que não se tratava de ele, Faingold, estar de acordo, que o caso era se Rosa estava de acordo. E também que ele ainda não havia dito nada a ela sobre Faingold, não se atrevia e, quando nada nos ocorre, dificilmente a coisa dará em algo.

Faingold acendeu a luz e o encarou durante um longo tempo com os olhos arregalados.

— Claro que você não está falando sério, não? — ele sussurrou, chocado. — É óbvio que você não pode exigir de mim que eu perambule pelas ruas tanto tempo assim. Esqueceu-se das leis?

Todavia, Mischa não exigiu tal coisa, esse pensamento nunca lhe passou pela cabeça e tampouco se esquecera das leis. Apenas procurava uma saída e essa ainda não podia ser vista em parte alguma. Faingold tornou a apagar a luz, pouco tempo depois adormeceu, não somos nós que precisamos ter qualquer idéia, mas apenas Mischa.

Após uma ou duas horas Mischa despertou Faingold, acolheu indulgente os xingamentos e depois lhe apresentou sua idéia. Como já foi dito, Rosa jamais iria à sua casa durante a noite caso soubesse que havia um segundo homem no quarto, tanto faz se você tem vinte ou cem anos. Se ele se calasse sobre isso, talvez ela fosse, depois veria Faingold, iria embora novamente e nunca perdoaria Mischa. Por mais que se vire e revire a coisa, a única possibilidade que resta é que Faingold permaneça no quarto, mas como se não existisse.

— Talvez eu deva me esconder, não? — perguntou Faingold cansado. — Por acaso devo ficar debaixo da cama a noite inteira ou dentro do armário?

— Eu direi a ela que você é surdo-mudo — anunciou Mischa.

Faingold não quis, defendeu-se com unhas e dentes por dias inteiros, porém no final Mischa conseguiu convencê-lo da premência. De qualquer modo não se pode ver muita coisa à noite e se, ainda por cima, ela tiver certeza de que você nada consegue ouvir, é claro que tudo estará arranjado. Portanto, Faingold, com uma mescla de sentimentos variados, declarou-se de acordo, se isso tem tanta importância assim para você, e desde então ele passou a ser surdo e mudo como uma concha para Rosa.

Decerto que houve uma segunda preocupação para Mischa, pois ele recebeu algumas insinuações de Faingold de que este a espreitara uma vez. Na verdade, Rosa não notou nada. Faingold ficou de boca fechada, mas deve ter ouvido uma e outra coisa que, certamente, não se dirigiam aos seus ouvidos. Quando se está nos braços do outro são pronunciadas muitas palavras que não se destinam a outros ouvidos, e isso foi muito doloroso para Mischa. A partir daí ele passou a estudar o sono de Faingold, ficava acordado um longo tempo de propósito, prestando atenção na tonalidade da respiração e dos roncos. Nenhum ser humano jamais escutou a si mesmo dormindo, não consegue imitar o próprio sono, pode imitar como se dorme, mas sobre seu próprio sono ele nada sabe. E Mischa sabe como soa o sono de Faingold, ele diz que poria a mão no fogo como sabe com toda exatidão. E, nas raras noites em que Rosa está com ele, em cada início Mischa se deita ao seu lado e espreita e, somente quando tem plena certeza de que Faingold está dormindo atrás do biombo, é que ele começa a acariciá-la e beijá-la, e Rosa esquece seu desapontamento por ele fazê-la esperar tanto.

Uma vez aconteceu algo horrível, no meio do sono, entrando num sonho caótico, Faingold começou a falar de repente. Palavras isoladas, claras e perceptíveis, sem prestar atenção no fato de que os surdos-mudos têm que ser surdos-mudos também no sono. Mischa acordou, o coração quase parou dentro de seu peito, olhou temeroso para Rosa, que estava deitada ao luar, dormindo e apenas virando a cabeça de um lado para o outro. Ele não podia gritar: "Faingold, quer tratar de fechar esse bico?". Só podia continuar deitado, quieto, e esperar e, por sorte, Faingold parou com suas fantasias antes que acontecesse o pior, os sonhos duram apenas segundos, dizem, e isso nunca mais se repetiu.

Até aqui a minúscula comédia, portanto foram, em resumo, temerários caminhos que levaram Rosa a esse quarto, até debaixo desse teto, não apenas seguir em frente na rua, depois uma vez à esquerda e uma vez à direita. Mischa tornou a coisa possível, Faingold se pôs à disposição, Rosa está aqui com prazer.

Está deitada de barriga para cima, eu sei, as mãos sob a cabeça, hoje como sempre, mesmo que isso seja um pouco inconveniente, pois um sujeito como Mischa já é mais que suficiente para a cama, ele precisa se conformar com a beirada. Ela está deitada ali, os olhos em alguma parte, a noite, que foi mais bela que todas as outras, já acabou, eles já sussurram tudo aos ouvidos. Embora Faingold seja surdo-mudo, eles sempre sussurram, quando duas pessoas como Rosa e Mischa estão deitadas assim sussurram mesmo que seja numa ilha solitária, caso necessitem dizer algo. Tão logo cai a noite, o silencioso Faingold está dormindo de há muito atrás da parede de armário e pano. O dia quente e a notícia devem tê-lo afetado bastante, hoje ele foi apenas um breve obstáculo, já poucos minutos depois Mischa ficou satisfeito com o som que lhe chegou e pôde conceder a Rosa toda a sua atenção.

Rosa encosta o pé no de Mischa delicadamente, toca-o com muita perseverança, até que ele esteja desperto o bastante para lhe perguntar o que estava acontecendo.

— Claro que meus pais vão morar conosco, não? — diz ela.

Os pais. Nunca antes eles haviam penetrado no quarto, sempre houve apenas a noite em que eles acabaram de se deitar e se amavam, esta e nenhuma outra, todas as seguintes precisavam esperar primeiro, e não valia a pena esbanjar muitas palavras a esse respeito. Mas agora eles estão ali, vamos dar uma rápida olhada naquilo que poderá vir a ser um dia, uma pequena olhada através do buraco na cortina. Os pais estão lá e também um pressentimento do futuro, eles não se deixam expulsar, Rosa insiste.

— Eles não vão morar conosco — diz Mischa acordando.

— E por que não? Você tem alguma coisa contra eles?

Rosa passa a falar mais alto, não se trata aqui de coisas que, necessariamente, precisem ser murmuradas próximo ao ouvido, ela fala tão rebeldemente alto talvez que Faingold poderia acordar, só que ela nada suspeita desse perigo.

— Pelo amor de Deus, será que isso é tão importante que você tenha de me acordar em plena madrugada?

— É — diz Rosa.

Pois muito bem, ele se apóia nos cotovelos, ela pode ficar orgulhosa por lhe ter espantado o sono definitivamente, ele suspira, será que a vida já não é bastante difícil?

— Pois bem: não tenho nada contra eles, nada em absoluto. Eles me são muito simpáticos, mas não vão morar conosco, e agora eu quero dormir!

Ele se vira de súbito para o outro lado, uma pequena demonstração ao luar, surge a primeira discordância. Ainda não é bem uma briga, apenas um anúncio das preocupações cotidianas, passam-se alguns minutos de silêncio, nos quais Mischa constata que Faingold acordara.

— Mamãe podia tomar conta das crianças — diz Rosa.

— Os avós só mimam as crianças — retruca Mischa.

— E eu também não sei cozinhar.

— Existem livros.

Agora é ela quem suspira, briguemos mais tarde, ainda há tanto tempo. Rosa precisa erguer um pouco a cabeça, pois ele enfia o braço amigável por baixo dela, mais um beijo para a reconciliação e, em seguida, pode-se enfim dormir. Mas ela não consegue simplesmente fechar os olhos e fugir, o que ela vê está visto, quanto tempo esperamos por essa olhada. Quando eles baterem à porta, quando chegarem, os russos, bom-dia, cá estamos nós, podemos começar, já será tarde demais, então não se poderá começar a pensar, já deveremos saber o que se há de fazer em primeiro e o que em segundo lugar. Todavia, Mischa quer dormir, e Rosa não consegue, há tantas coisas em desordem, pelo menos uma deve ser arranjada. As maiores serão resolvidas de alguma maneira, com certeza virão pessoas importantes que zelem por elas, comecemos pelas bagatelas pessoais, estas ninguém nos tirará. Da reflexão Rosa passa ao sussurro, haveria primeiro a casa em que devemos nos sentir bem, também poderia ser alguma outra coisa que não a casa, se é que isso lhe ocorre, mas comecemos por ela. Não muito pequena nem muito grande, digamos cinco quartos, não é exigir demais. Não comece logo a gritar, pode-se exigir isso, já fomos modestos por muito tempo. Um quarto seria para você, um para mim e dois para os pais. E um quarto das crianças, claro, onde elas possam fazer o que quiserem, pôr-se de cabeça para baixo e pintar as paredes. Vamos dormir no meu, nada de quarto de dormir extra, seria um espaço desperdiçado e mal empregado durante o dia, devemos pensar de forma prática. Quando chegarem hóspedes podemos colocá-los em seu quarto, um sofá solto no quarto é moderno, uma mesa alongada na frente e três ou quatro cadeiras. Mas não quero ter muitos hóspedes, que você fique sabendo logo. Não por causa da bagunça que fazem, isso não é um grande problema, é que prefiro ficar a sós com você. Talvez quando formos um pouco mais velhos. E, de qualquer modo, ninguém deve me interromper na cozinha. Ela precisa ser de azulejos, é limpo e bonito assim, o melhor seria em azul e branco. Os Klosenberg já tiveram uma cozinha dessas, exatamente assim, não dá para imaginar uma mais bonita. O assoalho será guarnecido com lajotas cinza-claras, na parede haverá prateleiras para pratos e canecas e conchas, e uma pequena prateleira também precisa ser pendurada, para todos os condimentos possíveis. Nenhum ser humano sabe quantos condimentos existem, açafrão, por exemplo, você sabe para que se usa açafrão? Que amarela bolos e massas?

Não sei mais nada, meu informante, Mischa, adormeceu definitivamente nesse ponto, no meio dos condimentos. Talvez Faingold pudesse me contar mais coisas sobre essa noite, talvez tivesse ficado totalmente acordado, mas eu não lhe perguntei.

Então é novamente dia, por fim novamente dia, nós andamos de cima para baixo na estação de carga, carregando nossas caixas, alguns anos antes chamariam isso de animada atividade. Os guardas se comportam de maneira bem normal, eles gritam ou tiram sonecas ou empurram como sempre, não demonstram nenhum medo ou ainda não o conhecem. Pode ser que eu esteja enganado, mas imagino poder me lembrar muito bem desse dia, embora nada de incomum tivesse ocorrido nele, bem, pelo menos não para mim. Eu estou hoje, creio, num vagão e devo receber as caixas e empilhá-las de tal modo que entre o maior número possível. Junto com um outro homem, com Herschel Schtamm, e claro que isso já é algo especial. Pois Herschel Schtamm tem um irmão, não apenas isso, ele tem um irmão gêmeo, Roman, e os dois costumam sempre trabalhar, parar e andar juntos. Porém, hoje não, logo de manhã Herschel sofreu um pequeno acidente, ele tropeçou quando carregava caixas, Roman não pôde segurá-las sozinho, caixas e Herschel caíram. Herschel teve que engolir as pancadas de praxe, mas isso não foi o pior, ele torceu o pé ao tropeçar, quase não conseguia mais andar e portanto não podia também continuar carregando com Roman, por isso está comigo agora no vagão.

Ele sua como uma cascata, nunca antes vi alguém suar tanto, ele só vai parar de suar quando os russos tiverem tomado este maldito gueto, nem um dia antes. Pois Herschel Schtamm é religioso. A vida inteira ele serviu numa sinagoga, nós chamamos isso de *Schamess*,* religioso como o próprio rabino. E tem os cachinhos das têmporas, glória de todos os judeus fiéis, vá perguntar a Herschel se ele está disposto a se separar deles. Por nenhum dinheiro, ele dirá,

(*) *Schamess*: zelador da sinagoga. (N. E.)

ele o encarará como a um maluco, como pôde fazer tal pergunta a ele? Contudo, os cachinhos somente podem aparecer entre suas próprias quatro paredes, apenas lá, nas ruas e aqui na estação encontramos alemães que não simpatizam com isso, afinal onde estamos vivendo para andarmos de um lado para o outro com esse tipo de cortejo? Conhecem-se casos em que simplesmente se buscou a tesoura mais próxima e, sob orações secretas e lágrimas de risos, liquidou-se a coisa na mesma hora e lugar, mas se sabe também de casos piores.

Herschel optou pela única atitude possível, ele esconde os cachinhos, contrabandeia-os através dos tempos. Ele usa um boné, seja inverno seja verão, claro que ainda se tem permissão para usar boné, um boné negro de pele, com abas em ambas as orelhas, que são abotoadas debaixo do queixo. É terrivelmente quente ao sol, foi o único que ele pôde conseguir, mas se ajusta com primor ao seu objetivo. Nós, os não-religiosos, rimos apenas nas primeiras semanas quentes e fizemos nossas piadinhas, o irmão, Roman, também, depois se apagou nosso interesse, Herschel deve saber o que faz.

Colocamos uma caixa bem em cima, ele enxuga o suor do rosto e, enquanto pegamos a caixa seguinte, pergunta-me o que acho da coisa. Para mim está claro a que ele está se referindo, eu lhe digo que já estou todo bobo de alegria, que não consigo mais pensar em outra coisa. Tudo vai me pertencer outra vez, tudo o que tive antes, tudo à exceção da fuzilada Chana. Haverá árvores novamente, vejo-me sentado na nogueira do jardim de meus pais, em galhos tão finos que minha mãe preferiria desmaiar, bem lá em cima eu me entupo de nozes. Os dedos ficam tão marrons por causa das cascas que só clareavam depois de semanas, mas Herschel me encara não muito entusiasmado.

Jakob e Mischa põem uma caixa na borda do vagão. Para que a pressa?, Jakob volta à pilha com passos imensos, e Mischa sai prontamente atrás dele. Desde ontem Jakob é um felizardo, um eleito, todos o disputam, tanto os gigantes quanto os pequenos, todos querem trabalhar com ele, com o homem que tem uma ligação direta com o amado Deus. Mischa era o primeiro da fila, o primeiro a pôr a mão na caixa quando Jakob a avista, e agora está andando atrás dele. O mais justo seria se ele pudesse ser sorteado, assim haveria muitos perdedores e um ganhador principal, mas então todos teriam as mesmas perspectivas quanto à sorte grande, quanto à proximidade de Jakob que, de um momento para o outro, passou a ser tão significativa. Somente Jakob fazia cara de poucos amigos, muito obrigado por uma sorte dessas, desde a manhã ele já foi perguntado cinco ou dez vezes sobre o que o rádio estava dizendo, em tom confidencial e cheio de esperança, até mesmo por homens totalmente desconhecidos. Nas cinco ou dez vezes ele ficou sem saber o que devia responder, apenas repetiu o que já havia dito, Bezanika, ou apenas colocou o dedo na boca e disse "psiu!" em tom conspirador ou não disse nada e seguiu em frente furioso. E todo esse aborrecimento lhe foi causado por esse cabeça-de-bagre comprido, esse que agora vem trotando tão inocentemente atrás dele, com uma alegria antecipada não-merecida, ninguém pôde calcular isso antes. Eles se comportam como crianças, ficam circulando ao redor da pessoa como formigas em volta do mel, se não acontecer um milagre vai demorar no máximo algumas horas até que as sentinelas percebam alguma coisa. Esse tipo de procura seria desejado em tempos normais, o bar de Jakob fica aberto o ano inteiro, à exceção do *Schabess*,* o dia inteiro, e se pode ver um rádio com toda clareza atrás do balcão, qualquer um pode escutar o que bem entender. Mas aí vocês se tornam raros, aí cada um de vocês precisa ser tratado como um rei, caso contrário vão embora e

(*) *Schabess* ou *Schabbes*: *Sabbat*, o sábado, descanso religioso judeu. (N. T.)

não voltam mais, e agora são vocês que o tratam como um rei e não vão embora e estão sempre voltando, seria preciso um guarda-costas contra vocês.

Mischa não tem a menor idéia dos coléricos pensamentos que se inflamam bem em suas cercanias, de que é a raiva que torna os passos de Jakob tão rápidos. Eles carregam algumas caixas, Mischa imagina que a coisa irá assim até o meio-dia, ele deixa de prestar atenção nos olhares inamistosos que o encontram de vez em quando, cada vez com maior freqüência. Até que a panela transborda, até que Jakob pára com a esperança de que Mischa continue andando, para o mais longe possível. Mas Mischa também pára, seus olhos perguntam admirados, ele realmente não sabe de nada, que tome conhecimento portanto.

— Eu lhe peço, Mischa — diz Jakob atormentado —, existem muitas pessoas simpáticas por aqui. Será que você precisa carregar justo comigo?

— Mas o que aconteceu de repente?

— De repente, essa é boa! Não consigo mais olhar para a sua cara!

— Minha cara? — Mischa dá um sorriso estúpido, até então seu rosto nunca incomodou ninguém, a Jakob também não, no máximo uma ou outra observação sobre seus olhos azuis da cor do céu quando não se tem uma idéia melhor e, de repente, uma pequena explosão dessas, quase infamante.

— É, sua cara! Com essa boca, com essa falação — Jakob ainda diz, já que Mischa tateia na escuridão mais completa.

E agora Mischa fica sabendo de onde o vento sopra, ele é o elo fraco da correntinha do silêncio, Jakob tem mesmo razão. Ainda que também não seja um motivo para se fazer um teatro desses, Deus sabe que já vivemos coisas piores, Mischa encolhe os ombros, aconteceu-me, não vamos poder mudar mais nada. Antes que Jakob continue se alvoroçando, Mischa se afasta calado, o que as sentinelas têm a ver com nossos assuntos?, mais tarde ou amanhã com certeza haverá tempo para uma palavra conciliadora.

Portanto, Mischa vai sozinho até as caixas, ele encontrou rapidamente um segundo homem, afinal ele ainda não foi completamente tirado de circulação. Seus braços fortes ainda não foram esquecidos, ainda são estimados, se não pode ser com Jakob que se carregue com Mischa pelo menos. E Jakob também chega sozinho à pirâmide, ele nem sequer vê quem agarra a caixa com ele, seus olhos ainda estão grudados em Mischa, que enfim desaparece, sem se virar, magoado ou não. Contudo, após alguns passos Jakob nota que seu parceiro não segura a caixa com tanta firmeza quanto Mischa, há muito tempo sem a mesma firmeza, e ele o encara e vê que o novo homem é Kowalski, faz uma careta sabendo que saiu da chuva para cair na goteira, Kowalski não o deixará em paz muito tempo.

Kowalski não diz nenhuma palavra. Isto é, ele não se cala, controla-se enquanto suporta, ele carrega e carrega, talvez Jakob mereça. Mas Kowalski e o silêncio o deixam de certa forma nervoso, os pontos vermelhos em suas bochechas não são oriundos do esforço. O silêncio dura por três caixas, se Kowalski pensa que pode matá-lo de fome está muito enganado, Jakob jamais vai começar a falar sozinho, afinal nada tem a contar, só que isso dá nos nervos. Nós vamos enganá-lo, ocorre a Jakob, vamos atraí-lo a uma armadilha, uma conversa inofensiva poderia fazê-lo esquecer a pergunta, que por enquanto guarda para si mesmo, sobre o que se deve falar, depois apitaram o meio-dia, e você poderá me procurar o tempo que quiser.

— Você conhece alguma coisa contra queda de cabelo? — pergunta Jakob.

— Como assim?

— Todas as manhãs meu pente fica cheio de cabelos. Será que não se pode fazer nada?

— Nada — diz Kowalski, e Jakob percebe claramente que o assunto não lhe interessa.

— Mas é claro que se poderá fazer alguma coisa, não? Lembro que você andou esfregando uma coisa num freguês da sua loja. Acho que era verde, não?

— Tudo embuste — responde Kowalski. — Andei esfregando essa coisa em muita gente, mas também poderia ter esfregado água. Alguns queriam porque queriam alguma coisa. E não era verde e sim amarela.

— Não existe nada que ajude?

— Você acabou de ouvir.

Até aqui eles seguem empurrando, calados, aumenta a esperança de Jakob de estar enganado, de Kowalski não estar querendo coisa alguma dele, de este ter agarrado a caixa junto simplesmente por estar mais próximo, e os pontos vermelhos podem estar ali por causa do esforço mesmo ou ser picadas de percevejo. A esperança de que com freqüência não se chega ao mais próximo, as más experiências não podem pôr em dúvida toda sinceridade, Kowalski também tem seu lado bom, uma grande quantidade de recordações pode atestá-lo. Afinal de contas, eles sempre foram como que amigos. Jakob já passa a encarar o suado Kowalski com um ar mais amigável, uma secreta desculpa no olhar, secreta pois, por sorte, as recriminações também permaneceram secretas. Cada nova caixa, que era carregada em silêncio para o vagão, afastava-o da suspeita que, com toda probabilidade, voltara-se para um inocente.

E, de repente, não muito longe do meio-dia, Kowalski fez a pérfida pergunta, sem nenhuma preparação ele disse de modo humildemente inofensivo:

— E então?

Mais nada, Jakob estremece, nós sabemos qual a intenção da pergunta. Num piscar de olhos volta toda a raiva, Jakob se sente ludibriado, aqueles pontos são mesmo os de sempre. E Kowalski não estava nas proximidades por acaso, ele o esperara, estivera à sua espreita, esteve procurando o dia inteiro por esse infame "e então?". Ele se calara até este momento não por consideração, Kowalski não tem a menor idéia do que seja isso, ele se calou porque viu que Jakob brigara com Mischa e só esperou um momento adequado, frio e calculista como é, Jakob devia se sentir em segurança.

Jakob estremece, o pior neste gueto é que a pessoa não pode simplesmente se virar e ir embora, não é aconselhável repetir esse joguinho a cada cinco minutos.

— Tem alguma novidade? — pergunta Kowalski com toda nitidez. Ele não está com a menor vontade de entrar numa longa troca de olhares, se você não entende meu "e então?", pois muito bem.

— Não — diz Jakob.

— Olhe aqui, você não está querendo me dizer que na guerra se passa um dia inteiro sem nada acontecer, não? Um dia e uma noite inteiros.

Eles depositam a caixa na borda do vagão, voltam à pilha, Jakob respira fundo e Kowalski lhe faz um aceno animador, Jakob perde o controle e passa a falar mais alto do que se pode aprovar.

— Cristo, quer me deixar em paz? Já não lhe disse ontem que eles estão a 20 quilômetros de Bezanika? Isso não lhe basta?

Claro que não basta para Kowalski, se os russos estão a 20 quilômetros de uma Bezanika qualquer e ele ali como haveria isso de bastar?, todavia ele não tem tempo para um golpe direto e lógico, não no momento, Kowalski olha à sua volta, chocado, pois Jakob não foi lá muito cauteloso. De fato lá está uma sentinela, bem nas proximidades, os dois terão que passar por ela, e o soldado já está olhando. O uniforme não lhe cai bem, ele é jovem demais para a farda, já andou reparando algumas vezes, tem um imenso focinho, mas espanca pouco.

— Seus montes de merda, por que estão brigando? — pergunta ele quando os dois vão passar. De qualquer forma ele não ouviu nada precisamente, apenas palavras ditas em voz alta, que são depressa explicadas.

— Não estamos brigando, senhor sentinela — diz Kowalski em voz alta —, é que eu sou um pouco surdo.

A sentinela precisa examinar algo e se balança na ponta dos pés, depois dá meia-volta e vai embora. Kowalski e Jakob pegam uma outra caixa, o incidente não é apreciado com nenhuma palavra.

— Passou-se um dia inteiro, Jakob. Vinte e quatro longas horas. Pelo menos míseros quilômetros eles devem ter avançado, não?

— Sim, 3 quilômetros segundo as últimas notícias.

— E você age com tanta indiferença? Cada metro tem importância, é o que lhe digo, cada único metro!

— Mas o que são 3 quilômetros? — diz Jakob.

— Para você está bem! Talvez não seja muita coisa para você, você ouve as notícias todos os dias. Mas 3 quilômetros são 3 quilômetros!

Acabou-se, Kowalski o deixará em paz por hoje, ele está novamente mudo como Faingold, ficou sabendo o que queria.

Jakob julga que não foi tão mal assim, no fundo lhe saiu fácil dos lábios, ele me contou com todos os pormenores, foi um momento importante para ele, Jakob disse. A primeira mentira, que talvez nem fosse de tão pequena que era, e Kowalski está satisfeito. Isso tem valor, a esperança não deve adormecer, caso contrário eles não sobreviverão, ele sabe muito bem que os russos estão avançando, ouviu com os próprios ouvidos e, se houver um Deus no céu, eles também terão que vir até nós e, se não houver nenhum, eles também terão que vir até nós e deverão encontrar o maior número possível de sobreviventes, isso tem valor. E, se todos estivermos mortos, bem, foi uma tentativa, isso vale algo. Só que ele precisará ter mais idéias, eles farão sempre novas perguntas, vão querer saber dos detalhes, não apenas o número de quilômetros, ele será obrigado a inventar as respostas. Oxalá a cabeça acompanhe, inventar não é para qualquer um, até agora ele só inventou uma única vez na vida, já faz anos, uma nova receita de bolinhos de batata com queijo branco, cebola e cominho, não se podem comparar as duas coisas.

— Além disso, o importante é que eles estejam avançando — diz Kowalski, pensativo. — Você compreende, é melhor avançar devagar do que recuar depressa...

Fomos tarde demais até Lina, irresponsavelmente tarde, pois ela tem uma certa importância nisso tudo, ela arredonda a coisa, se é que se pode falar assim, Jakob vai todos os dias até ela, mas nós só fomos agora.

Lina tem oito anos, cabelos longos e negros e olhos castanhos, como devem ser, uma criança de beleza acentuada, diz a maioria. Ela é capaz de olhar para uma pessoa de tal modo que esta fica com vontade de dividir o último pedaço com ela, mas somente Jakob o faz, muitas vezes ele chega a lhe dar tudo, isso porque ele nunca teve filhos.

Há dois anos que Lina não tem pais, eles foram embora, subiram no trem de carga e foram embora, e deixaram a filha única sozinha. Há pouco mais de dois anos, o pai de Lina saiu na rua, ninguém lhe chamou a atenção para o fato de estar usando o paletó errado, o paletó sem estrelas. Era início de outono, ele saiu e não pensou em nada de mal, o mais tardar no trabalho eles teriam notado, mas o pai de Lina não chegou tão longe. Encontrou uma patrulha na metade do caminho, bastou uma olhadela atenciosa, somente Nuriel não soube interpretá-la.

— Você é casado? — perguntou-lhe um dos dois.

— Sou — disse Nuriel sem suspeitar o que queriam dele com essa pergunta estranha.

— Onde sua mulher trabalha?

Em tal lugar, respondeu Nuriel. Eles o acompanharam ao local e retiraram a mulher da fábrica. Tão logo ela o viu com os dois homens se deu conta dos pontos desnudos no peito e nas costas de Nuriel; ela o encarou horrorizada e Nuriel lhe disse:

— Eu também não sei o que está acontecendo.

— Suas estrelas — ela sussurrou.

Nuriel baixou o olhar para o próprio corpo, só então ficou sabendo que se tratava do fim, do fim ou de um momento um pouco antes do fim, um motivo bem menor teria bastado para o fim, leia o regulamento do gueto. Eles foram com Nuriel e sua mulher até a casa, no caminho lhes disseram o que poderiam levar. Lina não estava brincando na frente da casa, também não estava no vestíbulo, a mãe lhe havia inculcado que, se possível, não saísse da casa. Mas nunca se sabe o que as crianças aprontam o dia inteiro enquanto os pais trabalham, uma breve oração para que dessa vez ela fosse desobediente. Tampouco estava no quarto, ela poderia se admirar e perguntar o que estava acontecendo, por que papai e mamãe já estão em casa a essa hora, e os homens saberiam que Nuriel tinha não apenas uma mulher. Eles empacotaram as poucas coisas, os dois homens se postaram ao lado, observando se tudo corria direito. Nuriel se comportou como um sonâmbulo, até que sua mulher o cutucou e lhe disse para se apressar. Nesse momento ele também se apressou, entendeu sua intimação, Lina podia entrar no quarto a qualquer momento.

Ao descer ele viu através de uma janela da escada que Lina estava brincando no pátio (tudo isso sem testemunhas, mas talvez tenha sido assim mesmo e não de outra forma). Ela se equilibrava no pequeno muro entre os dois pátios, o que ele lhe proibira sabe Deus quantas vezes, mas as crianças são assim mesmo. Uma vizinha, que nessa semana estava no turno da noite, encontrou-se com eles na escada e ouviu quando a mulher de Nuriel lhe disse para não ficar sempre olhando pela janela, e sim para prestar atenção nos degraus, caso contrário ainda levaria um tombo. Ele também fez isso e não caiu, eles chegaram à rua sem nenhum incidente e, desde então, Lina não tem mais pais. Pouco tempo depois uma outra família tomou posse do quarto dos Nuriel, nessa época as novas fornadas ainda chegavam continuamente. Tornou-se um problema para onde mandar Lina, ninguém podia ficar com ela para sempre, não apenas por questões de espaço ou má vontade, bastaria aparecer um controle inesperado, onde você conseguiu a criança? Todos ficaram esperando durante semanas que Lina fosse procurada, qualquer documento poderia chamar a atenção de alguém em alguma repartição, num passar de olhos, para o fato de que apenas dois, em vez de três, havia entrado no transporte, mas isso não aconteceu. No final, algumas mulheres fizeram uma limpeza no sótão, a cama foi levada para cima, bem como uma cômoda com suas coisas, que ainda existiam, Lina vive no andar mais alto. Apenas um fogão não pôde ser conseguido em parte alguma. Nas noites mais frias, quando mesmo dois cobertores de nada valem, Jakob, que nunca teve filhos, arrisca-se e a leva às escondidas para a cama. O resultado disso foi simplesmente que ela pertence mais a ele, Lina teve dois anos para fazer o que quisesse de Jakob, tempo mais que suficiente.

Hoje não é nenhuma noite fria, nem de longe a mais fria, Lina terá que dormir sozinha, Herschel Schtamm suou de um modo horrível o dia inteiro. Jakob vai até ela, todas as tardinhas vai até ela, Lina está deitada de olhos fechados. Jakob sabe muito bem que ela não está dormindo, e Lina sabe muito bem que ele o sabe, a cada noite surge uma outra brincadeira. Jakob retira um saco de papel do bolso, há uma cenoura no saco, Jakob a coloca na cômoda ao lado da cama, em seguida faz a brincadeira de hoje. Ele enche o saco de ar e o estoura entre as mãos, porém Lina já está rindo antes, quando ainda está de olhos fechados, alguma coisa acontecerá daqui a pouco. Então vem o estampido, Lina se levanta dá o beijo que Jakob mereceu e afirma que já está melhor. Amanhã ela enfim sairá da cama, uma coqueluche dessas não pode durar para sempre, mas é claro que Jakob não pode tomar essa decisão sozinho. Ele coloca a mão na testa de Lina, examinando-a.

— Ainda estou com febre? — pergunta Lina.

— Só um pouco ainda, se é que meu termômetro está funcionando direito.

Lina pega a cenoura, pergunta-lhe o que é a febre e começa a comer.

— Bem, isso eu vou explicar numa outra ocasião — Jakob diz. — O professor já esteve aqui hoje?

Não, ele ainda não passou por lá, mas disse ontem que a coisa está marchando, e Jakob não deve fazê-la sempre esperar por uma outra ocasião, ele ainda precisa explicar o que são máscaras contra gases, epidemias, balões de ar, lei marcial, o resto ela esqueceu, e agora ele passa a ter mais essa dívida da febre.

Jakob a deixa falar, Lina já dá uma impressão bem saudável, ele pensa, talvez com um pouco de melancolia, nos três cigarros que a cenoura lhe custou, a próxima ele precisa conseguir mais barato. No final, tudo acaba em pura conversa, ela é uma mestra da conversa, isso deve ser nato em Lina.

— Como anda o trabalho? — ela pergunta.

— Tudo da melhor maneira — diz Jakob —, obrigado por perguntar.

— Lá também fez muito calor? Aqui esteve terrivelmente quente.

— Fez.

— O que foi que vocês fizeram hoje? Você voltou a andar na locomotiva?

— Como lhe ocorreu isso?

— Há pouco tempo você viajou até Rudolf e depois voltou, não está mais lembrado?

— Ah, sim. Mas hoje não, há alguns dias que a locomotiva está quebrada.

— O que ela tem?

— Está sem uma roda e não existe nenhuma nova.

— Que pena. E como vai Mischa? Faz tanto tempo que ele não vem aqui.

— Ele tem muito que fazer. Mas foi bom você ter me lembrado, devo lhe dar os cumprimentos da parte dele.

— Obrigada — diz Lina. — Cumprimente-o também por mim.

— Será feito.

Poderia continuar assim por horas a fio, por mais de vinte cenouras, não importa sobre o que conversavam, falava-se até o dia nascer, até Kirschbaum entrar.

Se eu não me tivesse proposto a outra coisa desde o início, contaria a história de Kirschbaum, talvez eu ainda o faça num momento qualquer, a tentação é grande. Embora nós nos tenhamos encontrado apenas duas ou três vezes de passagem, ele nem ao menos sabia meu nome. No fundo, eu o conheço somente através das palavras de Jakob, que o mencionou só de leve, mas me deixou curioso. Kirschbaum não desempenha nenhum papel importante nisso tudo, o principal é que ele curou Lina. Anos atrás Kirschbaum era famoso, não como o pai de Rosa, uma celebridade autêntica, com carimbo e assinatura e milhares de homenagens, chefe de um dos hospitais de Cracóvia, cardiologista requisitado. Conferências em universidades de todo o mundo, francês, espanhol e alemão fluentes, dizem que teve uma troca de correspondência desarticulada com Albert Schweitzer. Quem quisesse ser curado por ele precisava empregar todos os meios, ainda hoje ele anda por aí com a dignidade de homem respeitado, sem sua própria interferência. E também os ternos da melhor fazenda inglesa, com o tempo um tanto surrados nos cotovelos e joelhos, mas como antes de caimento impecável, quase sempre escuros para um contraste eficaz com seus cabelos brancos como a neve.

Kirschbaum nunca perdeu tempo pensando que era um judeu, já seu pai era cirurgião, afinal que coisa é essa?, origem judaica, eles forçam a pessoa a ser judia, ao passo que ela não tem a menor idéia do que seja isso. Agora há puros judeus à sua volta, pela primeira vez em sua vida não como judeus, ele quebrou a cabeça pensando neles, queria descobrir o que é isso, em que eles se assemelham, em vão, eles não têm nada de específico em comum, e ele com os outros tampouco.

Para a maioria ele é um pouco fenômeno, o que não agrada a Kirschbaum, melhor a amabilidade que o respeito, ele tenta se arranjar. Faz sem o menor jeito coisas em que se espera algo especial dele e, inclusive, não tem o menor humor para endireitar qualquer coisa.

Ele chega ao quarto do sótão, traz consigo uma panela cheia de sopa para Lina, seus passos são elásticos como os de alguém com 30 anos, o clube de tênis o conservou jovem.

— Boa noite a todos — ele diz.

— Boa noite, senhor professor.

Jakob se levanta da cama, dá lugar a Kirschbaum, que logo auscultará Lina, ela já tira a camisa, a sopa ainda está quente demais, todas as vezes há um exame antes. Jakob vai à janela, está aberta, uma pequena trapeira, mas mesmo assim se pode ver meia cidade. Talvez um pôr-do-sol, as casas em cinza e ouro e muita paz. Os russos marcharão ao longo das ruas, nenhuma será esquecida, as malditas estrelas sairão das portas, deixando manchas claras como fotos feias que ficaram dependuradas por muito tempo nas paredes e, merecidamente, foram parar no lixo. Enfim se terá um pouco de tempo como os outros para os pensamentos róseos, como se Kowalski tivesse contado o milagre. Que o futuro está escondido em alguma parte lá embaixo, nada de grandes aventuras mais, que os adolescentes irrompam, claro que o bar terá que ser repintado, eventualmente algumas mesas novas para completar, talvez haja até mesmo uma licença para a venda de aguardentes, para a qual não havia nenhuma perspectiva antes, vamos ver. O quarto de Lina poderia ser preparado na despensa, oxalá não apareçam parentes querendo levá-la, somente os pais ficarão com ela, mas será que ainda estão vivos? Ela entrará na escola no ano que vem, ridículo, uma jovem de nove anos na primeira série. A primeira série ficará cheia de crianças grandes demais, talvez lhes ocorra algo para não perder muito tempo. Não seria mal se lhe fosse ensinada alguma coisa antes, pelo menos a ler e um pouco de matemática, por que não tivemos essa idéia antes?, mas primeiro ela deve ser curada.

— Agora eu já posso lhes dizer — diz Kirschbaum. — A coisa andou bem feia para essa jovem dama. Mas na maioria das vezes se pode fazer algo no caso das mocinhas boas. Já melhoramos muito o estrago. Respire fundo e prenda!

Na parte de baixo do armário há um livro velho, uma descrição de viagens pela África ou pela América, poder-se-ia pegá-lo muito bem para a leitura, traz inclusive algumas fotos. É preciso torná-lo gostoso para Lina, pois quando ela não quer a gente pode até plantar bananeira. Assim que der vou adotá-la, antes, é claro, procurarei pelos pais, sem que ela saiba, não deve ser tão fácil adotar, uma grande quantidade de formalidades e repartições, caso se tenha chegado a uma criança nos velhos tempos. Os alemães têm sua cota nisso e os russos têm sua cota nisso, qual a maior? Eu direi a ela que agora se acabaram os eternos contos de fadas, não mais apenas príncipes e bruxas e mágicos e salteadores, a realidade é bem diferente, você já está com idade, isto aqui é um *a*. Tão certo como dois mais dois são quatro ela perguntará o que significa um *a*, vai querer saber para que se precisa dele, Lina tem um dom muito prático, na sua idade as perguntas são meia vida, talvez venham tempos difíceis. Como filha ela já tem oito anos, eu como pai apenas dois.

Kirschbaum mantém o estetoscópio em seu peito e ausculta com atenção, e de repente finge de admirado, arregala os olhos para Lina e pergunta:

— Ora essa, o que é isso? Tem alguma coisa assoviando lá dentro?

Lina olha divertida para Jakob e este continua a brincadeira, ele não notou como o outro começara, mas agora continua a brincadeira, não vai estragar o joguinho de Kirschbaum, e Lina ri do burro professor, que não compreende que o assovio não vem do seu peito, mas do tio Jakob.

Por que os grandes acontecimentos lançam suas sombras para a frente?, perguntam-se as pessoas, nenhuma sombra em toda a parte, passam-se alguns dias insignificantes, insignificantes para o escritor da história. Nenhum decreto novo, nenhum acontecimento externo, nada grande, nada de que se pudesse inferir uma transformação. Alguns pensam ter notado que os alemães se tornaram mais reservados, alguns dizem que isso é porque nada acontece, é a calma antes da tormenta. Eu digo, contudo, a calma antes da tormenta é mentira, nada acontece é mentira, a tormenta já se encontra lá ou um pouco dela, os sussurros nos quartos, quando se está inquieto e se especula, se espera e se reza, surgiu a grande era dos profetas. Quando duas pessoas brigam é porque estão brigando por planos, o meu é melhor que o seu, todos já estão arrebatados, todos já conhecem o inconcebível. Quem ainda não conhece deve ser um eremita, nem todos conhecem a origem da notícia, o gueto é grande demais para isso, mas os russos estão na cabeça de todos. Velhas dívidas começam a desempenhar um certo papel, são lembradas com embaraço, filhas se transformam em noivas, as bodas devem ser celebradas na semana do Ano Novo, as pessoas estão totalmente loucas, o número de suicídios cai para zero.

Aquele que ainda for fuzilado agora, tão perto do fim, este, de repente, perdeu um futuro, pelo amor de Deus não dar mais nenhuma razão para Majdanek ou Auschwitz no que as razões tiverem significado, cuidado, judeus, o máximo de cuidado e nenhum passo irrefletido.

De há muito existem dois partidos no meio das casas, Jakob tem não apenas amigos, dois partidos sem estatutos, mas com argumentos de peso, plataforma e arte de persuasão. Uns anseiam por novidades, o que aconteceu na noite passada?, quantas foram as perdas dos dois lados?, nenhuma notícia é tão pequena que não se possa dela tirar esta e aquela conclusão. E os outros já ouviram o bastante, o partido de Frankfurter, para eles esse rádio é uma fonte de perigo constante, Jakob poderia tranqüilizá-los com tanta facilidade, eu ouço suas dúvidas na estação, no caminho de casa e no lar. Em sua ingenuidade vocês falam entre si e conosco, arriscando o pescoço, eles advertem, os alemães não são surdos nem cegos. E o regulamento do gueto não é nenhuma proposta para o bom comportamento, lá está escrito, o preto no branco, o que significa escutar rádio, está escrito também o que acontece com aqueles que sabem que alguém escuta rádio sem denunciá-lo. Portanto, tratem de ficar calmos e esperem em silêncio em seus cantos, quando os russos aqui chegarem eles estarão aqui, vocês não vão atraí-los para cá com conversas. E sobretudo parem de conversar sobre esse funesto rádio, sobre essa possível razão para milhares de mortes, seria melhor aniquilá-lo hoje do que amanhã.

Essa é a situação, Jakob tem portanto não apenas amigos, mas não o nota, ele tampouco pode ficar sabendo disso. Aqueles que se aglomeram em torno dele, os curiosos, as centenas de Kowalskis, eles evitarão lhe dizer, pois Jakob poderia ter dúvidas e pensar de outra maneira e de repente começar a se calar, melhor se calarem eles mesmos. E os admoestadores não lhe dizem com toda razão, não lhe enviam nenhuma delegação de advertência, seria arriscado demais. Eles fazem uma imensa curva em torno de Jakob, pois ninguém jamais poderá dizer que ele foi visto perto deles.

O cacheado Herschel Schtamm, por exemplo, é um deles, desses que nada mais querem ouvir nem ver e tampouco querem ser cúmplices. Quando nos encontramos na estação, avaliando os últimos sucessos dos russos, em segredo, notícias recém-saídas da boca de Jakob, ele dá alguns passos para o lado, mas não se afasta muito, calculo que a uma distância que dê para ouvir. Não deve ser uma conversa de que, vista de fora, ele esteja participando, essa é a sua preocupação rapidamente descoberta. Então os olhos de Herschel perambulam indiferentes pelos trilhos ou encontram um de nós com intensa desaprovação, contudo não devemos excluir que, sob o boné abafado, seus ouvidos se tornam tão aguçados quanto os de uma lebre.

Ele encarou como mérito pessoal o corte de energia que transformou o rádio de Jakob em mortal acolhedor de pó durante dias. É bem verdade que ele não declarou isso de público, Herschel não é o tipo de homem que goste de se vangloriar, sabemos disso através de seu irmão gêmeo, Roman, que passa com ele cada manhã e cada tardinha num quarto e cada noite numa cama, afinal ele deve saber. Quando perguntamos a Herschel como aprontou isso, um corte de energia em várias ruas e durante vários dias não é nenhuma brincadeira de criança, seu rosto abranda, quase um sorriso após o perigo ultrapassado, mas ele fica calado. E então perguntamos:

— Como foi, Roman? Como ele conseguiu?

Os minutos antes de ir dormir, informa Roman, são preenchidos com orações, quieto num canto, não apenas depois do rádio, velho costume. Roman espera na cama, paciente, até que juntos possam puxar a coberta por cima da cabeça, de há muito que ele não exige de Herschel que se apresse e vá dormir enfim, ensinaram-lhe que preces e pressa não devem andar de mãos dadas. Ele não presta atenção ao monótono murmurinho, o cantarolar, não faria sentido, Roman não entende nenhuma palavra de hebraico, porém já faz algum tempo que certos sons familiares também penetram em seu ouvido. Desde que Herschel passou a enviar petições concretas ao amado Deus, não mais a piedosa e habitual coisa de proteção e de transformar tudo em bem de alguma forma, ele vem se servindo cada vez mais do compreensível idioma comum e corrente. Agora Roman pode espreitar de modo fragmentário o que move e atormenta o irmão, nada fora do comum, se ele próprio orasse não teria muita coisa diferente a dizer. Noite após noite Deus recebe relatos de fome, de medo da deportação e de pancadas das sentinelas, impossível que isso tudo aconteça com sua aprovação, ele poderia ter a bondade de ver o que se pode fazer nesse sentido, rápido se possível, o tempo urge, ele poderia também dar um sinal de que está tudo entendido. O sinal se fez esperar um longo tempo, para Herschel um brilhante teste aprovado de resistência, a qual será pesquisada no respectivo dia seguinte, em vão, após a intervenção transformadora de Deus. Até que ele venha de fato, o ansiado sinal, inesperado como todas as ações celestiais e tão poderoso que faça morrer a palavra de dúvida nos lábios dos mais infiéis inclusive.

Nessa noite a conversa gira em torno do rádio, em torno dessa preocupação que a todos domina, Herschel explica a Deus com todos os pormenores as ilimitadas conseqüências, caso por descuido as indiscrições chegassem a um ouvido alemão, e já aconteceu, segundo a legislação vigente os fofoqueiros devem responder, bem como os cúmplices silenciosos. E se afirmará que todos nós somos cúmplices, que a curiosidade não se desviou de ninguém, eles inclusive terão razão quanto a isso. De mais a mais, nem ao menos precisa ser um ouvido alemão que se encontre nas proximidades por acaso, existem também ouvidos alemães camuflados, só você sabe quantos agentes provocadores andam entre nós. Ou então alguém quer salvar a própria pele e trai por vontade própria, os farrapos humanos existem em toda parte, você também sabe disso, sem o seu consentimento eles não teriam vindo ao mundo. Não permita que ainda nos aconteça a grande desgraça, faltando tão pouco tempo para o final, se você já manteve sua mão protetora sobre nós durante todos esses anos e impediu os maiores dissabores não permita por amor a você. Não deixe os alemães saberem nada do rádio, você sabe muito bem do que eles são capazes. Ou, melhor ainda, se posso lhe apresentar uma proposta, liquide esse maldito rádio, seria a solução mais feliz.

Nessa altura as lâmpadas do teto começaram a bruxulear de repente, Herschel não prestou atenção a princípio, mas depois olhou para cima com olhos arregalados e foi iluminado como que por um raio, o que tem seu significado. Deus o ouviu, as orações não foram em vão, Ele mandou seu sinal no momento certo, a confirmação da recepção, e logo um sinal que não poderíamos imaginar mais prático, é para isso mesmo que Ele é Deus! Sem energia o rádio estará condenado finalmente a fechar a boca, quanto mais fervorosamente Herschel rezava mais a luz bruxuleava.

— Não afrouxe! — exortou-lhe Roman.

Todavia, ele nem precisava dizer, Herschel sabe do que se trata, ninguém pede conselhos de zombeteiros quando o prêmio acenado é a bem-aventurança. Ele deixa suas relações continuarem agindo com fervor até que tudo se consuma, a lâmpada se apaga definitivamente, foi pronunciada a última palavra. Herschel investe em direção à janela, olhares examinadores para o outro lado da rua, nenhum brilho de luz atravessa as cortinas, nem mesmo na casa de Jakob Heym. Nós o levamos ao silêncio, meu caro, reinará uma paz celestial, pegue sua terrível caixa e a leve ao diabo, talvez você não precise mais dela. E não vá imaginar que o corte de energia, que inadvertidamente você toma por uma avaria, já estará remediado amanhã, os curto-circuitos da esfera superior duram uma eternidade.

Orgulhoso e explodindo de felicidade, como as circunstâncias o permitem, Herschel se deita na cama após o trabalho realizado e, sereno, acolhe os parabéns de Roman.

Rostos preocupados em volta de Jakob, o que será?, está-se entalado e não se tem a menor idéia sobre o que acontece no vasto mundo. Essa situação insuportável já dura três dias, isso já não é mais nenhum corte de energia, é uma catástrofe da natureza, tinha que nos acontecer também essa desgraça? As pessoas se acostumaram precipitadamente às alegres notícias, ficaram viciadas nos poucos quilômetros a cada manhã, e o dia inteiro havia alguma coisa a esperar e a discutir. E agora reina uma paz desolada, o primeiro passo matinal nos levou ao interruptor de luz, alguns se levantavam inclusive no meio da madrugada, apertávamos o interruptor e ficávamos sabendo da temida resposta, que também hoje Jakob será tão inteligente quanto nós mesmos. Somente a energia o deixará onisciente, somente a energia que sombrios poderes apagaram, somente quando as lâmpadas voltarem a brilhar em todos os quartos é que sua luz brilhará especialmente clara, mas quando será?

A única pessoa para quem a nova razão de receio não é nenhum motivo de apreensão é Jakob, esse golpe do destino não o atingiu, por exceção. Sua ligação com o mundo exterior não foi cortada, o que não existe não pode ser cortado, ela é tão escassa como sempre foi, só que agora ele finalmente pode reconhecê-lo. A pura loucura, que panelinha a sorte procura para cozinhar, mesmo que seja uma sorte bem modesta, disfarçada de corte de energia, deve durar até que os primeiros rostos russos surpreendam as sentinelas nas periferias da cidade. Pelo menos agora ele pode respirar mais livremente, Jakob pode ser de novo um entre muitos, ninguém o força a saber mais que todos, mas precisa continuar fingindo. Precisa fingir sempre, precisa fingir pesar quando não sente nenhum, pesar pela falta de energia, nenhuma ninharia pelo alívio. Vocês viram, amigos?, fiz tudo que pude enquanto deu, forneci-lhes as últimas e melhores notícias, vocês não ficaram um dia sem um comunicado consolador, como eu gostaria de continuar informando até o ansiado grande momento, porém estou de mãos atadas, como vocês mesmos vêem.

Pela manhã Kowalski fez a corrida de novo, ele carrega com Jakob, só que dessa vez não foi uma corrida de verdade, Jakob se tornou, da noite para o dia, uma força de trabalho totalmente comum, uma pessoa mais velha com duas imagináveis mãos fracas que não atraem mais ninguém. Kowalski topa com Jakob mais por um velho hábito ou por antiga amizade, de qualquer forma os dois carregam juntos. De há muito que isso não ocorre tão calmamente entre os dois, as caixas parecem um pouquinho mais leves a Jakob, desde que Kowalski e os outros passaram a não mais sobrecarregá-lo com perguntas, e é provável que para Kowalski tenham se tornado mais pesadas, já que faltam as respostas, como se vê o peso não é uma grandeza absoluta. A última pergunta foi se, Deus nos livre!, a luz também foi apagada na casa de Jakob, este responde que sim, de modo simples e de acordo com a verdade, ficou todo feliz por poder dizer novamente a pura verdade após um longo tempo e, desde então, está tão tranqüilo à sua volta quanto em torno de qualquer um. Assim permanecerá até que a energia volte, portanto ninguém deve se admirar com a serenidade de Jakob.

Quando soa o apito da sopa eles sentam, lado a lado, ao sol, Kowalski suspira e toma colheradas e suspira, o que não se deve à sopa, cujo sabor não é pior nem melhor do que em todos os dias. Nos últimos tempos Jakob aprendeu a temer a proximidade de Kowalski, ele era o mais assíduo entre os curiosos, não o deixando comer nem dormir, usando Jakob apenas como veículo de sua curiosidade, sem compaixão. Mas hoje sua proximidade não pode assustar Jakob, as perguntas seriam palavras desperdiçadas, o sol brilha, eles estão sentados pacíficos e calados lado a lado e comem e, em algum lugar ao longe, os soldados de Stalin se aproximam com velocidade desconhecida.

— O que você acha, quanto tempo ainda vai durar esse corte de energia? — pergunta Kowalski.

— Oxalá vinte anos — diz Jakob.

Melindrado, Kowalski levanta o olhar do prato, essa não é uma resposta de amigo. Com certeza os últimos dias não foram fáceis para Jakob, a única ligação com o exterior que ninguém quer deixar de usar, você foi assediado e espetado, e isso também não foi assim tão sem perigo, mas será que, na nossa situação, alguém se ofende com um pouquinho de esforço adicional? Quem teria agido de maneira diferente em seu lugar?, procure essa pessoa entre nós e não a encontrará e aí a gente ouve palavras tão feias por uma pergunta modesta.

— Por que você está tão hostil? — pergunta Kowalski.

— Você jamais adivinhará — Jakob diz.

Kowalski encolhe os ombros e segue comendo, hoje não se pode conversar com Jakob, talvez ele esteja indisposto, no fundo em muitos dias ele sempre foi incompreensivelmente briguento. Outrora, quando se chegava em seu antipático bar, entrava-se no melhor dos humores e sentava numa das muitas cadeiras desocupadas e se perguntava a Jakob, da maneira mais normal, como iam os negócios, como sempre se pergunta, podia acontecer de ele não responder de modo normal, os negócios vão assim e assado, como é de esperar de um adulto, pelo contrário, ele vinha com a descompostura: "Não faça perguntas imbecis, basta dar uma olhada em volta!".

Não de todo ao acaso Jakob e Kowalski recebem companhia, Mischa senta ao lado deles, e traz Schwoch consigo, o sócio mais jovem de Lifschitz & Schwoch, almofadas de carimbos no atacado e no varejo. A princípio Jakob acredita que eles sentam simplesmente por ainda haver lugares desocupados ali, sol e um lugarzinho despercebido, até que nota que ambos se encaram continuamente. Mischa com ar animador e Schwoch com jeito irresoluto. Então ele fica sabendo que, claro, não se trata de um acaso, alguma magnitude desconhecida está em jogo, Jakob aprendeu a prestar atenção às mais delicadas nuanças. Os olhares de Mischa significam "vamos, fale de uma vez por todas", e os de Schwoch significam "não, é melhor você falar" e, uma vez que a troca de olhares não quer chegar a um fim, Jakob diz entre duas colheradas:

— Estou ouvindo.

— Nós tivemos uma idéia, Jakob — Schwoch diz.

Até aqui, tudo bem, sempre se encontra algum uso para uma idéia eficaz, as boas idéias são como o ar para a respiração, vamos ouvir o que lhes ocorreu, depois veremos.

Mas Schwoch se cala após o acanhado arranque, ele torna a olhar para Mischa e seus olhos dizem "é melhor você falar".

— O negócio é o seguinte — diz Mischa. — Nós pensamos: se a energia não vai até o rádio, o rádio precisa ir até a energia.

— Você está me propondo um enigma? — Jakob pergunta, intranqüilo, mesmo que não haja nada de enigmático nas palavras de Mischa elas significam nada mais nada menos que: a luz ainda brilha numa rua qualquer deste gueto, daqui a pouco vamos ouvir em qual, com toda facilidade a razão humana saudável pode fazer uma rima com isso.

— Na rua de Kowalski há energia — diz Schwoch.

Essa frase promissora, dita como explicação para Jakob, atinge Kowalski quando começava a raspar o prato. A mão pára, ele fecha os olhos num breve espaço de tempo, seus lábios sussurram com amargura que o golpe de Schwoch o atingiu, e ele recua para o lado. Não para longe, apenas alguns simbólicos centímetros. Ele nada ouviu, que esses malucos conversem o que bem entenderem, aquilo nada tem a ver com ele.

Jakob observou a pequena revelação, uma pena que não se possa rir, o importante deve ser feito antes que a pausa chegue ao fim e o plano de Mischa e Schwoch se propague e não seja avaliado para ser refutado. Para Jakob está claro que com Kowalski eles cairão de quatro, como sempre, daí não vem nenhum perigo, quem viveu tantos anos ao alcance da voz de Kowalski sabe como não é a aparência de um herói. Aparar-lhe a barba de acordo com a última moda e ajeitar os cabelos de um modo bem artístico, de tal modo que as pessoas se virem na rua, isso talvez ele possa fazer, mas escutar programas proibidos sob pena de morte e divulgar seu conteúdo, para isso vocês precisarão procurar alguém mais burro. O problema não é Kowalski, de maneira nenhuma, a preocupação é que um outro seja encontrado, a rua de Kowalski é comprida. Talvez venha um outro que diga: passe a caixa para cá, vamos fazê-la tocar e cantar e apregoar aos quatro ventos.

Eles devem ser dissuadidos do plano pela razão mais profunda, se a coisa não redundar em nada e não redundará a culpa deve ser posta no plano e não em Kowalski. Ele só pode sair do caso como homem digno, precisam ser encontradas palavras que difamem a própria idéia e demonstrem sua total inutilidade. Portanto, desembuche tal prova, mas de onde tirá-la na pressa?, talvez as palavras certas ocorram a Kowalski. Pois, enfim, ele é uma vez o aliado de Jakob, enfim ambos se encontram no mesmo barco desconfortável, Kowalski também corroerá a idéia de Mischa e Schwoch com todas as suas forças, ele dirá tudo, só não dirá que está com muito medo. Ele precisa ser empurrado para dentro d'água até o pescoço, então ele falará, só resta esperar que a adequada língua de anjo acorde dentro dele o mais rápido possível.

— Você ouviu o que eles querem de você? — diz Jakob.

Kowalski vira-se para ele, age como se tivesse estado em outro lugar em pensamentos e pergunta com a mais completa inocência:

— De mim? — E depois se dirige a Schwoch: — O quê?

— Trata-se da energia — Schwoch explica, paciente. — Claro que alguém poderia levar o rádio para a sua casa, não?

Kowalski age como se tivesse ouvido uma péssima piada.

— À minha casa?

— É.

— O rádio?

— É.

— Genial!

Esses idiotas querem me matar, ele pensará, querem me arruinar como se eu já não tivesse misérias suficientes penduradas no pescoço, e falam do meu naufrágio como se fosse a coisa mais natural do mundo.

— E você, Jakob? O que tem a dizer?

— Por que não? — diz Jakob. — Só depende de você. Eu estou de acordo.

É como se ele estivesse brincando com fogo, mas ele sabe muito bem até onde poderá ir com Kowalski, além disso, caso Kowalski se torne um herói num piscar de olhos, ainda se pode reconsiderar a coisa mais tarde. Todavia, pelos parâmetros humanos, isso não será necessário, Kowalski é um problema de aritmética para a primeira série.

— Você também sabe o que está arriscando com isso? — Kowalski pergunta, muito admirado com tanta falta de cuidado. — Afinal, o que significa esse: alguém poderia levar o rádio para minha casa? Quem é esse *alguém*? Eu?

Você? Ele? Quem é alguém? Vocês querem transportar o rádio pelo gueto em plena luz do dia? Ou, melhor ainda, à noite, depois das oito, quem sabe?

Ele se recosta indignado, de modo quase cômico, as coisas que eles propõem, e ainda querem ser pessoas inteligentes.

— Vocês querem fazer uma procissão! Enquanto isso, as patrulhas e as sentinelas irão dormir e, quando tudo estiver acabado, nós vamos até lá, as acordamos e dizemos: podem continuar o trabalho, o rádio já está em segurança na casa de Kowalski!

Schwoch e Mischa trocam olhares preocupados, o plano, destrinchado, já não se apresenta mais tão brilhante, Jakob também contribui com alguns olhares significativos, sérios e cheios de dúvidas. As penetrantes palavras de Kowalski parecem tê-lo deixado pensativo.

— Além disso, há mais um ponto importante — diz Kowalski. — Nesse meio tempo, muitos já sabem que há um rádio no gueto, mas quem tem idéia de que ele está na casa de Jakob? Nós aqui da estação e, no máximo, os seus vizinhos. Se até agora tudo deu certo, quer dizer, se até agora os alemães não têm a menor idéia sobre sua existência, é porque devem viver pessoas decentes na casa de Jakob. Mas como é que vocês sabem que na minha casa é igual? Vivo com três homens, quem pode lhes garantir que em cima de mim ou ao meu lado ou embaixo de mim não está escondido um traidor ou um covarde? E ele terá a maior pressa em correr até a Gestapo e contar o que sabe.

Uma longa pausa, as palavras de Kowalski são ponderadas, e Schwoch diz em voz baixa:

— Merda, ele tem razão.

E Mischa encolhe os ombros, irresoluto. Jakob se levanta e diz:

— Se vocês acham...

— Não tenham essa pressa perigosa, crianças — diz Kowalski —, a energia voltará de um momento para o outro. Se não for amanhã, será depois de amanhã. E aí Jakob poderá nos dizer onde eles chegaram nesse meio tempo.

Quando o apito torna a chamar para o trabalho, o plano de Mischa e Schwoch está liquidado e enterrado. Ele foi pormenorizadamente discutido, como deve ser entre seres dotados de inteligência, seus pontos fracos foram trazidos à luz, e o plano não suportara a luminosidade. Teria sido muito bonito, uma pena, mas uma cabeça iluminada nos abriu os olhos. Schwoch e Mischa puseram os pratos vazios no carrinho de mão, os dois quase são os últimos, a sentinela já olha com jeito impaciente e ameaçador.

Jakob e Kowalski voltam a ser um par solitário, ambos livres de uma preocupação, a coisa estaria superada.

— Eles têm cada idéia! — Kowalski diz divertido, mais para si mesmo que para Jakob e, com isso, encerra este capítulo.

Lina se encontra preguiçosa na porta de casa, olhando para Rafael e Siegfried, que estão sentados na beirada do meio-fio conversando em voz baixa, exageradamente baixa e cautelosa quer lhe parecer, e sempre que alguém passa os dois se interrompem e piscam olhos inocentes para o sol. Lina aguça os ouvidos, em vão, sua discrição se dissolve rápido, ela passeia pela calçada, o que esses dois fanfarrões tanto têm para cochichar? Ela ouve Siegfried afirmar que não falta mais tanto tempo, e Rafael diz que estão dizendo em casa que a coisa duraria no máximo mais alguns dias.

Então ela é descoberta. Os dois a encaram com indiferença e, impassíveis, aguardam pelo fim do estorvo. Mas poderão esperar um longo tempo, Lina não segue adiante, fica onde está, ostentando um sorriso amigável. Até que, finalmente, Rafael se levanta.

— Venha. Essa aí não precisa escutar o que temos a discutir — diz ele.

Essa também é a opinião de Siegfried. Ele levanta todo o corpo na frente de Lina e não consegue deixar de falar que ela receberia uma surra se não fosse apenas uma menina franzina. Lina acolhe a ameaça, impassível, pois de qualquer modo os dois dão meia-volta e desaparecem na entrada de sua casa. Lina ainda espera alguns segundos, Jakob, que lhe proibiu de ir à casa de estranhos, está bem longe, e Lina sobe em seguida. Quando ela enfia a cabeça com cuidado através da porta do pátio ainda vê Siegfried e Rafael entrarem na garagem onde, em tempos abençoados, o marceneiro Panno teve sua oficina, ainda hoje cheirava a cola. A janela da garagem não tinha mais nenhum vidro, Lina sabe disso sem verificar, ela estava presente quando Rafael atingira o último já na primeira pedrada. Portanto, os sombrios pensamentos dos dois não lhe ficarão proibidos por muito tempo, não a ela, Lina anda na pontinha dos pés até debaixo da janela preta e se agacha em silêncio. Por ela, a coisa pode começar agora.

— No máximo, nós explodimos o quartel — ela ouve a voz de Siegfried.

— E se eles nos pegarem? — pergunta Rafael.

— Não precisa se borrar nas calças. Afinal, os russos chegarão logo, você mesmo ouviu. Além do mais, se nós os explodirmos eles não poderão nos pegar, pois então estarão todos mortos. Só que não podemos ser apanhados antes.

Siegfried sempre foi um fanfarrão, Lina poderia apostar ali na hora que aquilo não redundaria em nada.

— Será que o comandante dos russos nos dará alguma coisa se conseguirmos? — pergunta o cobiçoso Rafael.

— Ora, o que você está pensando?! Uma condecoração ou uma pistola de verdade ou alguma coisa para comer?!

— Ou tudo junto, não?

— Com toda certeza! Será que isso não é nada? Eles não vão precisar saber de nada em casa.

A paz reina neste e nos próximos segundos, com certeza os dois palermas estão imaginando tudo o que os russos tirarão dos bolsos abarrotados para recompensá-los por seu heroísmo.

De repente Rafael diz, aflito:

— Cara... não dá.

— Por quê?

— Onde conseguiremos a dinamite? Não basta que eu esvazie meus dois cartuchos.

— É verdade. Fora isso, vocês não têm mais nada?

— Não.

— Nós também não.

Lina ri e leva a mão à boca que quer gritar, realmente quase não dá para acreditar que dois garotos de dez anos ainda possam ser tão estúpidos.

Rafael tem uma nova idéia:

— Sabe de uma coisa? Nós simplesmente os trancamos!

— A quem?

— Ora, os gestapos! Nós simplesmente fechamos o quartel. Todos dormem à noite e, então, nós os fechamos. Pelo menos as portas são bem grossas, e eles mesmos puseram grades na frente das janelas, aí eles não sairão tão rápido. E depois, quando os russos chegarem aqui, teremos todos de uma só vez! — Rafael está tão excitado que quase não consegue respirar.

— Mas não temos nenhuma chave, não?

— Encontraremos — diz Rafael, confiante. — Na gaveta dos meus velhos há um feixe com vinte chaves no mínimo. Uma delas servirá.

— Nada mal — resmunga Siegfried.

Dá para se perceber claramente que ele está irritado por não ter tido essa idéia genial. Ele preferiria falar mal do plano de Rafi, mas está tudo em ordem com ele.

Nesse momento se abre a porta do pátio, aparece a pequena senhora Bujok que procura o desastrado filho, mas não o vê, vê apenas Lina agachada no chão e sorri.

— Você viu Siegfried?

Lina se assusta um pouco, estava tão imersa em pensamentos, ela levanta a vista para a senhora Bujok e torna a merecer um sorriso. O "menina franzina" soa em seus ouvidos, deve-se dançar conforme a música, ela aponta com o polegar a garagem às suas costas. A senhora Bujok lança um olhar ameaçador para a garagem, continua parada mais um momentinho para respirar fundo, depois entra. Ouve-se um estalo não muito baixo e também um "ai" e "quantas vezes eu ainda preciso lhe dizer para ficar diante da janela!", e se ouve mais um estalo e "vá para casa, seu patife!".

Em seguida a paz se espalha no pátio, Lina se levanta e dá uns tapinhas na saia para limpá-la, a apresentação chega ao fim. A senhora Bujok sai da garagem, o aborrecimento a tingiu de vermelho. Siegfried está pendurado nela por uma das mãos, com a outra ele segura a bochecha. Pelo menos não está uivando. Eles saem rápido do pátio, Siegfried não vê Lina.

Lina também vai à porta do pátio, não tem pressa, no fundo ainda poderia ficar, porém Rafael está sozinho agora e o posto de escuta perdeu seu valor. Talvez ele se dignasse a se contentar com Lina, mas ela está pouco ligando, já não tem mais nenhuma vontade. Que ele fique sentado sozinho pensando qual das vinte chaves será a adequada, afinal isso não vai mesmo dar em nada.

Portanto, ela vai embora, ao chegar à porta se vira mais uma vez, Rafael não tem pressa.

— Vocês são muito burros! — Lina grita do pátio para a garagem, não se fazendo muito querida.

E a Resistência, perguntarão, onde está a Resistência? Será que os heróis estarão concentrados na fábrica de sapatos ou na estação de carga, pelo menos alguns? Terão sido descobertos canais ocultos através dos quais se contrabandeiem armas para o gueto na fronteira do sul, que é a mais confusa e por isso a mais difícil de vigiar? Ou será que nesta cidade miserável só existem mãos que fazem exatamente aquilo que Hardtloff e suas sentinelas delas exigem?

Ela condena, sempre nos condena, existiram apenas tais mãos. Nem um único tiro justiceiro foi disparado, a paz e a ordem foram rigidamente mantidas, nada de Resistência. Devo dizer, creio, que não houve nenhuma Resistência, mas, como se diz, faço minha afirmação com a probabilidade que cabe à segurança. Se tivesse havido alguma coisa por lá, não haveria como eu não ter notado.

Eu teria participado, posso jurar, só precisariam me perguntar, e teria sido por causa de Chana. Infelizmente não sou uma dessas pessoas especiais que chamam à luta, não consigo entusiasmar os outros, mas teria participado. E não apenas eu, por que não se encontrou o homem que gritasse "sigam-me"?, os últimos poucos quilômetros não precisariam ter durado tanto tempo e ter sido tão difíceis. O pior que poderia nos acontecer seria uma morte com sentido.

Eu digo, nesse meio tempo li com respeito sobre Varsóvia e Buchenwald, um outro mundo, mesmo assim comparável. Li muito sobre o heroísmo, li provavelmente demais, fui possuído pela inveja insensata, todavia ninguém precisa acreditar em mim. Em todo caso, não nos mexemos até o último segundo e não posso mudar mais nada nisso. Não me é desconhecido que um povo oprimido só pode se libertar de fato quando auxilia em sua libertação, quando vai ao encontro do Messias pelo menos num pedaço do caminho. Nós não fizemos tal coisa, eu não saí do lugar, aprendi de cor o regulamento, cumpri-o estritamente e só de tempos em tempos perguntei ao pobre Jakob quais eram as novidades. É provável que eu nunca supere isso, não mereci coisa melhor, certamente todos os meus problemas particulares com as árvores têm a ver com isso e também meu péssimo sentimentalismo e a generosidade de meus sacos lacrimais. Lá onde eu me encontrava não houve nenhuma Resistência.

Quer dizer, o que é bom para o seu inimigo é mau para você. Não tenciono brigar por isso, de qualquer modo só teria sentido em exemplos palpáveis, em exemplos tais como este que tenho agora, mas não quero brigar por causa disso. Meu exemplo é a energia elétrica. Jakob pode muito bem prescindir dela, ele se sai magnificamente bem sem ela, o que significa prescindir?, ninguém jamais acreditaria no quão boa a falta de energia pode ser. À exceção dos russos e da saúde para Lina, Jakob nada deseja tanto como a falta de energia. No entanto, Jakob é um só e nós somos muitos, nós queremos energia, estamos entregues desamparados à nossa imaginação, se não forem logo os redentores que venha pelo menos a energia.

Os alemães, voltando ao exemplo, também querem a energia, não apenas por estragarem os olhos à luz de velas no quartel. Sucumbem os planos elaborados, nenhuma cadeira e nenhum guarda-louças saem mais da fábrica de móveis, faltam alicates, martelos e parafusos da fábrica de ferramentas, nenhum sapato, nenhuma calça, os judeus ficam sentados à toa, girando os polegares. Dois grupos de eletricistas reunidos às pressas se desdobram para encontrar a avaria, ração especial dupla de pães e cigarros, dia e noite eles examinam os fusíveis e tudo o que há para ser examinado, viram as ruas de cabeça para baixo, desencapam cabos, acompanhados por nossos desejos de sucesso. Após cinco dias em vão Hardtloff ordena que sejam fuzilados, fala-se em sabotagem, o que é pura loucura, todos os eletricistas pertenciam de uma forma ou de outra à freguesia de Jakob e tinham interesse pessoal em encontrar o defeito. Serão fuzilados na praça diante do quartel, quem quiser poderá assistir, que isso lhes sirva de advertência e que vocês façam o que lhes é exigido.

Em seguida uma tropa especial alemã entra num carro, como seres de Marte. Escafandros como os dos mergulhadores, eles são vistos rindo e gozando de sua importância, em pouco tempo vamos dar um jeito nisso, Erika, mostre onde esses estúpidos judeus morderam. Dois dias e, então, vem à luz o ponto escoriado, um bando de ratos roeu a fiação e morreu em sua ânsia, um novo cabo é baixado à terra e, novamente, guarda-louças, sapatos, alicates, parafusos, o rádio de Jakob.

Nós queremos saber se é verdade que eles nos venderão em troca de resgate. Se for verdade onde está o dinheiro? Queremos saber se corresponde aos fatos que será fundado um Estado judaico. Se for verdade quando? Se não for quem está minando isso? Queremos saber sobretudo onde estão os russos, você já nos deixou de água na boca durante três semanas, o que jamais conseguiu com os bolinhos. Conte como os fronts estão sendo rompidos, que tática empregam, se eles tratam os prisioneiros como prisioneiros ou como presidiários, se terão muitos aborrecimentos com os japoneses no Oriente, se pelo menos os americanos não podem lhes ajudar nisso, já que não desembarcam na Europa. E também queremos saber como anda a carreira de Kiepura, como ele se dá na América. Deve ter se acumulado uma grande quantidade de novidades nesse meio tempo, tudo bem, eles não vão transmitir nenhum resumo especial para nós, não têm a menor idéia de que sofremos de falta de energia, mas de alguma coisa se fica sabendo junto com as últimas notícias, por favor, não omita nada, ouviu?, nada, por favor.

Jakob é digno de compaixão. Ele deveria ter um escritório bem montado, um quartel-general com três secretárias, melhor ainda, com cinco. Alguns contatos em todas as capitais importantes que, pontual e fidedignamente, enviassem ao quartel-general cada insignificância espionada. Com secretárias quebrando a cabeça na seleção das insignificâncias, lendo todos os jornais de categoria, interceptando todas as transmissões, tirando um extrato disso tudo e apresentando-o a Jakob como última resposta, então ele poderia contestar cerca de um terço das perguntas sem faltar com a verdade, na mesma extensão em que jornais, transmissões e contatos são dignos de confiança.

No bolso do Apito está enfiado um jornal. O Apito sai da casa de pedras, passa pelos vagões arrastando a perna de pau, bem no meio dos judeus, que nem sequer demonstram interesse por aquilo que passa claudicando por eles, que nos importam os jornais?, nós temos Jakob. Jakob é o único a ver e a se interessar, a lupa de seus olhos não larga a preciosidade que está no bolso do ferroviário, uma folhinha com informes verdadeiros ou mentirosos sobre acontecimentos reais, de qualquer modo bem mais valiosos que um nada de um rádio. A liberação de seu esgotado gênio inventivo, caso desse certo uma temerária troca de donos.

O Apito atinge seu objetivo atrás do último trilho, uma casinha de madeira reservada apenas para os alemães, é assim que está escrito na porta, logo abaixo do coraçãozinho que eles entalharam posteriormente, um costume nacional, posso imaginar.

Jakob não deixa que o carregamento com Kowalski o desvie, sempre de olho na casinha, se o jornal estiver completo agora, como parece, e se o ferroviário não for um grande esbanjador há de restar algo. Se o ferroviário não for um avarento deve abandonar o resto. Ele não deve ser um esbanjador, não deve ser um avarento, nada depõe a favor e nada contra, se surgir uma oportunidade Jakob apanhará esse resto. Contudo, qualquer que seja a oportunidade, ela será sempre muitíssimo perigosa, o que um judeu tem a fazer numa latrina alemã?, por vocês eu arrisco meu pescoço, irmãos. Não quero roubar batatas como Mischa, que tem caráter mais prático e o pensamento terra-a-terra, raptarei, caso dê certo, alguns gramas de notícia e deles farei uma tonelada de esperanças para vocês. Se minha mãe me tivesse parido com uma cabeça mais inteligente, dotada de imaginação como a de Scholem Aleichem, ora, que estou dizendo?, bastaria a metade, não careceria de tal furto de alimento, poderia sugar na ponta dos dedos dez vezes mais e melhores notícias do que os jornais escrevem. Mas não posso, não posso, estou tão vazio que me assusta, farei isso por vocês, por vocês e por mim, também o faço por mim, pois é certo que não posso ser o único a sobreviver, somente junto com vocês. É assim que um mentiroso é por trás, irei até a latrina deles e pegarei o que ainda estiver por lá, só é preciso que haja algo. Enfim, o Apito torna a sair ao sol de Deus, respira fundo algumas vezes, acende um cigarro, devido ao vento precisa de quatro fósforos, não tem pressa para se sufocar, mas o bolso em questão está vazio. Como era antes esse negócio de jornal?, os nossos tinham no máximo oito páginas, quatro folhas, suponhamos que o deles também tenha quatro, seria o caso normal. Uma folha é rasgada uma vez, depois mais uma vez, e então uma terceira vez, isso dá por página, um momento, isso dá oito pedacinhos por página. Ela pode ser cortada também quatro vezes, mas aí os pedacinhos ficam muito pequenos, fiquemos, portanto, com três vezes, afinal ele tinha papel suficiente. Quatro folhas vezes oito são trinta e dois pedacinhos, nenhum homem saudável precisa de tanto, rasga-se apenas uma página, as restantes são postas de lado para a leitura. Porém, mesmo que tenha rasgado todas, haverá alguma coisa lá, caso em sua ignorância ele não tenha jogado o resto fora.

— O que você está murmurando sem parar? — pergunta Kowalski.

— Eu murmuro? — diz Jakob.

— O tempo todo. Quatro mais dezesseis e isso devia dar tanto mais tanto, o que você está calculando?

O Apito desaparece finalmente na casa de pedras, Jakob olha para as sentinelas, uma está entediada junto ao portão, outra está sentada no estribo de um vagão, tranqüilizadoramente longe, a terceira não é vista em parte alguma, supõe-se que esteja na casa ou durma escondida, pois afinal não acontece nada, e existem apenas três.

— Continue trabalhando e não se vire para mim — Jakob diz.

— Como assim? — pergunta Kowalski. — O que há?

— Vou ao banheiro deles.

Kowalski se espanta, não continua trabalhando, daqui a pouco esse maluco ainda vai entrar na casa de pedras para pegar aguardente e tabaco, vai pedir emprestado a uma sentinela, e eles vão levá-lo ao paredão por algo não diferente disso que ele tenciona fazer agora.

— Você ficou maluco? Não pode esperar até a pausa para ir atrás da sebe?

— Não, não posso.

Jakob se abaixa e sai correndo como um profissional, as pilhas de caixas o cobrem dos olhares da casa de pedras durante quase todo o trajeto, só não cobrem os últimos metros, mas isso faz parte, eles também serão percorridos, Jakob fecha a porta do banheiro às suas costas. Nada a falar sobre o cheiro, nada sobre as gravações nas paredes, a rica presa se encontra ao lado da tampa da privada. Mas primeiro uma olhadinha através do coraçãozinho, ninguém notou nada, a estação no meio de um coração, as coisas seguem seu caminho. A presa se compõe do resto esperado, ele não era um esbanjador, uma grande quantidade de folhinhas rasgadas exatamente no canto, cortadas como que com faca, e debaixo das folhinhas há ainda uma folha dupla inteira. Jakob enfia as folhinhas dentro da camisa, o mais liso possível, para não rangerem com o trabalho, melhor nas costas que na barriga. A página dupla não vale nada, quer dizer, vale alguma coisa, quatro colunas de cima a baixo com obituários em molduras negras, agradáveis em si, mas carecendo de valor informativo. Tombado, tombado, tombado, tombado. Esta nós vamos deixar ficar aqui, não queremos andar por aí com nenhum peso morto, vamos decorá-la brincando, quatro páginas de mortos, o próximo visitante da casinha também deve se divertir um pouco. Todavia, não vamos nos demorar como se estivéssemos em nosso próprio banheiro, não queremos desperdiçar um tempo perigoso, voltaremos ao trabalho e o executaremos, impacientes, depois iremos para o nosso quarto seguro, limparemos as nossas costas e poremos nosso novo rádio para tocar. E amanhã vocês podem vir perguntar de novo, isso enquanto durar o estoque.

Jakob olha de novo para fora, para ver se está tudo em ordem, nada está em ordem, absolutamente nada, no caminho de volta há mina ao lado de mina, um soldado dirige-se à casinha, pode-se dizer que com passos enérgicos. Seus dedos já mexem na fivela do cinturão, ele já está sentado em pensamento, sentindo-se melhor, ninguém mais sairá da casinha sem ser percebido por ele, o que você faz agora? Os joelhos de Jakob lhe recordam com insistência que ele já não é mais um adolescente, por mais rapidamente que ele tenha percorrido o trajeto até ali, a gente sempre nota isso tão tarde. A porta não pode ser trancada, algum idiota arrancou a fêmea da trava, tente mantê-la fechada, um empurrão com o ombro e ele estará dentro, arregalará os olhos e sabe-se lá o que fará com você. Do ponto de vista teórico, o negócio é conservar a cabeça fria, o sangue tranqüilo, a vantagem da surpresa está do nosso lado, e ele ainda tem oito passos inteiros. As tábuas da parede dos fundos levariam no mínimo cinco minutos e um barulho mais do que suficiente, ele ainda tem cinco passos, agora só lhe resta o pequeno buraco oval, adentrando-se na bosta deles. Sacrifício que você não pode fazer, precisaria ser mais magro.

O soldado abre a porta, que não oferece resistência, para seu desgosto ele vê uma folha dupla de jornal aberta à sua frente, tremendo toda, o que, entretanto, não dá na vista num momento tão tortuoso como esse.

— Oh, perdão! — ele diz e fecha rapidamente a porta, sem ter visto os arruinados sapatos de judeu abaixo do jornal e tampouco que lá não brilhava nenhuma calça arriada que arredondasse o quadro, a cabeça não estava fria o bastante e o tempo era curto demais. Talvez tenha sido bom assim, muito disfarce também pode estragar a coisa, o importante é que ele fecha a porta sem suspeitar e se prepara para uma curta espera, o cinturão já está pendurado no braço, e anda de um lado para o outro, pois assim agüenta mais facilmente do que parado. Qualquer que seja o tempo de espera de Jakob, o medo anda de um lado para o outro por sobre a margem do jornal e através do coraçãozinho. Agora só um milagre para ajudar, mande-me o primeiro melhor, não é preciso quebrar a cabeça, porque os verdadeiros milagres não são calculáveis. O inesperado tem apenas mais dois minutos de prazo, não mais, e se ele não vier, o que seria justo, o tal último momento seria tão ridículo.

— Apresse-se, camarada, estou com diarréia — ouve-se o soldado suplicar.

As folhinhas começam a grudar nas costas, precisarão ser secas antes do uso, caso tudo dê certo de uma forma fantástica. E Jakob me conta que de repente ele ficou cansado, de repente desaparecem o medo e a esperança, tudo se torna estranhamente pesado e leve ao mesmo tempo, as pernas, as pálpebras, as mãos, das quais quatro páginas escapam suavemente em favor da pátria.

— Você já ouviu que Marotzke vai ter licença em casa de novo? Parece impossível! Esse cara deve conhecer alguma pessoa muito importante lá em cima, não acha? Viaja a cada instante, e a gente aqui fica esperando e esperando, tendo sempre que ficar com esses comedores de alho.

Alho, pelo amor de Deus, se ao menos tivéssemos um único dente, uma camada bem fininha num pão quente, seu idiota, supõe que um Schulz ou um Müller esteja na latrina, um Marotzke não muito querido, um tiro na mosca em si, seja lá quem for Marotzke. Jakob se recosta na parede dos fundos e fecha os olhos, vocês podem esperar um longo tempo por uma revolta heróica, a dele está liquidada. É a vez do camarada lá fora, ele tem que ir fundo. Se ele for embora ou se ficar aqui, se arrombar a porta atormentado por facas na barriga e se espantar e atirar não atingirá uma pessoa surpreendida. Tudo o que se seguir será problema dele.

Quem haveria de supor que o milagre já está sendo elaborado, já foi traçado em linhas gerais? Lá está Kowalski ainda, Kowalski com dois olhos horrorizados, que sabe o que está acontecendo, que conhece a situação. Que vê o necessitado soldado e a porta, que ainda resiste, que sabe quem está lá dentro e que ele não sairá sem sua ajuda, caso já não tenha morrido de medo. A salvação será desviar o alemão, não atirar uma pedrinha no muro para que ele vire, aconteceria algo para quem jogou, o que exigiria sua intervenção imediata. A primeira coisa que chama a atenção é a pilha de caixas de dois metros de altura e muito pouco firme. Se forem tiradas duas caixas de baixo a pilha já não ficará tão imponente e pronta para viajar, aí será o fim de seu equilíbrio e isso daria uma bela manobra diversionista. Entretanto, o que aconteceria com o paspalho que cometesse tal estrago?, o que aconteceria com Jakob se não houvesse um desastrado em parte alguma?, o que valem quarenta anos de amizade?, problemas de aritmética para Kowalski.

Jakob ouve um leve barulho ao longe, os ouvidos não podem ser fechados como os olhos, em seguida ouve botas de soldado se afastando apressadas. Razão suficiente para abrir os olhos outra vez, é assim e não de modo diferente que se ouve um milagre. Os braços e pernas recebem o velho peso autêntico, começa tudo de novo. O ar parece limpo, diz uma olhadela através do coração, os judeus que podem ser reconhecidos no setor interromperam o trabalho e todos olham fixamente na mesma direção, na direção em que se supõe esteja ocorrendo o milagre.

Kowalski conseguiu derrubar a montanha de caixas com sucesso. A força bastou, uma caixa lhe caiu na cabeça. O soldado sai correndo às cegas da casinha para lá, caindo na armadilha, lançando-se sobre o engodo de Kowalski, pode-se dizer, raras vezes um truque de prestidigitação foi tão feliz. Mesmo que as pancadas acertem, a caixa na cabeça não foi nada em comparação, Kowalski geme baixo, põe a mão na frente do rosto para se proteger e, com as palavras adequadas, lamenta seu equívoco imperdoável.

Nós ficamos como que imóveis, trincando os dentes, alguém ao meu lado pensa ter observado quando Kowalski derrubou intencionalmente a pilha. O soldado bate e bate, Marotzke já vai ter licença em casa de novo e ele não, talvez esteja também honestamente indignado com tamanha falta de jeito, mas de repente se detém em seu trabalho diário. Algo se faz sentir nele, nada de compaixão ou cansaço, é a diarréia que exige seu direito, todos podem ver com clareza. Ele faz uma careta e, em longos saltos, sai correndo para a casinha, que nesse meio tempo lhe foi liberada de propósito. Quer dizer, ele ainda grita:

— Que isso esteja em ordem quando eu voltar, tudo!

Somente então ele segue adiante com seus saltos longos, que, apesar de tudo, parecem cômicos. A coisa não lhe tolerará nenhum adiamento, agora ele exigirá enfaticamente que o leitor do jornal saia no mesmo instante do lugar, de imediato, caso contrário acontecerá uma pequena desgraça. Mas ele pode se poupar a isso, abre a porta para uma latrina vazia, a pequena desgraça foi impedida no último segundo.

Nenhum de nós, os observadores, atreveu-se a ajudar Kowalski ou a consolá-lo, aqui se trabalha e não se consola. Ele enxuga o sangue do rosto, examina os dentes, que estão todos lá, à exceção de um, quando se observa o acontecido à luz se deduz que podia ter sido bem pior. As dores passarão, Jakob continuará conosco, depois da guerra o presentearemos com uma latrina exclusiva em que possa ficar sentado à vontade horas a fio pensando em seu bom amigo Kowalski. O milagrosamente salvo Jakob dá a volta no resto da pilha de caixas, por trás de Kowalski, que ainda se apalpa. Jakob junta coragem para encará-lo, já que Kowalski não pode tomar conhecimento da verdadeira razão para o ousado passeio. Justamente ele não, Kowalski mereceu não ser importunado com essa razão, para ele a coisa deve continuar como um capricho incompreensível de Jakob, que por um triz não perdeu a cabeça.

— Muito obrigado — diz Jakob com voz agitada. Agitada é a palavra certa, agitada pela primeira vez após quarenta anos, não é todo dia que se tem a vida salva, ainda por cima por alguém que se conhece há tanto tempo e de quem, falando honestamente, não se esperaria tal coisa.

Kowalski não desperdiça nenhuma olhadela com ele, levanta-se ofegante e se lança sobre as caixas, as quais é melhor que sejam empilhadas antes que o soldado volte de sua necessidade e examine quanto vale sua palavra ali. Elas ainda poderiam estar bem arrumadinhas em fila, assim como os poucos dentes da boca, se Jakob fosse uma pessoa normal, se não cedesse de modo irresponsável a estranhos desejos e outros tivessem que pagar um amargo preço por isso.

Jakob faz as mãos voarem, três delas lançam-se numa caixa de Kowalski, nisso, para Kowalski, a questão da culpa desempenha um papel importante, bem como a raiva e com certeza também as dores.

— Você cagou bem pelo menos? — quer saber Kowalski, fazendo força para não gritar. — Dê uma olhada em meu rosto, dê uma boa olhada, deve estar lindo! Isso aqui não foi ele, foi você! Ora, mas por que me aflijo?, o importante é que você tenha dado uma belíssima cagada, todo o resto não tem nenhuma importância. Mas posso lhe prometer uma coisa, Heym, tente outra vez! Pode tentar tranqüilamente, aí você verá quem vai ajudá-lo!

Jakob se entrincheira no trabalho, Kowalski tem razão, do seu ponto de vista. Jakob não pode dizer o que o apazigua, e qualquer outra palavra provocaria novos aborrecimentos. Mais tarde, Kowalski, quando isso aqui estiver superado, quando nós dois estivermos sentados diante de um aguardentezinho em algum lugar, quando os bolinhos crepitarem na frigideira, então lhe contarei tudo. Você ouvirá toda a verdade na maior calma, Kowalski, nós riremos e balançaremos a cabeça, mas que época mais maluca foi esse passado! Você me perguntará por que eu não disse logo, pelo menos a você, seu melhor amigo, e eu responderei que não podia, pois você contaria para todos, que me tomariam por um dos milhares de mentirosos e boateiros e ficariam de novo sem esperança. E então você colocará a mão em meu braço, talvez por compreender, e dirá: "Venha, Jakobinho, vamos beber mais uma vodca".

Quando a porta da latrina torna a se abrir após um longo tempo a pilha de caixas já se ergue orgulhosa nas alturas, como se ninguém jamais a houvesse derrubado. O soldado se aproxima devagar, as mãos nas costas, farda em ordem, ele também já é esperado. Não muito ansiosamente, mas que o caso seja enfim liquidado. Porém, do jeito que ele chega e pára e mantém a cabeça, todo o jeito tranqüiliza, pois ele parece mais amigável que inquisidor. De alguma forma ele vê o mundo com outros olhos, como alguns minutos são capazes de transformar um ser humano! As caixas, ele esqueceu as caixas por completo, ele olha apenas para o rosto inchado de Kowalski, que por enquanto está vermelho, mas nele já se podem vislumbrar o azul, o verde e o violeta, e ele parece aflito. Parece aflito aos olhos de Jakob, é preciso que se diga. Ele se vira em silêncio e vai embora, Jakob pensa: uma sorte que ele tenha descoberto seu coração mole depois e não tenha sido uma boa pessoa desde o início, caso contrário ele jamais teria saído da porta, teria ficado parado e, logo em seguida, sua benevolência enfrentaria uma prova dura demais.

Na passagem, o camarada perde dois cigarros, da marca Juno sem filtro. Ele perde ou os deixa cair, uma questão que jamais será esclarecida, assim como o seu motivo, caso se trate de algo intencional. De qualquer modo os cigarros pertencem a Kowalski, afinal ele pagou por eles.

Minutos depois o Apito sai da casa de pedras e trila a pausa do almoço. O ferroviário que até agora nenhum de nós jamais ouviu falar, mas que é o mais loquaz entre os nossos alemães, porque lhe cai do bolso um aparelho de rádio mais ou menos aproveitável. Com o Apito tudo começou hoje, e ele de nada suspeita, apita como sempre chamando para a sopa, sem poder saber a maneira vergonhosa como sua distração foi explorada, ou seja lá o que tenha sido. Apenas Jakob sabe, ele se lembra novamente das folhinhas que traz debaixo da camisa e da página dupla, que nesse meio tempo teve um destino incerto e que, no fundo, não devia ter sido abandonada.

— Eu já lhe contei que os alemães estão sofrendo perdas gigantescas? — diz Jakob.

Ambos já se encontram na fila, Kowalski se vira para ele e, por entre os sangramentos, desabrocha o delicado arremedo de um sorriso de agradecimento, apesar de tudo.

O rádio se mostra não muito produtivo. Jakob põe folhinha por folhinha em cima de sua mesa, nove pedaços ao todo, e Piwowa e Rosenblatt se abstêm de perturbá-lo. Hoje eles são o que são, ou seja, mortos há muito tempo, por carne de gato e por um guarda, hoje eles não se metem nos assuntos de Jakob, pois este precisa se concentrar no jogo de armar.

O nome do jornal não pode ser encontrado, bem como a data, o destino cego cuidou disso. As nove folhinhas não resultam em nenhuma página coerente, pois o Apito atacou de maneira indiscriminada, sem obedecer a nenhuma seqüência, Jakob tem o trabalho adicional. Ele experimenta e vira e gira e quase não encontra dois pontos que se ajustem. O que no final de todos os esforços está diante dele são duas páginas repletas de lacunas com buracos da cor da toalha da mesa, como se um censor invisível houvesse cortado tudo o que havia de interessante e cuidado para que apenas o que não tivesse significado caísse em mãos não-autorizadas. A parte de esportes, por exemplo, justamente a parte de esportes está impecável, ah, como os judeus se alegrarão com o fato de a turma de boxe da aeronáutica ter ganho de uma seleção da marinha por dez a seis! Ou que o time de Hamburgo também não deu desta vez nenhuma chance ao de Berlim, como muitas vezes ocorreu no passado. Em seguida, a página calada nos revela ainda fatos de repercussão internacional, que um chefe de comarca, cujo nome está rasgado, externou elogios a uma exposição de artes qualquer, que Sua Excelência o embaixador espanhol gostaria de ver ampliadas as relações mútuas de amizade e que no Tribunal Popular chegou ao seu justo desfecho um processo contra dois agentes pagos pelo capital monopólico judaico.

Você está sentado com expressão de desapontamento, não esperava muito desde o início, apenas um pouco de alento para sua pobre inteligência, apenas uma ou outra alusão oculta, a partir da qual com um pouco de sorte se pudesse preparar um banquete, mas não contava com tão pouco. Nenhuma palavra acerca de Bezanika, que os russos já devem ter atravessado há muito tempo, nenhuma palavrinha que indique as dificuldades alemãs, em vez disso os imbecis jogam futebol e fazem exposições e cultivam a justiça.

Queremos ser justos pelo menos, queremos deixar em aberto a possibilidade de que o jornal seja velho ou que o Apito tenha usado sua melhor parte, mas de qualquer modo fomos idiotas por termos tido tantas esperanças. Devíamos saber o que nos esperava quando houve apenas cinco segundos para a reflexão. Já se sabe muitíssimo bem o que esses caras são capazes de fazer em termos de jornal, anos atrás houve um jornal alemão em nossa região. O *Völkischen Landboten*, e não me pergunte para que ele servia. Afinal, o periódico nunca foi comprado, é pecado jogar dinheiro fora, mas é claro que de vez em quando ele nos caía nas mãos, quiséssemos ou não. O peixe do mercado era embrulhado nele, havia um exemplar na sala de espera do dentista, na Previdência e, vez por outra, na barbearia de Kowalski também, pois ele queria bancar o metropolitano. Disseram-lhe, a Kowalski, disseram-lhe: se você deixar essa porcaria mais tempo aqui só vai estragar o negócio. Ou está pensando que algum freguês alemão vai se perder por aqui, para que você esfregue esses seus dedos iídiches em suas suíças à Kaiser Wilhelm? Isso você deve deixar por minha conta, respondeu Kowalski ofendido, afinal eu não lhe receito a quantidade de serragem que deve ser misturada aos seus bolinhos de batata. Assim era Kowalski, pode-se confiar nisso, caso essa calúnia seja verdadeira. De qualquer modo bastava uma olhadela nas folhinhas para logo saber a que se ater. Eles se sentiram constantemente ameaçados e prejudicados por Deus e pelo mundo, não foram eles que nos degradaram e sim nós a eles. A pergunta, quanto tempo a Alemanha ainda terá que padecer com os ultrajantes resultados da última guerra?, não lhes deixou em paz uma edição sequer, três vezes por semana. E na última página havia junto à charada histórias tão incompreensíveis que se podia temer haver desaprendido o idioma deles.

Eles compreendiam apenas algo dos classificados, que não eram a pior coisa. A cada duas quartas ou quintas-feiras, ambas as páginas centrais traziam pequenos anúncios apertados e quando se precisava de algo, algo que se conseguia muito raramente ou não se conseguia no mercado, quem sabe um par de lindas cadeiras, talvez com entrançado de palhinha, ou um moderno abajur de pé ou um conjunto maior de pratos, pois no bar as louças não duravam muito tempo, então uma olhadela no *Landboten* não podia fazer mal. É claro que a pessoa se orientava pelo nome daquele que oferecia a mercadoria, se ele se chamava Hagedorn ou Leineweber não se ia lá, quando se chamava Skrzypczak ou Bartosiewicz também só em último caso, e quando seu nome era Silberstreif era para lá que se ia. Pois quando se tratava de anúncios o pessoal do *Landboten* não era muito seletivo, aí eles deixavam qualquer um entrar, o importante era que se pudesse pagar. Mas isso era apenas, como já foi dito, nos anúncios, a cada duas quartas ou quintas-feiras, e o resto era pura bobagem.

Assim se poderia pensar a tempo antes de enfiar a cabeça na corda de maneira tão inútil, tirando-a apenas por um milagre amigável, era assim que eles faziam jornais no passado, e ainda é assim que os fazem hoje, ninguém lhes ensinou como fazer melhor nesse meio tempo. Parece que lhes restou apenas o talento para a parte de anúncios, as quatro páginas abandonadas cheias de obituários indicam que continuam trabalhando homens que entendem do riscado.

Jakob vira página por página de trás para a frente, a Polônia ainda não está perdida, ainda há uma página de trás não lida, tão cheia de lacunas quanto a primeira, porém talvez não tão lacônica. Ali se fala sobre um herói, de uma maneira como só o novo povo produz, sobre um aviador de nome francês que nos céus da África atira em aeroplanos inimigos como em pardais. O Führer respondeu a uma mensagem do Duce, e em Munique um caminhão colidiu com um bonde, o que teve como conseqüência um engarrafamento de várias horas. Uma charge. Um homem alto mantém um palito de fósforo aceso sobre a cabeça de um homem baixo. Pergunta: "O que significa isso?". Resposta: "Dover sob fogo". E uma manchete em letras grossas que afirma: "Vitória em todos os fronts!". Pode-se acreditar nela ou não?, nós preferimos não fazê-lo, falta a parte de baixo. Pode-se dizer que enquanto afirmação ela está no ar, e sabemos que eles pretendem já estar em Moscou. Foram eles que afirmaram isso, não nós, mas nós mesmos ouvimos que já se luta nas proximidades de Bezanika. Existe um bom trecho aí no meio, se isso tem cara de vitória lhes desejamos centenas desse tipo.

Muito bem, Jakob pode calcular que eles mentem um pouco, porém o que deve responder às perguntas que choverão em sua cabeça logo de manhã cedo? Ele imaginava a coisa, ele me conta suspirando, de um modo decisivamente simples demais. Lêem-se os informes finais deles, pensou Jakob, corre-se a vista por eles, sem ou com um pouco de esforço, vira-se simplesmente tudo de cabeça para baixo e as novidades já se acumulam na boca, pode-se soltá-las no momento certo. Mas agora vá lá e vire a coisa simplesmente de cabeça para baixo. Os boxeadores da aeronáutica não ganharam da marinha, mas perderam, o chefe de comarca com o nome cortado achou uma droga a exposição de arte, o herói alemão não atinge um único avião inimigo nos céus da África, o bonde de Munique conseguiu se desviar com muito jeito do caminhão e o Führer não respondeu à mensagem do Duce, uma vez que jamais recebeu uma. É o que lhe digo, tudo bobagem. Talvez a charge renda alguma coisa, eu ainda penso, Dover sob fogo significa: Dover está sendo alvejada, Dover, se não me engano, fica na Inglaterra, e se eles atiram na Inglaterra a Inglaterra atirará neles, é provável. Magnífico, eles me dirão amanhã de manhã, quer dizer que a Inglaterra se defende?, todavia a Inglaterra está longe é o que será de nós? O máximo que se poderia fazer seria transformar as vitórias em todos os fronts em derrotas, mas que sei eu sobre fronts?, onde estão?, quantos são?, derrotas precisam ser provadas com detalhes, eu não conheço nenhum, o que você teria feito em meu lugar?

Jakob toma uma decisão importante. O corte de energia foi uma paradisíaca pausa para respirar, com a única desvantagem de não se ter nenhuma influência em sua duração. Vamos conseguir de novo uma outra folga dessas, porém sem a desvantagem, pois a pausa que temos em vista não conhecerá fim. Quando me perguntarem: o que há de novo, Jakob? deixaremos os ombros caírem, faremos a nossa cara mais triste e sussurraremos com voz desesperada: imaginem só, judeus, na noite passada eu me pus com ouvidos esperançosos diante de meu aparelho e girei o botão, como sempre faço, mas não saiu nem um único som! Nenhum! Vocês entendem?, ontem ele ainda cantava como um passarinho e hoje fica calado. De nada adianta se lamentar, judeus, vocês sabem que coisa caprichosa um rádio pode ser, agora ele está quebrado.

O rádio está quebrado. Jakob amassa as folhinhas, transformando todas as nove num pequeno monte, mantém-se dentro dos limites o dissabor por não ter tido antes essa brilhante idéia. Muito maior é a alegria de descobridor, se o jornal da latrina não serviu para nada a não ser para iluminá-lo, então, apesar de tudo, valeu a pena, então o preço pago por Kowalski não foi alto. Agora não será preciso ficar deitado com os olhos despertos, noite após noite, martelando a cabeça para saber o que se poderá mentir para eles no dia seguinte, agora ele poderá ficar deitado com ouvidos despertos, noite após noite, escutando como todos os outros se, ao longe, o ansiado trovão dos canhões não cessa finalmente de se manter calado. O rádio está quebrado, as folhinhas voam para dentro do fogão, Jakob as queimará quando precisar de aquecimento, a porta do forno é fechada.

No momento exato, pois em sua pressa Jakob se esqueceu de trancar a porta antes, e ela é aberta, a sorridente Lina entra sem bater.

— Você esqueceu de mim hoje? — ela pergunta.

— Mas não — diz Jakob e lhe dá um beijo e, pelo menos agora, tranca a porta. — Eu já estava indo até você lá em cima, só que ainda tinha algo a fazer.

— O quê?

— Nada que você tenha que saber. Você já comeu seu jantar?

— Comi, o que você conseguiu para mim.

Lina dá uma olhada pelo quarto, não procura nada de especial, só quer ver se está tudo em ordem e se não há poeira. Seu dedo traça um trilho em cima do armário, é examinado, o resultado não é lá muito satisfatório.

— Vou arrumar seu quarto amanhã — diz ela. — Hoje não estou mais com vontade.

— Não vai não — retruca Jakob com ar severo. — O professor disse que você ainda não pode ficar andando por aí.

Lina não diz nada, senta sorridente à mesa, Jakob sabe tão bem quanto Lina que ela vai arrumar o quarto. De há muito que não existem dúvidas sobre quem dá a última palavra ali, isso já não é mais nenhum assunto para se discutir, Jakob devia se preocupar com a comida, as roupas e no inverno com o combustível, cabe a ela todo o resto, mesmo que muitas vezes ele não concorde. Ela não entrou para brigar por questões de há muito resolvidas, também não foi por medo de que ele a pudesse ter esquecido, claro que ele não esqueceria, a razão para seu aparecimento repousa em alguns dias atrás, quando ela muito escutou e pouco entendeu, quando uma coisa lhe ficou muito obscura.

— Você já ouviu sobre o que todos estão falando? — pergunta Lina.

— Ora, sobre o quê?

— Que daqui a pouco os russos estarão aqui.

— As coisas que você diz!

Jakob vai ao armário, pega a ração semanal de pão, corta o pedaço do jantar e mastiga.

— Quem lhe contou isso?

— Ora, Siegfried e Rafael e a senhora Sonschein e a senhora London, justamente todo mundo. Você ainda não sabe?

— Não.

Jakob senta diante dela, olha seu rosto desapontado, a clareza foi contradita, e ele não sabe de nada. Ele parte o pão e estende a metade para Lina, como indenização. Ela pega, mastiga também, mas de há muito que o pão não é tão bom quanto é má a ignorância de Jakob.

— Quer dizer, claro que já andei ouvindo alguma coisa — Jakob diz. — Mas nada de preciso. O que há de tão importante nisso?

Aos poucos o rosto de Lina vai ostentando um ar incomodado, como a acham burra aqui!, como se fosse um bebê, administra uma casa sozinha, em toda parte se fala de coisas prodigiosas e o que há de tão importante nisso?

— Como será quando os russos chegarem aqui?

— E como posso saber? — diz Jakob.

— Melhor ou pior?

Jakob geme. Você escapou feliz das hienas da estação por hoje e se der certo a idéia do rádio quebrado até mesmo para sempre, contudo logo você terá que procurar uma outra saída, pois entre as próprias quatro paredes está crescendo um importuno, é bem verdade que uma importuna querida, mas que sabe fazer perguntas, você não tem na cabeça tantos cabelos quantas são as perguntas que ela sabe fazer. Ou você não vira as costas, você se sujeita ao seu destino, uma criança que mal fez nove anos, claro que você pode confiar. Você vai lhe contar, da melhor forma possível, algo sobre o mundo de amanhã, que também lhe interessa, e de maneira nenhuma causará algum mal a ela saber em linhas gerais o que lhe está vindo ao encontro.

— Será melhor ou pior?

— Melhor, claro — Jakob diz.

— Mas como melhor? O que será diferente?

— Nós não seremos mais obrigados a usar nenhuma estrela. Lina poderá vestir o que quiser e ninguém lhe perguntará na rua onde deixou a estrela.

— Isso é tudo?

— Claro que não. Você terá comida até se fartar.

— Tanta quanto eu quiser?

— Tanta quanto quiser. Imagine só, em cima da mesa estão todas as coisas possíveis, você pega o que tem vontade e quando não puder mais a mesa é tirada, e tudo estará lá de novo na refeição seguinte.

— Você está mentindo — ela diz, pois até que não seria mal se ele confirmasse mais uma vez.

— É a pura verdade. E você terá vestidos bonitos, nós dois iremos juntos às lojas e...

— Espere aí. Que coisas haverá em cima da mesa?

— Aquelas que você gosta de comer. Pastéis de carne com manteiga e *chale** e ovos cozidos e carne, você pode escolher.

— Você voltará a assar bolinhos de batata?

— Voltarei.

— No bar?

— No bar.

— Você ainda está lembrado do que me prometeu? Que eu poderei ajudar no bar?

— Claro.

— Você fica atrás do balcão e assa os bolinhos, e eu poderei levá-los aos fregueses com meu avental branco. E no verão eu servirei sorvetes.

(*) *Chale*: peixe da costa de Portugal. (N. T.)

— Assim será.

— Já estou contente.

Lina está contente, sempre que fica contente levanta os ombros até a altura das orelhas, Jakob passa finalmente a comer, por agora o pão ressecado, até que a testa de Lina se enche de rugas após algumas reflexões, pois de repente lhe surgiu um obstáculo.

— Mas então como será com a escola? Você também disse que mais tarde terei que ir à escola. E se isso for verdade não vai sobrar tempo para o bar, não?

— A escola é mais importante — Jakob decide. — Enquanto isso eu mesmo servirei os fregueses sozinho. Quando você terminar a escola, se ainda tiver vontade poderá me ajudar.

— Mas eu preferiria que fosse logo.

— O que é que você tem contra a escola? Algum estúpido andou lhe contando algo de ruim sobre a escola?

Ela balança a cabeça.

— Então! A escola é uma coisa muito, muito linda. Nela entra um bando de crianças burras e dela sai um bando de crianças inteligentes. Mas se você acha que burra me agrada mais...

— Rafael e Siegfried também precisam ir à escola?

— Claro.

Após essa tranqüilização batem à porta. Lina se levanta e quer ir abrir, no entanto Jakob a detém e leva o dedo à boca. As batidas na porta são sempre suspeitas, nem toda suspeita se confirma. Poderia ser Kirschbaum, por exemplo, querendo falar sobre a melhora de Lina, ou o vizinho Horowitz querendo emprestada uma colher de café de cevada até a próxima distribuição, sob palavra de honra, pode ser uma batida na porta bem comum, daqui a pouco ficaremos sabendo, mas mesmo assim Lina não precisa ser vista, ninguem tem nada a ver com ela. Jakob pousa o braço em seu ombro, puxa-a para a janela, aponta com o dedo para trás da cama.

— Agache-se ali — ele sussurra. — Não se mexa até eu chamar. Entendido?

Entendido, Lina se agacha e não se mexe, e Jakob abre a porta. Quem se encontra lá fora?, ninguém mais ninguém menos que Kowalski de rosto inchado está na porta, tentando sorrir.

— Aqui me tem de novo pendurado em seu pescoço.

Jakob gostaria de despachá-lo da porta mesmo, diga rápido o que está acontecendo e depois até mais ver, porém Kowalski dá toda a impressão de estar com tempo vazando pelo ladrão. Ele passa por Jakob, que está com a mão na maçaneta, senta à mesa e diz:

— Não quer fechar a porta?

Jakob bate a porta, Lina está em silêncio como lhe foi ordenado, ele senta bem ou mal na outra cadeira e faz força para aparentar falta de tempo.

— Você estava começando a jantar — Kowalski constata. — Não estou incomodando, não?

— Você não quer dizer logo por que veio?

— É assim que se cumprimenta uma visita? — pergunta Kowalski amigavelmente.

— Não, já estou indo pegar vinho na adega!

— Por que está tão agitado? Isso já foi no passado toda a sua desgraça, Jakob, você não tratava seus fregueses de modo muito amável, eles me contaram isso muitas vezes quando cortavam o cabelo. Esse é o motivo por que cada vez menos pessoas iam à sua loja.

— Obrigado pelo conselho. Mas você veio aqui para me dizer isso?

Lina dá uma risada silenciosa atrás da cama, audível apenas para quem sabe que há mais alguém por lá.

— Você vai rir, Jakob, não tenho nada definido. Lá em casa o teto está ficando cada vez mais baixo, não se pode ficar sempre no mesmo quarto, noite após noite. Vá bater um papinho com Jakob, eu pensei, deve estar acontecendo o mesmo com ele, pensei, ele ficará contente. Antigamente as pessoas se encontravam também depois do trabalho, e todos achavam isso a coisa mais normal. Será que não devemos ir aos poucos nos habituando de novo com algo normal?

Antes que Jakob possa responder que antigamente era antigamente e que hoje é hoje, que ele quer ficar em paz e ir deitar, já que o trabalho na estação ultrapassa suas forças, Kowalski mete a mão no bolso, retira os dois cigarros, coloca-os em cima da mesa, um na sua frente, o outro diante de Jakob e, assim, tapa-lhe a boca por um momento.

— Muito simpático de sua parte — Jakob diz.

Talvez Kowalski acredite que Jakob esteja se referindo à visita. Jakob olha para o cigarro, no final ele está se referindo a ambos.

— Além disso, hoje você me contou muito pouco — diz Kowalski após uma pausa adequada. — Aquela história das perdas foi bem agradável, mas dá para você imaginar que as outras coisas não me interessam menos. E hoje não se pronunciou uma palavra a esse respeito.

— Falando com franqueza, Kowalski, por que você me atormenta tanto? Será que já não temos dificuldades suficientes, você tem sempre que começar? Não consigo mais ouvir isso! Quando sei de alguma coisa digo logo para você, mas pelo menos em meu próprio quarto você pode me conceder um pouco de paz!

Kowalski assente algumas vezes com ar pensativo, rola o cigarro entre os dedos, estica o lábio inferior, o inchado, ele chegou com uma suspeita que parece ser verdade, ele diz:

— Você sabe, Jakob, eu notei que você fica sempre inamistoso e até mesmo irritado quando lhe peço as novidades. Por sua própria conta, você nunca me diz nada, portanto sou obrigado a lhe perguntar, e nem bem eu pergunto você já fica furioso. Esse negócio não me entra na cabeça, não entendo onde está a lógica da coisa. Imagine se fosse o contrário, Jakob, se eu tivesse um rádio e você nenhum, você também não me faria perguntas?

— Você ficou maluco? Na frente da criança!

Jakob se levanta e volta-se para a janela, Lina ficou agachada o suficiente e já ouviu o bastante e, de acordo com o combinado, ela sai do desconfortável esconderijo, afinal Jakob de uma certa maneira a chamou, todo seu rosto está radiante.

— Meu bom Deus! — Kowalski balbucia, chocado, batendo as mãos, mas ninguém se importa com ele, este é um assunto entre Jakob e Lina. Eles trocam olhares, Lina pisca um olho, agora você mordeu a língua, não contava com isso. Jakob se separa da doce esperança de que talvez ela nada tivesse ouvido, já que sabe-se lá onde muitas vezes as crianças estão com os pensamentos, ou que pelo menos não houvesse compreendido, ela é uma menina atenta, pisca um olho e fica tudo claro. Isso representa um extraordinário motivo para a reflexão, até que se dê um jeito na nova adversidade, a cada dia uma nova, novamente nada a respeito da escuta do trovão de canhões à noite. Todavia ainda não é noite, Lina ainda está ali na frente, gozando o pequeno triunfo que um palerma como Kowalski lhe proporcionou com tanto descuido, não se pode ficar plantado para sempre, suando sangue e água, é preciso que algum sinal de vida seja externado.

— Vá agora para cima, Lina. Mais tarde ainda darei um pulinho até lá — diz Jakob, abatido.

Primeiro ela vai até ele, puxa-lhe a cabeça, Jakob pensa: isso acontece para o beijo, que faz parte de toda despedida, mesmo uma tão breve como esta. Mas ele pode pensar o que quiser, Lina não está interessada em beijos, não agora, ela puxa a cabeça, já que nela se situam as orelhas, numa delas Lina sussurra:

— É por você que todos sabem. Você mentiu mesmo!

Em seguida ela sai, Jakob e Kowalski voltam a sentar à mesa, Kowalski à espera de uma torrente de recriminações, sentindo-se totalmente inocente. Pois nada teria acontecido caso Jakob não escondesse sua criança de seu melhor amigo. E se a escondeu por não poder saber quem estava batendo na porta devia tê-la retirado do esconderijo ao ver quem chegou. Mas não, Jakob a deixou no canto, é provável que a tenha esquecido, eu lhe pergunto, como se pode esquecer uma criança? Afinal não somos adivinhos, e agora ele está zangado e já vai começar com suas acusações.

— Você o fez de uma maneira grandiosa. Não basta que o gueto inteiro esteja dizendo disparates a esse respeito, agora ela também está sabendo! — Jakob diz, realmente.

— Desculpe-me, eu não podia vê-la nem mesmo com a melhor das boas vontades. Com o olho...

Kowalski aponta para os olhos, Jakob pode escolher qualquer um, ambos estão estreitos como os dos chineses, de fato, um forte azul os cerca. Sim, Kowalski aponta para os olhos, uma discreta recordação de uma vida salva pela manhã, não se precisa ser mais claro, caso se devam fazer recriminações ali é bom perguntar quem recrimina quem. Ou então nós dois somos um pouco generosos, esquecemos as velhas histórias que não podem mais ser mudadas. E o golpe dá certo, os olhos exercem um efeito primoroso, o estado de espírito muda no mesmo momento, fica alguns graus mais quente, no mesmo momento, atraída pela lisonja, a compaixão de Jakob se faz presente, ele se aproxima um pouco mais e, na troca de olhares, observa o que ele mesmo aprontou.

— Não está com boa cara.

Kowalski faz que não, vai curar logo, se Jakob é conciliador ele também não quer ser mesquinho, está com ótimo humor. E aí estão ainda os cigarros apagados, Kowalski pensou simplesmente em tudo, inclusive nos fósforos. Ele os retira do bolso como última surpresa, acende um na lixa gasta, agora se fuma, irmão. Vamos, recoste-se também e feche os olhos, não vamos estragar o prazer com conversa à toa, sonhemos com os velhos tempos durante algumas tragadas, tempos que daqui a pouco recomeçarão. Vamos, lembremos Chaim Balabusne com seu grosso par de óculos de níquel e a pequena lojinha onde sempre compramos nossos cigarros, quer dizer, o fumo para depois enrolá-lo. O negócio dele ficava mais perto do seu que do meu e o meu mais próximo do seu, ele se situava exatamente entre os nossos, apesar disso nunca fomos afetuosos com ele, mas a culpa era dele. Pois ele não queria saber de bolinhos e sorvete nem de corte de cabelo e barba. Muitos diziam que ele deixava os cabelos ruivos crescerem por religiosidade, mas eu sei muito bem que era por avareza e nada mais. Ora, tanto faz, não se deve pensar mal dos mortos, Balabusne tinha sempre um lindo estoque, charutos, cachimbos, estojos com flores, cigarros com piteiras douradas para os ricos, estava sempre querendo nos convencer a passar para um tipo mais caro, mas nós continuamos com o Excelsior. E o suporte com a chaminha de gás e o cortador de charutos em cima do balcão de sua loja, o suporte de latão que ele limpava tão logo entrasse alguém, lembramo-nos desse estúpido suporte cada vez que pensamos no passado, embora tenhamos comprado seu tabaco no máximo uma vez por semana e, em contrapartida, nunca fizemos uso do suporte.

— Você também está pensando em Chaim Balabusne?

— Como você chegou a Chaim Balabusne?

— Simplesmente assim. Talvez fumando.

— Não estou pensando em coisa alguma.

Dá-se a última tragada, mais uma e os lábios serão queimados. A fumaça arranhou os pulmões de forma magnífica e deixou a cabeça bem aturdida como depois de alguns ricos copinhos, o mundo gira num círculo lento, mas se está bem sentado e com as mãos em cima da mesa. Suspira-se um pouco, geme-se um pouco, a fumaça ainda flutua no quarto, Kowalski diz:

— E agora vamos ao assunto, Jakob. Como anda a coisa lá fora? Quais as notícias sobre os russos?

Jakob continua sereno, era de qualquer modo apenas uma questão de tempo quando Kowalski passaria a falar sobre a razão original de sua visita, o cigarro não podia enganar ninguém. Agora não há nenhuma Lina agachada, agora se pode ter uma conversa franca, já preparamos a resposta para você e os seus, prepare-se para algo. Portanto, vamos com essa cara de desespero, vamos com os ombros caídos de tristeza, é hora do último ato do nosso jogo de perguntas, Kowalski, você não vai gostar muito dele. Contudo, não podemos ter complacência, Kowalski, tivemos durante muito tempo, eu também sou apenas um homem atormentado.

— Eu não queria contar para você...

— Eles foram rechaçados! — Kowalski grita.

— Não, não, não é tão ruim assim.

— O que é então? Diga logo!

— Imagine só — diz Jakob em voz baixa e imaculadamente desolado —, há pouco eu sentei diante do aparelho e girei o botão, como sempre faço, mas não saiu nem um único som. Você entende, ontem ele ainda estava funcionando, nada excelente, e hoje ele fica calado. Aí não se pode fazer nada, meu caro, um rádio como esse é uma coisa incompreensível e agora está quebrado.

— Meu bom Deus! — grita Kowalski horrorizado, já é a segunda vez nessa tarde que Kowalski grita "meu bom Deus!", e até mesmo torna a bater com as mãos, provavelmente porque em seu caso uma coisa não funcione sem a outra.

— Devíamos ter algo para fumar — Jakob diz saudoso, pois agora é o dia seguinte, o cigarro, o Juno sem piteira, vive ainda apenas na lembrança. Ele se encontra num carro de carga, num trabalho de iontoforese, pode-se chamar assim com razão, ele nos tira, dos judeus, os sacos que nos arranjaram hoje para carregar. Nós elevamos os pesados sacos a uns cinqüenta metros ou mais, ele só precisa levá-los até a parede do carro e arrumá-los ali com muito jeito, por isso trabalho de iontoforese e também porque o fazem em dupla, Jakob e Leonard Schmidt. Aliás começamos o dia admirados, quando nos mostraram o que havia para ser feito hoje nós nos olhamos espantados e pensamos: eles também não sabem o que querem. Pois há duas semanas chegou um trem inteiro carregado de sacos de cimento, como se estivessem querendo construir casas, nós os desembarcamos saco por saco e cobrimos com lonas, e hoje, de repente, é hora de embarcar os sacos novamente nos vagões. Problema deles, nós reembarcamos os sacos, obedientes, como eles querem, nós os arrastamos até os vagões, num deles está Jakob em seu trabalho de iontoforese e diz "devíamos ter algo para fumar", e Schmidt responde quase divertido:

— Se o senhor não tem nenhuma outra preocupação, senhor Heym.

Leonard Schmidt. Ele chegou a este gueto como a Virgem ao seu filho, o gueto lhe chegou por caminhos que nem em sonho pensaria seriam os seus. Pois Schmidt tinha uma vida atrás de si que, no fundo, mereceria sua continuação do outro lado da cerca, sua estadia em nosso meio era para ele uma das coisas mais inconcebíveis do mundo. Nascido em 1895, filho de pai abastado e mãe fiel ao Kaiser, em Brandemburgo, junto ao Havel, freqüentou um liceu de primeira categoria em Berlim, de onde o pai mudou dois anos após o nascimento de Leonard por razões comerciais (nova aquisição de uma fábrica têxtil), tornou-se soldado logo depois da aprovação no exame final, ofensiva de Flandres, Verdun, ocupação da Criméia e mais tarde de Champagne, já que havia carência de homens Schmidt fez a guerra. Em seguida, com todas as honras, foi dispensado do exército vencido, na qualidade de orgulhoso tenente e com condecorações por bravura diante do inimigo e ornamentado com outras coisas mais, e se dedicou à carreira. Era a vez dos estudos universitários, como é de praxe para os filhos das famílias de melhor posição, o estudo de Direito em Heidelberg e os últimos semestres em Berlim. O sucesso não poderia ter sido maior, em todos os exames foi muito bem aprovado, na maioria inclusive com distinção. Passou três inalteráveis anos como estagiário, depois o cartão ''Assessor Leonard Schmidt'', e finalmente o ansiado momento, a abertura do próprio escritório de advocacia na zona mais aristocrática. Os bons clientes não se fazem esperar muito tempo, as relações do pai ajudaram formalmente no impulso, em pouco tempo ele precisou empregar dois jovens advogados para os casos menos importantes e fez o nome de uma maneira dez vezes mais rápida que muitos outros. Casamento por amor, duas belas filhas meio louras, todos os dias o mundo tirava o chapéu para ele, até que um invejoso do escritório tem a funesta idéia de pesquisar sua árvore genealógica e de serrá-la, e tudo chega a um péssimo fim. A mulher, as duas filhas e o saldo bancário ainda puderam ser salvos na Suíça, pois alguns bons amigos advertiram Schmidt, mas ele mesmo não conseguiu. Ainda estava ocupado resolvendo as coisas mais urgentes quando bateram à porta com insistência. Na cabeça de Schmidt tudo girava como uma piada de mau gosto, talvez um dia acorde e os clientes estejam outra vez sentados na sala de espera, ele estava no melhor caminho para se tornar um nacionalista alemão. No entanto, eles não permitiram, bateram à porta e o exortaram a não criar problemas, o rosto espantado da criada entre as poltronas cobertas com pano branco, eles o levaram até ali porque seu bisavô freqüentava a sinagoga e seus pais foram estúpidos o bastante para mandar circuncisá-lo, o porquê nem eles mesmos sabiam mais. Sendo ou não piada, ele sofre dupla e triplamente nos primeiros dias, quando ainda não superara sua história de vida, ele me perguntou:

— O senhor entende isso?

E pouco tempo depois podia-se pensar que aos poucos ele se acostumava à vida do gueto, bastando que se trabalhasse ao seu lado, ele chega à estação com um terno que nos faz parar o coração. No lado esquerdo do peito há um gancho e neste está pendurado um pequeno objeto, preto e branco, que, quando ele se aproxima, vê-se que é uma cruz de ferro.

— Seja sensato! — alguém lhe diz. — Tire a cruz e a esconda. Eles vão abatê-lo por isso como a um cão hidrófobo!

Mas Schmidt se desvia e começa a trabalhar, como se não houvesse nada. Todos nós fazemos uma imensa curva à sua volta, ninguém quer se intrometer no assunto, ninguém pode ajudá-lo, não o perdemos de vista a uma distância segura. Somente após uma boa hora é que uma sentinela nota a monstruosidade, engole em seco algumas vezes, detém-se calada diante de Schmidt, e Schmidt pára à sua frente, pálido. Após uma eternidade a sentinela gira nos saltos, parece que perdeu a fala, entra na casa de pedras, retorna pouco tempo depois com seu superior e aponta Schmidt, que nesse meio tempo volta a trabalhar sozinho. O superior atrai Schmidt com o dedo, ninguém mais dá um centavo por sua cabeça maluca, o superior se inclina para o gancho, observa a cruz com todo cuidado, como um relojoeiro a uma minúscula pecinha quebrada.

— Onde você recebeu isso? — ele pergunta.

— Em Verdun — diz Schmidt com voz trêmula.

— Não pode usar aqui. É proibido — diz o superior.

Ele tira o presente do peito de Schmidt, coloca em seu bolso, não anota nenhum nome, não fuzila nenhum malfeitor. Trata o incidente como uma simpática distração que, à noite, provocará a hilaridade geral na taberna. Retorna satisfeito à casa de pedras, a sentinela já está prestando atenção em outra coisa, nenhuma palavra mais a esse respeito, Schmidt teve sua diversão e nós o nosso espetáculo. Assim ele se tornou uma celebridade singular logo após sua chegada, aí está a biografia de Leonard Schmidt.

— Nunca em toda a minha vida eu tive coisa alguma a ver com os tribunais — diz Jakob.

— Ah — diz Schmidt.

Eles passam um dia agradável, sempre pegam a dois um dos sacos que nós, os carregadores, colocamos na beira do vagão, e com um "agora!" erguem-no ao lugar certo. Nem mesmo a chuva os incomoda, pois o vagão é coberto. Nas pequenas pausas que surgem vez por outra, eles se recostam na parede, enxugam o suor que foi parar na testa de uma forma inexplicável e batem papo como nos tempos de paz. Quando Kowalski ou os Schtamm ou Mischa descarregam ofegantes os sacos e os encaram com inveja e dizem em tom hostil para tomarem cuidado, caso contrário ainda morreriam de trabalhar, eles sorriem.

— Vocês não precisam se preocupar conosco.

— Quer dizer, uma vez eu fui testemunha — Jakob diz.

— Ah.

— Mas não num tribunal. Apenas no escritório do advogado que cuidava do caso.

— Que caso?

— Tratava-se de saber se Kowalski devia ou não dinheiro ao agiota Porfir. A promissória desapareceu como que por milagre das mãos de Porfir, e eu só precisava declarar que Kowalski tinha devolvido o dinheiro.

— Quer dizer então que você estava presente quando isso aconteceu? — pergunta Schmidt.

— Nem em pensamento. Mas antes Kowalski me explicou tudo palavra por palavra.

— Mas, se você não estava presente e, portanto, só conhecia os fatos por ouvir dizer não devia ter se apresentado como testemunha. Como podia saber com segurança que Kowalski de fato tinha devolvido o dinheiro a esse senhor?

Ele devolveu, não quero subestimá-lo, mas ainda assim era possível que Kowalski mentisse para você a fim de obter seu depoimento em favor dele, não?

— Não acredito — Jakob diz sem refletir. — Ele tem muitos lados ruins, que ninguém conhece tão bem quanto eu, mas mentiroso ele não é. Ele foi logo me dizendo que não tinha devolvido o dinheiro a Porfir. Onde ele iria conseguir?

— E embora soubesse disso você declarou ao advogado que ele devolveu na sua presença?

— Declarei, claro.

— Não é tão claro assim, senhor Heym — diz Schmidt divertido, tão certo como dois mais dois são quatro ele se preocupa com a notável interpretação do Direito por parte desse povo esquisito, que se supõe seja o seu.

— De qualquer modo ajudou muito — conta Jakob no final de sua história. — O agiota Porfir não teve a queixa aprovada. O dinheiro dele desapareceu, ora, mas que estou dizendo?, dinheiro dele! Ele nos arrancou a pele, aos poucos, de quase todos nós, os pequenos negociantes. Trinta por cento de juros, dá para imaginar? A rua inteira ficou em júbilo pela maneira como Porfir e Kowalski saíram do Palácio da Justiça após a decisão, Porfir fervendo de raiva e Kowalski radiante como o lindo sol.

Kowalski, de olho arroxeado, larga o saco na beira do vagão, havia captado alguma coisa, Kowalski radiante como o lindo sol, e pergunta:

— Que histórias você está contando de mim?

— Aquele assunto da promissória perdida de Porfir tempos atrás.

— Não acredite em nenhuma palavra dele — Kowalski diz a Schmidt. — Ele fala mal de mim aonde quer que vá.

Kowalski volta trotando para o próximo saco, molhado como uma lontra, depois de ter lançado um que-olhar-é-esse para Jakob. Os enxutos Schmidt e Jakob também se esforçam um pouco, para variar sem bate-papo, quantos sacos cabem num único vagão! Até a próxima pequena interrupção, até ocorrer alguma coisa importante a Schmidt, até ele perguntar:

— Não leve a mal minha curiosidade, senhor Heym, que foi mesmo que Sir Winston disse sobre a situação atual?

— Quem?

— Churchill. O primeiro-ministro inglês.

— Não tenho a menor idéia do que ele diz. Você ainda não ouviu? Meu rádio está quebrado.

— Deixe de brincadeira!

— O que você está pensando de mim? — Jakob diz com ar sério.

Schmidt parece desnorteado, Jakob registra, exatamente como os outros já ficaram hoje, aos quais não se pode negar, de ombros caídos e voz desesperada, a única novidade do dia, já pela manhã. Schmidt, este homem um tanto arrogante a quem um gozador batizou de Leonard Assimilinski, este Schmidt parece estar sentindo uma punhalada no coração, como todos os outros, de repente ele se iguala a eles em tudo.

— Mas como foi que aconteceu? — ele pergunta em voz baixa.

A resposta variou durante a madrugada, não havia tempo suficiente para apresentá-la a cada um deles como o foi a Kowalski, embrulhada em papel de seda, Jakob foi obrigado a fazer cortes consideráveis. Como aconteceu?

— Ora, como podia ter sido? Da mesma maneira como um rádio desses se quebra. Ontem ele ainda tocava e hoje não toca mais.

As reações foram diversas, alguns amaldiçoaram o injusto Deus, outros rezaram a ele, consolaram-se com o fato de rádio e russos serem coisas essencialmente distintas, um chorou como uma criança, as lágrimas rolaram pelas faces, despercebidas entre as gotas de chuva. Um deles disse:

— Oxalá isso não seja nenhum mau augúrio.

Jakob não pôde dizer nem sim nem não, precisava lhes passar sua pequena dor, melhor que toda a verdade. Tampouco agora pode dizer palavras de consolo às orelhas caídas de Schmidt, seu estoque de consolo está esgotado. Por favor, lembremo-nos nesse meio tempo de que Jakob está tão necessitado de consolo quanto todos os miseráveis à sua volta, tão privado de qualquer fornecimento de novidades que é atormentado pelas mesmas esperanças. Somente um acaso maluco fez de um igual um especial, proibindo-o até hoje de pôr as cartas na mesa. Contudo, só até hoje, hoje eu deixei vocês darem uma olhadela na manga de meu casaco, vocês viram que ela está vazia, não há mais nenhum ás de ouro dentro dela. Agora estamos todos sabendo a mesma coisa, nada nos diferencia mais, nada, à exceção de sua crença de que um dia eu fui alguém especial.

— Nada adianta mais, senhor Schmidt, devemos seguir em frente. Agora!

Na estação ressoa uma voz desconhecida na chuva que ficou mais fraca:

— Tire as mãos daí!

Jakob e Schmidt correm até a porta e vêem o que está acontecendo: o gêmeo Herschel Schtamm se encontra num trilho do desvio, ao lado de um vagão bem comum, ainda fechado. Ele teria pensado que aquele seria o próximo a carregar, então ouve a voz desconhecida, que só pode estar se dirigindo a ele, e retira a mão imediatamente da alavanca de fechamento que ia levantar. Até agora a voz é a única coisa extraordinária no incidente, voz que aliás é bem singular, ela pertence ao Apito, por isso é desconhecida. O Apito, com o uniforme de ferroviário, anda tão apressado quanto lhe permite a perna de pau na direção de Herschel Schtamm, que recua assustado, o Apito pára ao lado do vagão, experimenta a tranca, que ainda está firme.

— Você não ouviu antes? Este vagão não deve ser tocado, que droga!

— Sim, senhor — diz Herschel Schtamm.

Em seguida, o Apito se vira para todos os judeus, que pararam de trabalhar e desfrutam a sensação de algo jamais ouvido, ele se volta com a voz elevada:

— Todos vocês entenderam agora, seus sacos de merda? Este vagão aqui não pode ser tocado! Da próxima vez haverá barulho!

Portanto, era assim que soava sua voz, eu diria que não foi lá uma estréia muito bem-sucedida, eu diria um fraco barítono, esperávamos um som mais agradável. O Apito retornou com passos solenes à casa de pedras, Herschel Schtamm voltou ao trabalho o mais rápido possível para sair da berlinda, nós também, o incidente, que no fundo não foi de verdade, encontrou seu fim provisório.

— Que tipo de vagão pode ser esse? — Schmidt pergunta.

— Eu lá sei — Jakob diz.

— Em compensação, o senhor Schtamm já pode falar de sorte por não ter recebido nada. De fato, pela manhã, a sentinela nos ordenou que não nos ocupássemos com o vagão. Com certeza você também ouviu, não?

— Ouvi sim.

— Então por que ele foi até lá?

— Valha-me Deus, como é que posso saber?

Schmidt não é sensível para saber quando uma conversa chega ao fim, ele externa algumas opiniões sobre a vantagem da estrita obediência às ordens, sobre o aumento das chances de sobrevivência resultante de tal observância, dá uma breve conferência sobre a situação jurídica real oferecida pela correlação de forças momentânea. Jakob presta apenas um pouco de atenção. Falando francamente, as pessoas não acham Schmidt lá muito simpático, ele se acha, sem jamais tê-lo dito textualmente, melhor, mais esperto e mais culto, é provável que ele não tivesse uma única palavra a objetar contra todo o gueto, caso eles não o metessem ali. Quando ele se esforça para dissipar as diferenças, o que ele mais faz, as pessoas não se livram da impressão de que Schmidt está dissimulando, vejam só que simpático de minha parte!, eu simplesmente ajo como se fôssemos de uma mesma espécie. As diferenças existem, ele não se impõe a elas, já pela maneira como encara alguém ou conversa ou come ou fala dos alemães ou do passado, mas sobretudo pela maneira como pensa. Ninguém pode escolher seu companheiro de infortúnio, companheiro de infortúnio ele é sem dúvida nenhuma, ele não treme menos que nós por sua porção de vida, quer dizer, de um modo um pouco diferente, claro, ao seu modo, que para nós não é lá muito agradável.

Herschel Schtamm vem pouco depois arrastando um saco, na cabeça o ensopado boné de pele, sob o qual ele esconde sua religiosidade, Jakob lhe pergunta:

— O que aconteceu, Herschel?

— Você não vai acreditar, eu ouvi vozes no vagão — diz Herschel.

— Vozes?

— Vozes — diz Herschel. — Tão verdadeiro quanto minha presença aqui, vozes humanas.

Talvez ele sinta o calafrio nas costas, especialmente ele, que sempre sente tanto calor debaixo do boné de pele, Herschel incha as bochechas e assente algumas vezes com ar preocupado, você pode imaginar o que isso deve significar. Jakob pode, ele acompanha a representação de Herschel com um suspiro desamparado, com o fechar de olhos enquanto levanta as sobrancelhas, eles travam um pequeno diálogo inaudível, Schmidt está ao lado e não compreende uma só palavra.

Mischa se aproxima, descarrega o saco de cimento, diz em voz baixa:

— Vocês devem continuar o trabalho, a sentinela já está olhando para cá.

De repente Jakob tem duas mãos esquerdas, o saco lhe escapa, Schmidt diz furioso:

— Preste atenção!

Jakob precisa prestar mais atenção, mais tarde ele recorda que se sentiu como alguém que ainda estivesse sonhando com a felicidade e um cantinho tranqüilo e alguém chegasse e lhe arrancasse a coberta e ele ficasse desnudo, tremendo de desilusão.

— Não sabia que você era tão taciturno — Schmidt diz após um longo tempo.

Jakob continua taciturno, inabalavelmente triste, ele recebe os sacos, de tempos em tempos apenas um olhar furtivo para o discreto vagão nos trilhos do desvio, em cujo interior foram ouvidas vozes humanas. Respiradouros logo abaixo do teto, ninguém é tão alto assim que pudesse olhar para fora, e ninguém grita, nem de dentro nem de fora, por que ninguém grita?, os sacos devem ser bem arrumados. Está lá, marrom, nos trilhos do desvio e como que esquecido, porém eles não o esquecem, em muitos aspectos há confiança neles. Ontem ele ainda não estava ali, amanhã terá ido embora de novo, apenas uma breve baldeação num caminho para alguma parte. Um vagão igual a esse já foi carregado e descarregado centenas de vezes, e carregado, caixas, carvão, batatas, sob severa vigilância, máquinas, pedras, vagões exatamente assim, mas aquele ali não deve ser tocado, caso contrário haverá barulho.

— Você acha que é verdade? — pergunta Schmidt.

— Que o que é verdade?

— Isso das vozes.

— Não faça esse tipo de pergunta. Você pensa que Herschel Schtamm quer se fazer de importante?

— Mas então quem pode estar no vagão?

— Quem haveria de ser?

A boca de Schmidt se abre, agora ele é possuído por uma terrível suspeita, ele sussurra:

— Você acha...

— Acho sim!

— Acha que agora ainda enviam alguns para o campo?

Assim é, infelizmente Schmidt não é versado no jogo das insinuações, a maneira como certas coisas não são mencionadas mas mesmo assim são ditas ele jamais saberá, de coração ele é um estranho, de uma vez para sempre. Tudo precisa ser pronunciado de modo claro e grosseiro para ele.

— Não, eles não mandam mais ninguém! A guerra já acabou há muito tempo, se quiséssemos todos poderiam ir para casa, mas nós não queremos, já que nos divertimos muito aqui! — Jakob diz revirando os olhos. — Será que ainda estão mandando alguns?! Pense bem, não existe ninguém mais aqui? Eu ainda estou, você ainda está, todos nós ainda estamos aqui. Não vão imaginar que tudo já acabou!

Com um rápido movimento de mão Schmidt interrompe a lição que se fizera necessária, aponta assustado para fora e grita:

— Veja só! Schtamm!

Herschel nunca foi muito notado, a não ser pelas rezas do passado, que, segundo sua convicção, levaram ao corte de energia, agora ele desconta, está parado ao lado do vagão nos trilhos do desvio. As sentinelas ainda não o notaram, Herschel gruda o ouvido no vagão e conversa, vejo claramente que ele move os lábios, escuta, depois segue falando, o religioso Herschel. Seu irmão Roman se encontra por acaso ao meu lado, com olhos que parecem rodas de moinho, ele quer correr até Herschel para buscá-lo antes que seja tarde. Dois homens são obrigados a segurá-lo com força e um deles sussurra:

— Fique quieto, seu idiota, você ainda vai acabar chamando a atenção das sentinelas para ele!

Não consigo ouvir o que Herschel fala e o que as pessoas de dentro lhe dizem, a distância é grande demais para isso, mas posso imaginar, e isso nada tem a ver com suposições vagas. Quanto mais reflito mais claramente sei suas palavras, mesmo que ele nunca as tenha confirmado para mim.

— Olá! Vocês me ouvem? — diz Herschel.

— Estamos ouvindo — deve responder uma voz do interior do vagão. — Quem é você?

— Sou do gueto — Herschel diz então. — Vocês precisam agüentar, precisam agüentar só mais um tempinho. Os russos já passaram por Bezanika!

— Como você sabe disso? — perguntam os de dentro, tudo bem lógico e automático.

— Podem acreditar em mim. Temos um rádio escondido. Preciso voltar agora.

Os enclausurados agradecem desconcertados, uma pombinha branca se perdeu na escuridão e foi até eles, suas palavras não têm a menor importância, talvez lhe desejem felicidade, riqueza e cento e vinte anos de vida antes de ouvirem seus passos se afastando.

Todos olham fascinados para Herschel, que empreende o caminho de volta, loucos como somos, ficamos parados e olhando embasbacados, em vez de continuar o trabalho e agir como se tudo estivesse como devia ser. Primeiro impedimos que Roman faça uma grande besteira, depois nós mesmos a fazemos, talvez nem mesmo assim Herschel escapasse deles, quem pode saber depois?, de qualquer modo nada fazemos que possa desviá-los dele. Somente então ele parece ter descoberto o medo, até esse momento é como se tudo marchasse por conta própria, como que seguindo leis insondáveis às quais até mesmo os sonâmbulos obedecessem. A cobertura é para lá de escassa, quase não existe, Herschel já sabe por que tem medo. Uma pilha de caixas, um outro vagão vazio e mais nada em seu caminho, no qual, no fundo, ele precisava de uma escolta. Eu vejo quando ele bota a cabeça no canto do vagão, centímetro por centímetro, com o olhar ele já se encontra conosco, já o ouço contar sobre sua volta ao mundo, até agora o lado contrário está em silêncio. A sentinela está no portão, de costas para nós, nenhum barulho o atrai, os outros dois desapareceram, é de se supor que estejam na casa, para onde a chuva os espantou. Vejo que Herschel está fazendo os últimos preparativos para o grande salto, vejo-o rezando. Embora ele ainda esteja junto ao vagão e mexa os lábios, percebe-se claramente que Herschel não está conversando com as pessoas lá dentro mas com seu Deus. E então eu viro a cabeça para a casa de pedras, que tem uma janelinha na cumeeira, a qual está aberta, há um fuzil no peitoril, preparando-se com toda a calma. Não consigo reconhecer o homem atrás, está escuro demais no cômodo, vejo apenas duas mãos corrigindo a pontaria, até se darem por satisfeitas, em seguida ficam estáticas como se fossem pintadas. O que eu deveria ter feito?, eu que nunca fui herói, o que deveria ter feito?, se eu fosse herói no máximo gritaria, mas de que iria adiantar? Eu não grito, fecho os olhos, passa-se uma eternidade, Roman diz para mim:

— Você está de olhos fechados? Veja, ele está conseguindo, o maluco!

Não sei por quê, nesse momento eu penso em Chana, que eles fuzilaram em frente a uma árvore, cujo nome não sei, mesmo depois do tiro eu penso nela, até que todos à minha volta falam ao mesmo tempo. Apenas um único tiro seco, as duas mãos, como já foi dito, tiveram tempo de sobra para preparar tudo da melhor maneira, melhor que toda a reza de Herschel. Ele soa estranho, eu nunca ouvi um tiro isolado, sempre vários de uma só vez, como se uma criança malcriada fizesse birra batendo os pés no chão ou como se um balão fosse soprado com muito ímpeto e explodisse ou mesmo, se é para me regalar com imagens, como se Deus tossisse, Deus tossiu em cima de Herschel.

Talvez os enclausurados perguntem no interior do vagão marrom:

— Ei, você, o que aconteceu?

Herschel está caído de bruços, entre dois dormentes, enviesado nos trilhos. Sua estertorante mão direita caiu numa poça negra, o rosto, do qual posso ver apenas um lado por enquanto, parece-me admirado, com os olhos abertos. Ficamos calados à sua volta, concedem-nos a pequena pausa, Roman se curva sobre ele, puxa-o dos trilhos e o vira de frente. Em seguida retira seu boné de pele, seus dedos têm trabalho para desabotoar as abas debaixo do queixo. Enfia o boné no bolso e vai embora. Pela primeira vez nesta estação os cachinhos das têmporas de Herschel podem flutuar livres ao vento, muitos de nós nunca os tinham visto antes, conheciam apenas por relatos, esta é a aparência de Herschel Schtamm na realidade, sem disfarce. Seu rosto pela última vez, numa moldura negra de terra úmida e muitos cabelos, alguém lhe fechou os olhos. Não vou mentir, e também por que haveria?, uma beleza ele não era, era muito religioso, quis transmitir esperança e morreu por isso.

A sentinela do portão chegou atrás de nós sem ser percebido, já era hora de nos levar a outros pensamentos, ele diz:

— Já olharam o bastante ou será que nunca viram um morto? Vamos, ponham-se a trabalhar de novo, rápido, rápido!

Vamos pegá-lo depois do trabalho e enterrar, isso é permitido sem que esteja escrito num dos muitos regulamentos, simplesmente se tornou hábito. Ainda olho para a janela lá em cima, que nesse meio tempo foi fechada de novo, nenhum fuzil mais, mão nenhuma, nenhum deles sai de casa, eles não se preocupam mais conosco, para eles o caso está liquidado.

A vida segue em frente, Schmidt e Jakob voltam a fazer força com os sacos. Schmidt já compreendeu que agora deve ficar calado, que deve guardar para si mesmo o motivo pelo qual Herschel precisou correr ao vagão embora o ferroviário o advertisse antes expressa e definitivamente.

Na cabeça de Jakob as auto-recriminações se apresentam com as chaves nas mãos, ele sabe de maneira extraordinariamente exata o papel que desempenhou nessa cena. Você elabora o minguado consolo, imagina uma imensa balança com dois pratos, num você coloca Herschel, no outro empilha toda a esperança que espalhou entre essa gente no decorrer do tempo, após quanto tempo ela descerá? A dificuldade é que você não sabe quanto pesa a esperança, ninguém lhe dirá, você terá que encontrar a fórmula sozinho e sozinho terminar o cálculo. Mas você calcula em vão, as dificuldades se acumulam, aqui está mais uma, quem lhe revelará quais desgraças foram impedidas com suas invenções? Dez ou vinte catástrofes ou também apenas uma, o evitado lhe continuará oculto para sempre, é visível somente aquilo que você causou, está ali, ao lado dos trilhos, na chuva.

Mais tarde ainda, ao meio-dia, não se avançou um passo para o resultado da questão cheia de incógnitas, Jakob toma sua sopa, afastado, hoje todos deixam a todos em paz. Ele saiu do caminho de Roman Schtamm, Roman não o procurou, somente no carrinho de mão em que são colocados os pratos de lata após o uso é que, de repente, eles ficam frente a frente. Olham-se nos olhos, especialmente Roman, Jakob me conta:

— Ele me encarou como se eu tivesse fuzilado seu irmão.

O fim do trabalho pertence a Lina.

Jakob ficou parado com ela um longo tempo no corredor, diante de sua porta, e disse:

— Preste bastante atenção agora, Lina, para que você encontre a chave do meu quarto, caso aconteça alguma coisa

— disse ele. — Tem um buraquinho aqui na parede, atrás do marco da porta, está vendo? Agora vou enfiar a chave aqui, depois a pedra volta a tapar. Pode-se tirá-la com toda facilidade, basta que você fique na pontinha dos pés, você já está bem alta. Tente.

Lina tentou, esticou-se, retirou a pedra, agarrou a chave num último esforço e, orgulhosa, estendeu-a a Jakob.

— Maravilhoso — disse Jakob —, preste bastante atenção no lugar. Eu mesmo não sei direito para quê, mas talvez seja importante um dia. E tem mais uma coisa: não revele o lugar para ninguém.

Nesse meio tempo Lina não precisa mais se pôr na ponta dos pés, em dois anos ela cresceu sem cessar, ultrapassando o buraquinho atrás do marco. Quando algo acontecer, disse Jakob, hoje aconteceu algo, Lina pega a chave, abre a porta e, com a respiração presa, entra no quarto vazio. Claro que está com um pouco de medo, que se dissipará contudo se Jakob entrar inesperadamente, então ela lhe dirá apenas que está arrumando um pouco. As intenções que a impelem são aventureiras, dificilmente ele concordaria com elas, mas o que os olhos não vêem o coração não sente.

Há dois obstáculos em seu caminho, nisso ela não se engana, o primeiro é o esconderijo por enquanto desconhecido, o segundo é que ela não sabe como é um rádio. Não existem esconderijos ilimitados nesse quarto, em poucos minutos ele é virado de ponta-cabeça, muito mais difícil parece ser o segundo obstáculo. Jakob explicou tudo o que era possível, ela poderia, por exemplo, descrever um ônibus de cor, embora jamais tenha ficado cara a cara com um, ela poderia falar sobre uma banana, aviões, ursos que começam a resmungar quando são postos de costas. No corte de energia do passado Jakob chegou a percorrer com ela o caminho ultrasecreto que a luz vence desde a mina de carvão até a pequena lâmpada do teto, mas jamais dispensou uma palavra sequer sobre um rádio. Lina tem alguns pontos de referência bem frugais: todos falam dele, sua posse é proibida, ele revela coisas que antes não se sabia, é tão pequeno que pode ser muito bem escondido.

— Amanhã você me mostra o seu rádio? — ela lhe perguntou ontem à noite quando Jakob foi até o sótão após a malograda visita de Kowalski.

— Não — ele disse.

— E depois de amanhã?

— Também não.

— E depois de depois de amanhã?

— Eu já disse que não! E agora chega!

Até mesmo seu piscar de olhos, em geral infalível, não produziu nenhum efeito, Jakob nem sequer olhou, por isso seu novo impulso para uma pausa mal-humorada:

— Vai me mostrar alguma vez?

— Não.

— E por que não?

— Porque não.

— Você pelo menos me diz como ele é? — ela perguntou então, já com meio plano elaborado na cabeça. Mas ele também se negou a responder e, assim, seu meio plano se tornou um plano completo.

Em resumo, Lina precisa procurar uma coisa da qual nada mais sabe a não ser que Jakob a mantém escondida, uma coisa sem cor, sem forma e peso, uma sorte que Jakob não possa ter tantas coisas desconhecidas no quarto. A primeira coisa que ela encontrar e nunca tiver visto deve, pelos padrões humanos, ter o nome de rádio.

Lina começa pelos esconderijos do primeiro plano, debaixo da cama, em cima do armário, na gaveta da mesa. É bem possível que um rádio seja tão grande que não caiba numa gaveta de mesa, talvez qualquer pessoa que estivesse vendo Lina procurar um rádio ali morresse de rir. Mas a culpa não é dela por Jakob se manter tão obstinadamente calado, e além do mais ninguém está vendo. Ele não está na gaveta, não há nada ali, debaixo da cama e em cima do armário só tem poeira. Resta apenas o interior do armário, fora ele não há mais nenhum esconderijo, o armário tem duas portas, uma em cima, outra embaixo. Lina bem que poderia se poupar a de cima, atrás dela estão os quatro pratos, dois fundos e dois rasos, as duas xícaras, uma das quais caiu no chão quando Lina lavava e quebrou a asa, depois mais uma faca e duas colheres, o açucareiro sempre vazio e a comida, quando existe, fica atrás. Lina conhece muito bem o que há por trás dessa porta, muitas vezes é ela quem põe a mesa, serve e tira, a porta poderia ser poupada, mas o empreendimento não deve fracassar por um lapso. Ela examina os quatro pratos, duas xícaras, açucareiro, faca e colheres, além disso mais um pedaço de pão e um saco de feijão, nenhuma surpresa.

Portanto, a porta de baixo. Lina hesita, os dedos já seguram a chave e não conseguem tomar uma decisão, se o procurado não estiver ali não estará em parte alguma. Até hoje ela nunca remexeu na parte de baixo do armário, "são minhas coisas que estão aí", disse Jakob, a frase soou totalmente inofensiva. Suas coisas, somente agora se sabe o que se esconde por trás de duas palavras tão inocentes.

A hesitação se mantém dentro dos limites, Lina abre enfim, lá fora, no corredor, alguns passos fazem barulho. Não dá para fechar, se Jakob viesse não perguntaria o que ela faz ali, ele perguntaria por que se trancara, e não existe nenhuma resposta para essa pergunta. Lina desarruma, calça e camisa, agulha e linha, uma panela, por que não está em cima?, caixa com pregos e parafusos, uma moldura, o livro sobre a África. Lina se concede uma pequena pausa, o livro tem mais a oferecer do que apenas letras, às quais Jakob dá tanto valor desde algum tempo atrás, as fotos merecem alguns momentos de atenção, apesar de tudo.

A mulher com os seios extremamente compridos, tão achatados e que parecem ressecados, e o anel que atravessa o nariz, cujo sentido Jakob só vai explicar mais tarde. Os homens desnudos, seus rostos totalmente pintados, longas lanças nas mãos e, sobre as cabeças, criações gigantescas de penas, cabelos e fitas. Ou as crianças magras com barriguinhas redondas, animais com chifres e listras e focinhos infinitos e pescoços mais compridos ainda, tudo isso pode segurar alguém, mas não a ponto de ela esquecer o objetivo original.

Lina se arrasta de barriga no armário, um último obstáculo foi vencido, um modesto embrulho de roupa branca com uma toalha verde por cima, e então? O caminho está livre para essa coisa nunca vista, orgulhoso sorriso de vitória, ela se encontra discreta no canto de trás, misteriosa e proibida. Lina a traz à luz, uma pequena grade delicada, parafusinhos, vidro e redonda, ela a coloca respeitosamente em cima da mesa, senta diante da coisa, agora vamos vivenciar algo. Suas coisas, disse Jakob, os minutos se passam com os olhos arregalados, o que se vai saber que não se sabia antes? Será que essa coisa fala como uma pessoa comum, ou revela seus segredos de alguma outra maneira, de alguma maneira prodigiosa? Após algum silêncio como experiência, Lina percebe que por si só a coisa nada revela, que ela deve ser levada a falar, talvez só se precise perguntar algo. Se assim for, oxalá não o seja segundo um conjuro determinado como o de Ali Babá diante de Sésamo.

— Como eu me chamo? — Lina começa com o mais simples, mas já com isso parece ter exigido demais da coisa. Lina lhe dá tempo suficiente, em vão, seu desapontamento se perde em pensamentos, deve-se perguntar por desconhecidos?, por alguma coisa que não se sabe de antemão?, claro que ela sabe o próprio nome. Lina pergunta: — Quanto é trinta vezes dois milhões? — uma vez que também agora não vem a resposta, Lina trilha novos caminhos, pensa na luz que se pode ligar e desligar a bel-prazer, é possível que a coisa também possa ser ligada da mesma maneira, vamos tentar com o parafusinho. Está enferrujado, quase não se mexe, após muito esforço apenas um chiado, e os dedos já estão doendo. Então Jakob chega à porta e pergunta como fora previsto:

— O que você está fazendo aqui?

— Eu — diz Lina —, eu queria — é preciso se recuperar do susto —, eu queria arrumar o quarto, claro. Você não se lembra mais?

Jakob ainda se lembra, ele olha para a Sodoma e Gomorra diante do armário, volta a Lina que queria arrumar o quarto, antes que ele abra a boca Lina sabe que a coisa não pode ser tão ruim assim.

— Mas espero que ainda não tenha terminado, não? — diz Jakob.

Naturalmente que ela ainda não acabou, ela apenas começou, Lina se levanta e torna a enfiar panela, livro e roupas no armário, de tal modo que somente com muito esforço os olhos de Jakob podem acompanhar. A moldura depois, na pressa os pregos caem da caixa, são recolhidos rapidamente, ainda faltam agulha e linha, onde estão a agulha e a linha?, serão encontradas da próxima vez, a porta é fechada e a bagunça já fica esquecida. Apenas a coisa fica em cima da mesa, além do mais ele a viu, lá está seu único segredo, e ele ainda está esperando para ficar com raiva.

— Você não está zangado comigo?

— Não, não.

Jakob tira o paletó, lava a mão suja da estação, Lina vai ficando intranqüila aos poucos, e a coisa está ali e é desprezada.

— E o que é que você queria realmente aqui?

— Absolutamente nada. Eu arrumei o quarto — Lina diz, sabendo que não faz sentido.

— O que você procurava?

Agora aos poucos ele vai falando mais alto, mas a pergunta parece boba para Lina, ele já está sentado diante da coisa e, hipócrita, procura se informar sobre o que Lina procurava, por isso negaremos a resposta evidente.

— Por que o candeeiro está aqui?

— Que candeeiro?

— Este aqui. Você está vendo algum outro?

Como Lina se cala e arregala os olhos, fitando o suposto candeeiro, e aos poucos os olhos arregalados vão se enchendo de lágrimas, Jakob a puxa para perto de si e pergunta com voz bem mais baixa:

— O que você tem?

— Nada.

Ele a põe sentada em seu joelho, em geral é raro Lina chorar, quem há de saber o que se passa numa cabecinha tão pequena, que matuta sozinha o dia inteiro?

— Vamos, diga-me o que está acontecendo. Tem alguma coisa a ver com o candeeiro?

— Não.

— Você já o viu alguma vez?

— Não.

— Quer que lhe explique como funciona?

Lina retém as lágrimas, afinal de contas Jakob não tem culpa por seu engano e, além disso, amanhã é um outro dia, de uma forma ou de outra será descoberto o esconderijo que ela não encontrou hoje. Com a manga da camisa, ela põe em ordem olhos e nariz, não basta, o lenço de bolso de Jakob se apressa para ajudar.

— Quer que lhe explique?

— Quero.

— Preste atenção. Esta coisa é um candeeiro de querosene. Antigamente só existiam esses candeeiros, antes de se conhecer a lâmpada elétrica. Aqui a gente derrama querosene, nesta pequena bacia. Isto aqui é a mecha, ela se encharca toda e agora sua ponta sai. Podemos alongá-la ou encurtá-la com este parafuso aqui. Acende-se a mecha e então o quarto fica iluminado.

— Não dá para você fazer uma vez?

— Infelizmente não tenho querosene.

Lina sai do joelho de Jakob, pega o candeeiro com ambas as mãos, observa-o de todos os lados, foi por isso que ela esperou em vão uma resposta. Em casa, na família Nuriel, no passado, não havia nenhum candeeiro de querosene e nenhum rádio, os enganos nascem da falta de experiência, após uma última olhadela Lina torna a colocar a coisa no armário. A ordem está restabelecida, a de Lina também, em sua malograda viagem de descoberta ela encontra inclusive um lado cômico.

— Quer saber o que eu pensei?

— Sim?

— Mas você não pode rir de mim, viu?

— Não rirei.

— Pensei que isso fosse um rádio.

Jakob sorri, ele se lembra de que quando era um menino bem pequeno achava que uma velha vizinha corcunda era uma bruxa, também uma falsa conclusão, porém aos poucos seu sorriso foi ficando cada vez mais fraco. Lina procurou o rádio, isso foi confessado, teria sido muito bom se ele mantivesse sua crença, que importância tem um candeeiro ser tomado por um rádio? Ele a teria obrigado ao juramento do silêncio, agora você encontrou, agora sabe como ele é, agora nenhuma palavra mais a esse respeito, sobretudo a estranhos. E haveria paz por semanas, pelo menos em casa. Mas a oportunidade foi perdida, Lina confessou apenas quando já era tarde demais, e ele próprio não teve bastante presença de espírito para avaliar corretamente a situação no quarto, o candeeiro em cima da mesa e o significado de suas lágrimas. Daqui a pouco ela perguntará, muito bem, com que então aquilo era um candeeiro, e o rádio onde está? Daqui a pouco ou dentro de uma hora, o mais tardar amanhã, ela já está impaciente. Não vai ficar satisfeita por ele estar quebrado, pois então me mostre quebrado mesmo, e infelizmente não somos do tipo que possa responder com uma bofetada as perguntas importunas, mesmo que seja apenas uma vez, como exceção. Na verdade ainda havia uma saída, uma bem simples, se Jakob afirmasse que o queimou, um rádio enguiçado, quando o encontram, não é menos perigoso do que um inteiro.

Ele poderia dizê-lo, então o rádio teria desaparecido de uma maneira feliz, para Lina e para o mundo inteiro, mas aí o último dia na estação ainda desempenha um certo papel. O falecido Herschel Schtamm, seu irmão Roman com os olhares atormentadores, os desconhecidos enclausurados nos trilhos do desvio, todos eles também devem ser ouvidos antes que o rádio seja liquidado para sempre. E cada um dos judeus que, esperançosos, chegaram de madrugada cheios de perguntas e foram embora consternados, sem as novidades às quais tinham direito. Nesse meio tempo já devem estar em casa, parentes e conhecidos batem à porta, o que se ouviu de novo na estação? Nada, eles irão saber, o rádio não diz mais nada, está quebrado, ontem ainda estava tocando e hoje não emite um único som. Os parentes e conhecidos vão embora mais uma vez, divulgam a última novidade em todas as casas e ruas, que em pouco tempo estarão com a aparência tão miserável quanto antes da tardinha em que um holofote prendeu Jakob na calçada da Kurländische, por volta das 19h30. Há que se pensar em muitas coisas antes de tomar decisões levianas, antes de se obter a paz, que não é nenhuma paz.

— Você me mostra o rádio agora?

— Eu já lhe disse ontem que não. Será que mudou alguma coisa nesse meio tempo?

— Acho que sim — Lina diz.

— Então continue procurando.

— Vamos apostar como eu acho?

Ela passa para o ataque direto, é melhor Lina procurar do que ficar fazendo perguntas, no próximo rádio que ela encontrar Jakob não a convencerá do contrário. E o rádio que não encontrar por enquanto será poupado do fogo, existem muitas razões para isso, mas o primeiro motivo é Herschel, o cacheado, que pela manhã, quando estava caído entre os dormentes, consertou-o.

Jakob vai aliviado para o trabalho, as mudanças saltam aos olhos daqueles que notam sua postura e seus passos enérgicos e comparam com ontem ou com os últimos dias, quem ali caminha é um homem equilibrado. Aliviado, pois as horas na cama foram ricas em decisões importantes, foi restabelecida a ligação com o mundo exterior. O rádio tocou a metade da noite, logo depois que Lina foi embora ele começou a tocar e tocou até o sono chegar sem ser chamado, mas então já se havia recebido esta e aquela mensagem, mensagens que não eram más. Aliviado, pois a pequena chama da esperança não deve ser apagada, essa a vontade de Jakob, para ela Jakob procurou ramos, lenha e acendedor durante meia noite. Ele conseguiu avançar consideravelmente, ele e os russos, ele os fez vencer uma grande batalha, em segredo, junto ao riacho Rudna, que não murmura bem na porta de casa, mas que está satisfatoriamente situado mais próximo que a cidade de Bezanika.

Ao fazer uma avaliação das notícias até aqui recebidas, Jakob nota que se trata apenas de insignificâncias esticadas e examinadas muito de leve, à exceção da primeira tudo sem pé nem cabeça. Ele fez de cada idéia uma gigantesca história, muitas vezes pouco digna de fé e passível de se desmascarar, até este momento só não houve dúvidas porque a esperança os deixara cegos e estúpidos. Durante a noite, contudo, a Batalha do Rudna rendeu um reconhecimento, finalmente Jakob viu a fonte de suas dificuldades. Em outras palavras, tão logo a luz foi apagada, Jakob foi iluminado pelo motivo por que suas invenções saíam com tanto esforço e, nos últimos tempos, nem mesmo saíam. Jakob desconfiou que fora modesto demais, ele sempre tentara se mover com suas notícias em zonas que, mais tarde, quando a vida retomasse seu curso normal, não pudessem ser averiguadas. O acanhamento sempre se colocou em seu caminho a cada novidade, um peso qualquer na consciência, as mentiras saíam escabrosas de seus lábios, de má vontade, como se estivessem procurando um esconderijo onde se ocultar apressadas antes de serem examinadas mais detidamente. Esse procedimento tinha bases falsas, foi essa a conclusão da noite anterior, um mentiroso com remorsos será um estouvado durante toda a vida. Nesse ramo, a discrição e a falsa modéstia não são apropriadas, você é obrigado a criar com toda força, a convicção tem que estar estampada no rosto, você deve representar para eles, ter a aparência de alguém que já sabe aquilo que somente no momento seguinte eles ficarão sabendo através de você. É preciso que se esbanjem números, nomes e dados, a Batalha do Rudna deve ser apenas um modesto início. Ela jamais entrará para a História, mas em nossa história ela terá um lugar de honra. E quando tudo tiver passado, quando todos a quem isso interessa puderem conhecer por livros a verdadeira evolução da guerra, podem vir perguntar: "Ei, cara, que imbecilidade foi aquela que você contou tempos atrás? Quando foi que houve uma Batalha do Rudna?". "Não houve?", responderemos admirados. "Passe para cá o livro... De fato, ela não existiu. Não está aí. Bem, nesse caso, devo ter ouvido errado naquela época, desculpe-me, por favor." Claro que eles desculparão, no pior dos casos irão embora encolhendo os ombros, talvez entre eles existam aqueles que ficarão agradecidos pelo erro.

Quanto à continuação das operações militares, Jakob se preparou um pouco, nisso lhe foi de grande utilidade seu conhecimento da geografia local. A Batalha do Rudna e todas as suas conseqüências devem durar os próximos três dias, afinal não se tira leite de pedra. Pois a travessia do rio não se dá sem problemas, não vamos facilitar tanto assim para os russos, os alemães explodiram a única ponte, imaginou Jakob. Antes que se possa prosseguir com o avanço, deve-se construir uma grande ponte de acordo com as ordens, e nisso se passam três ou quatro dias. Então, isso também é liquidado, os russos marcham para a cidadezinha de Tobolin, que os alemães transformaram numa espécie de fortaleza. Esta resiste por três dias, é cercada, bombardeada até a morte pela artilharia e a infantaria a toma de assalto, em situação desesperadora o major Karthäuser, um magnífico nome com patente explicável, assina o documento de capitulação, Tobolin é liberada. Além do mais, Mischa vai ficar contente, pois tem uma tia que mora lá e que tomara ainda viva essa vitória. A tia Lea Malamut, ela possuía uma loja de quinquilharias e, quando Mischa ainda era menino, enviava a ele em cada aniversário uma caixinha com botões e cadarços coloridos. No entanto, não queremos nos deter mais tempo que o necessário em Tobolin, dali até a capital de comarca Pry, a próxima na nossa direção, é um longo caminho. São 70 quilômetros, que já foram elaborados em grandes pinceladas, mas ainda não estão prontos em todos os detalhes. Esse será o trabalho noturno de Jakob para os próximos dias, por enquanto até Tobolin está tudo claro, e hoje será anunciado na estação o resultado da gloriosa Batalha do Rudna.

Jakob vai aliviado para o trabalho, vem-lhe à cabeça uma pequena e linda idéia brilhante, que ele poderia introduzir nos acontecimentos do Rudna. Será que talvez alguns planos secretos dos alemães não deviam cair nas mãos dos russos, de tal modo que todas as ações do inimigo neste front fossem conhecidas com semanas de antecipação, tornando-se, por conseguinte, ineficazes? Seriam algumas passas no bolo de Jakob, mas no mesmo instante aparecem as dúvidas relativas à probabilidade, pois será que alguém guarda planos secretos num lugar tão inseguro como esse?, os alemães não são idiotas. E os russos também não são idiotas, mesmo que se apoderem de planos dessa natureza não irão trombeteá-los aos quatro ventos através do rádio, vão guardá-los bonitinhos para si e tomarão suas medidas com toda calma. Portanto, desistamos da pequena idéia brilhante, e também basta o que existe para dar aos judeus um pouco da postura com que Jakob continua indo para o trabalho, aliviado.

Ele vê Kowalski esperando na esquina de Tismenizer, nada de especial em si, freqüentemente Kowalski o espera por lá, ele vive ali. No entanto, ao chegar mais perto, Jakob constata que Kowalski está acompanhado, ao seu lado está um jovem, o que já é bem incomum, sobretudo porque Jakob nunca o viu.

Já de longe Kowalski aponta Jakob com o dedo, o jovem deixa que seu olhar siga o dedo, como se Kowalski quisesse lhe explicar: é aquele ali, aquele de paletó cinza-escuro.

Jakob chega até eles, trocam-se apertos de mão e prosseguem o caminho a três, ainda não houve a apresentação. Kowalski diz:

— Você chegou tarde hoje. Ficamos esperando um longo tempo por você.

— Por acaso nós marcamos um encontro? — pergunta Jakob.

Ele observa, de soslaio, o jovem, que não diz nenhuma palavra, parece um pouco acanhado e embaraçado, olha fixo para a frente e mesmo um cego pode ver que isso tem alguma coisa a ver com a sua presença. Kowalski disse "nós esperamos", portanto o jovem não está aqui por acaso, o dedo de Kowalski está metido na coisa, ele deve ter chamado o jovem.

— Não vai apresentá-lo? — sugere Jakob.

— Vocês não se conhecem? — Kowalski se finge de admirado. — Este é Josef Najdorf.

— Eu me chamo Jakob Heym.

— Eu sei — diz o tímido jovem, que portanto se chama Najdorf, suas primeiras palavras, as quais ainda não permitem nenhuma dedução.

— Você não trabalha na estação? — Jakob pergunta.

— Não.

— Então onde?

— Na fábrica de ferramentas.

— Mas então está indo na direção errada. Você precisa ir na direção exatamente oposta.

— Nós começamos mais tarde que vocês — diz Najdorf, e se vê que ele não está à vontade dando a explicação.

— Ah. E como ainda lhe sobra tempo você nos acompanha no trajeto até a estação. Está bem claro.

De repente Najdorf pára da mesma maneira que qualquer um pára antes de sair correndo, ele dá a impressão de estar perturbado, diz em voz baixa para Kowalski:

— Será que não pode ser sem mim? Entenda, não quero ter nada a ver com essa coisa toda. Entenda, eu estou com medo.

— Olhe, não vá começar de novo. Eu não lhe expliquei tudinho tintim por tintim? — Kowalski diz nervoso, segurando-o pelo braço antes que o jovem possa desertá-lo. — Entenda finalmente! Ele ficará calado, eu ficarei calado, e você também ficará calado. Fora nós três ninguém saberá. O que pode acontecer?

Najdorf continua ostentando um semblante muito triste, mas fica parado, enquanto Kowalski o solta com todo cuidado.

— Em relação a que eu ficarei calado? — pergunta Jakob, que agora gostaria de saber dos pormenores.

Kowalski o manda aguardar com um movimento de mão, que significa muitas coisas, significa: você mesmo está vendo em que estado o jovem se encontra, devemos lhe conceder um minuto de paz para que ele se recomponha e dê um jeito em seu medo. Kowalski sabe fazer tais movimentos de mão tão cheios de conteúdo. Ele pisca um olho encorajando Najdorf, o que não é tão fácil com os olhos inchados, e diz:

— Agora pode explicar para ele o que você é.

Najdorf ainda hesita, Jakob está muito curioso, uma surpresa de manhãzinha, que o jovem receia e sobre a qual se deve calar mesmo que seja por razões até aqui desconhecidas, uma surpresa assim Kowalski não consegue todo dia.

— Originalmente eu sou mecânico de rádio — Najdorf diz enfim, atormentado.

Ele é mecânico de rádio.

Não há nenhuma cadeira para Jakob, os olhares voam de um lado para o outro, os divertidos e os aniquiladores, uma raiva absurda por Kowalski deixa Jakob ofegante. Pelo amor de Deus, esse amigo cretino se interessa por consertos de cuja dimensão ele não tem a mais pálida idéia, e ainda por cima imagina que devemos lhe ser gratos por sua iniciativa e esforços. Pois não deve ser fácil descobrir alguém que entenda alguma coisa de rádios, numa única e curta noite que às oito já chegou ao fim, mas não é tão difícil assim para um amigo como Kowalski. Ele pára radiante e ansioso, puxa, como fiz isso de maneira grandiosa!, naturalmente uma outra ajuda como essa e a gente pode ir se enforcando logo. E é para um sujeitinho desses que a gente participou da vitória na Batalha do Rudna, dá vontade de queimar o rádio depois. Assim que nos dissemos até a vista ontem ele deve ter saído correndo e enlouquecido o gueto inteiro. Antes ele não conhecia esse tal de Najdorf, eu saberia, infelizmente os conhecidos de Kowalski também são os meus. Ele deve ter andado às escondidas, indo de uma pessoa a outra e perguntado confidencialmente com sua voz penetrante: ''Escute aqui, por acaso você não conhece alguém que saiba consertar rádio?''. ''Rádio? Mas pelo amor de Deus, para que você precisa de alguém que saiba consertar rádio?'' ''Ora, para que seria?''

Então, alguém lhe indicou esse pobre Najdorf, que tem mais intelecto no dedo mindinho do que Kowalski em toda a cabeça, seu medo é a melhor indicação disso. Ele lhe contou sabe-se lá o quê, para tranqüilizá-lo, arrastou-o até aqui, provocando a situação mais desagradável que se pode imaginar, e agora estamos cara a cara com o mecânico de rádio.

— Puxa, mas você tem mesmo uma bela profissão! — Jakob diz.

— Não é verdade?

Kowalski fica contente como um rei, os serviços de amizade simplesmente não chegam ao fim, há pouco tempo o milagroso salvamento do banheiro, hoje o segundo feito prodigioso, que alguém lhe imite isso, num lugar onde existe tão pouco espaço para a atenção. Todavia, Kowalski não espera nenhuma grande gratidão, essas coisas são naturais entre verdadeiros amigos, não falemos mais nisso, passemos à ação. E como aos poucos o tempo vai ficando apertado, e já que não se nota em Jakob nenhum indício de alegria ou compreensão, Kowalski lhe explica:

— Ele deve consertar seu rádio. E não tenha medo, o jovem aqui é de confiança.

— Que bom saber disso — diz Jakob.

— Claro que não posso garantir nada — esclarece Najdorf, tímido e preparado. — Se for um problema numa válvula, por exemplo, não posso fazer nada. Não tenho nenhuma peça de reposição, eu já disse isso para o senhor Kowalski.

— Vá primeiro dar uma olhada — diz Kowalski.

Jakob tem pouco tempo para encontrar uma saída, podia-se achar que a coisa fosse ficando cada vez mais fácil, pois é claro que a prática faz o mestre, mas na verdade continua sendo tão difícil quanto antes. Ele se recorda contrariado das decisões da noite anterior, quando esse tipo de obstáculo aparece elas são mais fáceis de tomar do que de realizar, porém Jakob se recompõe. O rosto alegre faz parte das notícias alegres, Jakob não consegue ostentar alegria, a visão do prestimosíssimo Kowalski não deixa surgir nenhum sorriso. Com muito esforço Jakob arreganha a boca em toda largura e força os olhos a assumir uma encarniçada amabilidade, ele tenta fingir que acaba de lhe ocorrer algo extremamente importante.

— Claro que você ainda não podia saber — ele diz. — Você se esforçou à toa. O rádio voltou a funcionar nesse meio tempo.

— Mas o que você diz!

— De qualquer modo, foi simpático de sua parte.

— Mas como foi que aconteceu? Você mesmo consertou? — pergunta Kowalski, e não se sabe se ele está sinceramente feliz ou desapontado, uma vez que sua solicitude caiu no vazio.

— Está funcionando de novo. Não basta isso?

— Mas como? — pergunta Kowalski. — Um rádio não se conserta sozinho.

Se Najdorf não estivesse com eles, Jakob poderia explicar qualquer coisa, que uma válvula estava frouxa, ou que deu alguns socos com força em cima do aparelho e ele voltou a tocar, Kowalski entende tão pouco de rádios quanto ele. Contudo, infelizmente esse Najdorf ainda está ali, com todo seu conhecimento técnico, ele parece não apenas aliviado por sua ajuda não ser mais necessária, como também ostenta no olhar um certo interesse profissional. Agora vá e lhes dê uma explicação de improviso, tão satisfatória para o técnico quanto para o cabeça-de-vento, claro que você tem que saber como consertou o rádio, conte bem rápido e trate de fazer uma cara alegre.

— Foi apenas o fio de eletricidade. Eu simplesmente encurtei um pedacinho.

Portanto, tudo se encaixou da melhor maneira, Jakob está um pouco orgulhoso de si, as três partes estão satisfeitas. Najdorf lhe estende a mão, despedindo-se, mais uma vez muitíssimo obrigado por seu esforço, ele vai na direção da fábrica de ferramentas e não precisa mais ter medo.

Kowalski e Jakob prosseguem seu caminho para a estação, Jakob trama uma vingança para a manhã estragada, que começara tão bem. E, de fato, Kowalski ficará privado da Batalha do Rudna, que outros lhe transmitam a alegre notícia. Para amigos que não perdem nenhuma chance de nos torturar até arrancar sangue, são um enorme desperdício as batalhas vencidas em noites passadas em claro e sob tormentos. Mesmo que tenha acontecido sem pérfidos desígnios, o que Kowalski fez hoje?, as dificuldades que ele nos cria sem más intenções e que aumentam numa proporção inquietante, não podemos assistir impassíveis a esse desenvolvimento. Anteontem ele nos jogou Lina no pescoço, hoje Najdorf, ele é o mais infatigável entre todos os perguntadores, por isso uma única batalha não-revelada é bem apropriada enquanto represália.

— Houve novidades ontem à noite? — Kowalski pergunta.

— Nada.

Alguns conhecidos cumprimentam, a rua é a única que leva à estação e devagar se chega ao aperto. Jakob nota a forma perscrutadora como o encaram e, pelo visto, Kowalski também, este se banha um pouco no brilho de Jakob e sussurra para alguém:

— O rádio está funcionando de novo.

Como se ele tivesse alguma parte nisso, e o outro acelera o passo e sussurra para um terceiro, em pouco tempo muitos se viram para Jakob e ostentam uma aparência bem melhor que ontem. Jakob assente de maneira imperceptível que é verdade, vocês ouviram direito, e é provável que o rádio consertado chegue à estação antes de seu dono.

— O que eu queria lhe perguntar — diz Kowalski —, eu andei refletindo e concluí que, no fundo, daqui a pouco será hora de se pensar em outras coisas também.

— Por exemplo?

— Por exemplo em negócios.

— Em negócios? Em que tipo de negócios?

— Eu sou comerciante — diz Kowalski. — Será que agora não é a melhor ocasião de se preparar tudo para mais tarde, pelo menos em pensamentos?

— Comerciante, como assim? E o que você quer preparar? Sua barbearia não está lá à sua espera?

— Essa é a questão. Sabe, já venho pensando há muito tempo se talvez mais tarde não devo começar outra coisa.

— Uma outra coisa na sua velhice?

— Por que não? Cá entre nós, tenho um pouco de dinheiro escondido. Não é lá uma fortuna, entenda, mas será que ele não pode ser melhor aplicado do que em minha velha loja, que nunca me agradou muito? E a você também não, se você for sincero, hem? E, se eu fizer isso, quero ter certeza de que não estou jogando dinheiro no lixo.

— E o que eu tenho a ver com isso?

— Claro que de vez em quando eles devem dar notícias sobre economia no rádio, não?

— Dão.

— Será que não tinha alguma coisa no meio, algo pelo qual eu pudesse me orientar? Alguma dica?

— Não me interesso por esse tipo de notícia.

— Você não se interessa, ora! — diz Kowalski. — Alguma coisa você já deve ter ouvido.

— Mas afinal o que você quer saber? Até agora não estou entendendo nada.

— Quero simplesmente saber em que ramos há as melhores perspectivas.

— Às vezes você é bem infantil, Kowalski. Você acha mesmo que eles dizem no rádio: nós aconselhamos os senhores a, depois da guerra, aplicar seu dinheiro neste e naquele negócio?

Kowalski compreende, ele diz:

— Muito bem, então eu lhe pergunto como amigo. Se você tivesse dinheiro, onde é que iria preferir aplicá-lo?

Assim Jakob também reflete, claro que um investimento como esse deve ser ponderado, onde ele iria preferir aplicá-lo?

— Talvez num bar. Se você se lembra, depois da outra guerra todos ficaram loucos por bebidas. E David Gedalje, claro que você também o conhece, construiu naquela época uma esplêndida casa com o lucro da venda de aguardentes.

— Construiu, construiu mesmo — diz Kowalski —, mas de onde viriam as matérias-primas? Você acha que nos primeiros momentos haverá batatas suficientes para que se possa fazer aguardente?

— Não é assim que você deve calcular. Não haverá matéria-prima para coisa nenhuma. Para os negócios do pós-guerra você não precisa da lógica, mas de um bom faro.

Kowalski continua duvidando, vê-se que ele não tem faro para aguardente, seu dinheiro é bom demais para isso.

— No fundo, a coisa deveria estar mais propícia para os têxteis. Sempre se precisa de roupa — ele diz.

— Talvez você tenha razão. Durante muitos anos só foram feitas roupas para soldados. Calças de soldado, meias de soldado, jaquetas de soldado, casacos de soldado, as pessoas normais gastaram suas roupas velhas. E o que significa isso?

— O quê?!

— Será uma demanda.

— Isso é apenas metade da verdade, Jakob. Não esqueça que, nesse mesmo tempo, muitas roupas ficaram guardadas no armário sem serem usadas, ou seja, aquelas de todos os soldados. E essas ainda hoje estão como novas.

— Hum — resmunga Jakob, pensativo.

E assim eles levam em consideração duas, três outras possibilidades, Kowalski chega a brincar com a idéia de se associar a Jakob para montar um bom restaurante, com todos os refinamentos. Mas para Jakob a aventura é grande demais, além disso com toda certeza Kowalski não está falando sério, Jakob retorna à sua primeira proposta. Quer dizer, Kowalski deve continuar em sua velha loja e, se não sabe onde aplicar o pouco dinheiro escondido, por que não se modernizar e finalmente comprar novas cadeiras? Pois demanda para cá, demanda para lá, os cabelos e barbas sempre continuarão crescendo. E, quando chegam à estação, Kowalski já é quase barbeiro de novo.

Lina ganha a aposta, pois a longo prazo Jakob não está à altura da luta desigual, ele mostra o rádio para ela.

Após alguns dias de busca sem sucesso, não havia mais nada que Lina já não conhecesse, ela passou aos pedidos. Lina sabe pedir como nenhuma outra pessoa, sabe especialmente como se deve pedir a Jakob, com lisonjas, lágrimas, poses de ofendida bem determinadas, lágrimas outra vez, e tudo isso com incrível perseverança. Jakob agüentou poucos dias, depois suas forças chegam ao fim, numa noite calculada Lina ganha sua aposta.

Para mim, que provavelmente devo ser o único que ainda vive e ainda pode se preocupar, essa noite é a coisa mais incompreensível em toda a história. Mesmo quando Jakob me explicou da melhor maneira que pôde, eu não o entendi direito e perguntei a Jakob:

— Você não foi longe demais? Ela poderia tê-lo traído e tudo estaria acabado, não?

— Mas não — respondeu Jakob sorrindo. — Lina jamais me trairia.

Eu esclareci:

— Quero dizer, sem intenção. Palavras impensadas saem rápido da boca das crianças, alguém capta e monta todo um prédio com elas.

— Lina pensa muito bem no que fala — Jakob respondeu, e fui obrigado a acreditar.

Mas havia mais uma outra coisa que me parecia pouco compreensível.

— Tem mais uma coisa, Jakob. Claro que você não poderia ter certeza de que ela não descobriria tudo, não? Com que facilidade ela poderia perceber o que acontecia na realidade, Lina é uma moça inteligente, como você mesmo diz. Não foi uma tremenda sorte ela não ter descoberto?

— Ela descobriu — disse Jakob, e seus olhos ficaram orgulhosos. — Sabe, no fundo dava no mesmo para mim se ela notasse algo ou não. Eu queria simplesmente lhe dar uma alegria, sem levar em consideração as conseqüências, por isso fui com ela ao porão.

E, após uma pausa que me pareceu curta demais para compreender aquela noite, ele ainda acrescentou:

— Ou não, não dava no mesmo para mim. Acho que naquela época eu queria que ela ficasse sabendo de tudo. Eu precisava finalmente mostrar meu rádio para alguém, e para mim Lina era a mais querida de todos, com ela era como se fosse uma brincadeira. Todos os outros teriam ficado horrorizados com a verdade, ela ficou contente depois. Foi por isso que eu lhe disse naquela noite, vem agora ao porão, vamos ouvir o rádio juntos.

E agora, de repente, eu ri, agora eu disse:

— Se eu soubesse naquela época tudo o que você sabe, teria ido até você e pedido para me mostrar uma árvore.

Isso Jakob não pôde compreender. Vamos ouvir essa noite.

Tensão considerável, Lina se pendura no paletó de Jakob, o corredor do porão é comprido e sombrio. As portas metálicas, pelas quais se passa na ponta dos pés, estão todas fechadas como se escondessem riquezas de valor incalculável. O ar é úmido e frio, apesar do agosto lá fora. Prevenido, Jakob providenciou vestido de inverno, meias e cachecol para Lina, há gotas penduradas no teto e nas paredes, brilhando como pequenas lâmpadas fracas.

— Está com medo?

— Não — ela sussurra, decidida, e não está mentindo tanto assim, a curiosidade a faz esquecer tudo o mais. Além disso a aguarda no final do corredor a coisa que foi procurada em vão dias a fio e quase já havia sido dada como perdida, por acaso ela iria dizer agora: estou com medo, é melhor a gente voltar?

Finalmente Jakob pára, quase o último porão na longa fileira, ele tira a chave do bolso, abre, acende a luz, que ilumina apenas um pouco mais do que se não houvesse lâmpada alguma.

O porão precisa ser descrito, quatro metros quadrados e nenhuma janela. O mais estranho: uma parede atravessa o cômodo, quase transformando-o em dois, deixando livre apenas uma estreita passagem, os construtores imaginaram um porão para carvão. O inventário rapidamente enumerado, uma armação de cama, de metal, com o fundo de molas enferrujadas, um montinho de restos de um fogão com escombros de azulejos verdes e marrons e alguns canos junto com um sifão. E, no canto junto à porta, a única preciosidade, uma pequena pilha de lenha disposta em cuidadosas camadas, na qual dormia há meses o impertinente caçador clandestino Piwowa, quando as achas ainda podiam ser usadas como cama. Depois, uma olhadela atrás da parede divisória, outro fogão em escombros, tijolos, uma pá, um balde cheio de furos e um machado. Isso é tudo, sou tão acurado não porque as coisas enumeradas tivessem algum significado, mas porque mais tarde estive lá na minha busca de testemunhas e pistas e árvores inexistentes. Fui a esse porão exatamente da mesma maneira como medi com fita métrica a distância entre o quartel e a esquina mais próxima, da maneira como fui ao quarto de Jakob, onde nesse meio tempo vivia uma velha senhora que nada sabia do destino de um inquilino anterior, a repartição de alojamento indicou-a em primeiro lugar para o quarto. O porão pertencia, como sempre, ao quarto, a senhora Domnik me estendeu a chave sem fazer muitas perguntas, disse apenas que nunca havia estado lá embaixo, que não possuía nada que necessitasse ser colocado no porão e que, por isso, eu não devia ficar admirado com a poeira e a possível bagunça, a culpa não era dela. Estava empoeirado mesmo e havia teias de aranha por toda parte, essa é a verdade, mas não notei bagunça nenhuma, encontrei tudo do jeito que Jakob descrevera. A armação da cama, os escombros do fogão, machado e balde, e até mesmo as camadas de lenha ainda estavam ao lado da porta.

Jakob fecha por dentro, Jakob diz:

— Para que ninguém nos incomode. — E em seguida: —E agora sente aqui — aponta a armação da cama.

Lina já havia dado uma olhada em volta, até agora em vão, mesmo assim sentou, sem nada replicar, naquelas circunstâncias Jakob ainda poderia exigir dela outras manifestações de obediência.

— Onde você tem o rádio?

— Você ainda vai ter que agüentar um pouco.

Ele se agachou diante dela, segurou o queixo de Lina, virou seu rosto para ele, a fim de que nenhum olhar fosse perdido, e começou com os preparativos mais necessários:

— Ouça com toda atenção o que vou dizer. Para começar você deve prometer que será boazinha e fará tudo o que eu lhe exigir agora. Dá sua santa palava de honra?

A santa palavra de honra, dada apenas por motivos muito importantes, é dada com impaciência, os olhos de Lina exigem que ele não se detenha tanto tempo assim nos prólogos.

— Você ficará sentada aqui, bem quietinha. O rádio está atrás dessa parede aí. Agora eu vou lá, ligo, então ele toca e nós dois vamos ouvir. Mas, se eu notar que você se levantou, desligarei na mesma hora.

— Eu não posso ver o rádio?

— De jeito nenhum! — diz Jakob em tom decidido. — A bem da verdade, ele nem poderia ser ouvido por alguém que ainda é tão pequeno, é rigorosamente proibido. Mas farei uma exceção em seu caso. De acordo?

O que lhe resta?, Lina é chantageada e tem que se submeter. Ouvir é melhor que nada, mesmo que ela se tenha enganado quando pensou em vê-lo de imediato. Além disso, claro que ela poderia, poderia sim, vamos ver.

— O que é que o seu rádio toca?

— Eu não sei de antemão. Primeiro preciso ligá-lo.

Os preparativos estão concluídos, não se pode fazer mais nada para a própria segurança, Jakob se levanta. Vai até a parede, fica parado na passagem e torna a olhar para Lina, com um ar de que Lina deve, se possível, ater-se à armação da cama, em seguida desaparece definitivamente. Primeiro os olhos de Jakob devem se acostumar à nova luz, ela quase não chega atrás da parede divisória, ele tropeça no balde cheio de furos.

— Isso já foi o rádio?

— Não, ainda não. Ainda vai demorar um tempinho.

É necessário algum lugar para sentar, pois a brincadeira pode demorar, se é que haverá alguma, Jakob põe o balde de cabeça para baixo e se acomoda nele. Muito tarde ele se depara com a pergunta: que tipo de programa o rádio tem a oferecer, Lina já se mexeu furtivamente e já é hora de dar uma resposta. Ele devia ter se ocupado disso antes, como se não houvesse mais nada, talvez se exercitar um pouco, mas o rádio deve tocar de qualquer forma. Toque um pouco de música, é o que seu íntimo diz, Jakob recorda que seu pai, havia muitos e muitos anos, sabia imitar uma orquestra de sopro inteira, com tuba, trombetas, trombones e grandes timbales, morria-se de rir ouvindo-o, muitas vezes ele podia ser persuadido, quando o dia passara sem grandes aborrecimentos, depois do jantar. Mas será que dá certo uma orquestra assim logo da primeira vez?, o pai ensaiou durante um longo tempo, Lina espera quieta, com o vestido de inverno, e Jakob já sua, embora a apresentação ainda não tenha começado.

— Vai começar — diz Jakob, preparado para o que der e vier.

Uma unha arranha o balde, é assim que se liga o rádio, em seguida o ar se enche de rangidos e assovios. É superado o período de aquecimento, um pormenor para os conhecedores, o rádio de Jakob tem a temperatura certa desde o início, e também rapidamente é encontrada a freqüência da estação. Um locutor com voz alta, como foi dito o que desse e viesse, toma a palavra:

— Boa noite, minhas senhoras e meus senhores de longe e de perto. Vão ouvir agora uma conversa com o ministro inglês Sir Winston Churchill.

Em seguida, o locutor libera o microfone, faz-se ouvir um homem de timbre de voz médio, o repórter:

— Boa noite, Sir Winston.

Depois Sir Winston em pessoa, com voz bem mais grossa e sotaque claramente estrangeiro:

— Boa noite a todos.

Repórter: "Minhas calorosas saudações ao senhor, aqui em nosso estúdio. E passemos logo à primeira pergunta: o senhor poderia dizer aos nossos ouvintes como está avaliando a situação atual?"

Sir Winston: "Não está muito difícil. Estou firmemente convencido de que toda essa imundície logo chegará ao fim, o mais tardar dentro de algumas semanas."

Repórter: "E pode-se perguntar como o senhor tem tanta certeza assim?"

Sir Winston (um tanto embaraçado): "Pois bem, estamos avançando em todos os fronts. Parece mesmo que os alemães não suportarão durante muito tempo."

Repórter: "Maravilhoso. E como está a situação especialmente na região de Bezanika?"

Ocorre um pequeno incidente, o suor e o ar frio do porão, ou então é alguma coisa que entra no nariz de Jakob, de qualquer modo todos, repórter, locutor e Sir Winston, espirram ao mesmo tempo.

Repórter (o primeiro a se recompor): "Saúde, senhor ministro!"

Sir Winston (depois de assoar o nariz): "Obrigado. Mas, voltando à sua pergunta. A situação está bem ruim para os alemães na região de Bezanika. Os russos os estão golpeando como querem, há muito tempo que Bezanika está em suas mãos. Ontem mesmo eles venceram uma importante batalha no rio Rudna, se é que o senhor sabe onde ele se localiza."

Repórter: "Sim, eu conheço o rio."

Sir Winston: "Nesse caso, o senhor também sabe para onde o front avançou hoje. Com toda certeza não vai demorar muito tempo mais."

Repórter (encantado): "Nossos ouvintes devem estar muito contentes, caso não sejam justamente alemães. Sir Winston, sou-lhe muitíssimo grato pela elucidativa conversa."

Sir Winston: "Por favor, por favor."

Locutor (após breve pausa): "Isso, minhas senhoras e meus senhores, foi a anunciada conversa com o ministro inglês, Sir Winston Churchill. Até à vista."

Uma unha raspa o balde, é assim que se desliga rádio, Jakob enxuga o suor da testa. Um pouco insípida a entrevista, pensa ele, e também um pouco complexa para Lina, todavia ele não é, o que infelizmente jamais mudará, nenhum Scholem Aleichem em termos de gênio inventivo, não exija demais de um homem atormentado, tomara baste por hoje. Jakob torna a aparecer, é evidente que as coisas estão esplêndidas não apenas na região de Bezanika, mas também ali no porão, finalmente Lina ouviu um rádio com os próprios ouvidos, rigorosamente proibido para crianças, e está extasiada. Podia ter sido diferente também, mudar a voz foi um passo em direção a terras desconhecidas, ainda por cima logo para três tipos diferentes, Lina também podia ter exigido com frieza que ele parasse com a brincadeira e ligasse logo o rádio. O golpe o teria atingido, aliás só de pensar nele, mas nem em sonhos ocorreram tais palavras a Lina, tudo está na mais perfeita ordem, dá para se ver logo.

— Você gostou?

— Gostei.

Satisfação em ambos os lados, Jakob está diante dela e quer falar em ir embora, todos tivemos nossa diversão, a cama espera, porém Lina diz:

— Claro que ainda não chegou ao fim, não?

— Que mais poderia haver?

— Eu gostaria de ouvir mais.

— Não, não, agora acabou — diz ele, mas só o diz por dizer.

Uma breve luta de palavras, já é muito tarde, Lina gostaria de ouvir mais, talvez numa outra ocasião, qualquer coisa, nunca recebe o bastante, ele deve ligar o rádio novamente, ela quer se satisfazer mais. Jakob torna a espirrar, nessa noite o mundo inteiro está espirrando, ao limpar o nariz Jakob examina os olhares de Lina e não encontra nenhuma suspeita, isso decide.

— Então o que quer escutar?

Assim Jakob volta a sentar no balde, no mais completo silêncio, é aos poucos possuído pela ambição. Ambição em relação à orquestra de sopro, que não lhe sai da cabeça, embora ela se tenha mantido calada por uns bons quarenta anos e esteja empoeirada e com os instrumentos enferrujados, Jakob quer ousar, resoluto como está hoje.

No começo vem o raspar, em seguida rangidos e assovios, na segunda vez soa como se ele já fosse versado, em seguida ela se ergue de ponta cabeça, a música, com timbales e pratos, aos quais pertence o primeiro compasso. Aos timbales e pratos se segue um trombone solitário que produz vários sons até entrar nos trilhos. A melodia é incerta, Jakob diz, uma seqüência de tons improvisada, entremeada de diversos temas conhecidos, mas sem qualquer regularidade, constata-se apenas que se trata de uma marcha. Os pés assumem timidamente os instrumentos de percussão, apoiados pelos dedos que se servem do balde, assim a boca é liberada para o instrumental restante. Pois um trombone isolado não produz nenhuma orquestra de sopro, ele deve ser rendido pela trombeta, que por sua vez é rendida pelo clarinete e, nesse meio tempo, outro som de tuba do fundo da garganta. Jakob perde, como se diz, todas as inibições, todavia apesar da pressa ele tem uma certa regra no ouvido, outrora cumprida a rigor pelo pai, e que é a única obrigação à qual se submete, ou seja, as vogais devem ser utilizadas com moderação e, se possível, devem ser evitadas por completo. Pois os instrumentos se expressam apenas em consoantes ou, mais exatamente, apenas em tons que, no melhor dos casos, podem ser descritos somente com consoantes, que também são diferentes deles, mas não muito. Assim não lhe vem aos lábios nenhum simples tarará e nenhum larirá, trata-se de formular sons que não se encontrem em nenhum alfabeto, o porão retumba sons nunca ouvidos. Pode ser que tenha sido esforço demais para uma criança como Lina, que também se daria por satisfeita com algo menos burilado, mas lembro que a ambição está em jogo, uma prova voluntária, e a maestria dá melhores resultados sem pressão. Em pouco tempo os tons são mantidos sem maiores dificuldades, trombeta e trombone trocam frases para lá e para cá, exercitam-se alternância e, quase todas as vezes, chegam a um final feliz. O clarinete vai se afastando à força cada vez mais para o segundo plano, para uma altura afetadamente alta, em compensação a tuba se faz ouvir cada vez com maior freqüência, chegando até mesmo a ousar de tempos em tempos uma pequena obra-prima, uma seqüência de notas nas regiões mais baixas, indo se refugiar, quando o fôlego chega ao fim, em dois, três compassos de batida de balde. Numa frase: escreve-se um pedaço da história da música, Jakob comemora a vitória, Lina não se mantém mais na armação da cama. Levanta-se sem fazer ruído, esquece todas as santas palavras de honra, as pernas a arrastam, sem encontrar resistência, até a parede divisória. Ela precisa ver a coisa que tem um som tão parecido com o de Jakob e, ao mesmo tempo, tão diferente, que consegue falar com vozes distintas, que espirra como ele e que sabe fazer esses ruídos tão singulares. Apenas uma olhadela, mesmo ao preço da descoberta de um rompimento de confiança, nada se pode fazer contra as pernas, que têm vontade própria. Não seria preciso tanta cautela assim, o barulho que a coisa faz soa mais alto que tudo, contudo se anda devagarinho. Até a estreita passagem, nesse momento o trombone finaliza um solo conhecido e dá vez à trombeta, Lina enfia a cabeça no canto com todo cuidado. Invisível para Jakob, que não apenas está sentado de lado, mas que também mantém os olhos bem fechados, sinal do mais acentuado esforço físico e espiritual, fazendo barulho, abstraído do mundo por regras só dele conhecidas. Não, Jakob não nota que por momentos está sentado completamente desamparado, mais tarde ele aguçará o ouvido às insinuações indiretas de Lina, e somente muito mais tarde é que ela lhe dirá na cara o que na realidade aconteceu ali, naquele porão. Por agora basta a Lina alguns segundos para assistir e se espantar, Lina viajou à Índia e descobriu a América, a visão daquilo valeu o passeio, e agora já se sabe, e ela se assemelha a Jakob em todos os seus pormenores. Depois resta apenas uma pergunta, ela procurará se informar se, além desse rádio, Jakob tem um outro, supõe-se que não tenha nenhum, onde iria mantê-lo escondido senão ali?, Lina sabe o que ninguém sabe. Ela volta a sentar quieta na armação, o prazer de ouvir não diminuiu, apenas se mistura com alguns pensamentos que não dizem respeito a ninguém.

Então a marcha chega ao fim, mas a apresentação não. Quando Jakob aparece, esmorecido, louco de alegria e com a boca ressecada, Lina, impetuosa, exige bis, todas as coisas boas são três, agora com mais razão ainda. Isso demonstra a Jakob que ela não suspeitou de nada, e devia demonstrar mesmo, pensa ele, se essa marcha saiu bem nada mais lhe pode acontecer.

— Mas pela última vez! — disse Jakob.

Ele se dirige de novo à posição inicial com o próximo programa já em mente, raspa. Lina tem uma sorte incrível, Jakob logo encontra a estação de rádio em que um tio amigável relata contos de fadas, ele diz:

— Para todas as crianças que nos estão ouvindo, o tio dos contos de fadas contará a história da princesa doente.

Tem a voz semelhante à de Sir Winston Churchill, tão profunda, só que um pouco mais baixa e, decerto, sem sotaque estrangeiro.

—. Você conhece essa? — pergunta Jakob enquanto Jakob.

— Não. Mas como é que o rádio tem um tio de contos de fadas?

— Que quer dizer com esse "como é"? Existe um e pronto.

— Mas você disse que o rádio era proibido para as crianças. E claro que os contos de fadas são para as crianças, não?

— É verdade. Mas eu quis dizer que ele é proibido aqui, no gueto. As crianças podem ouvir onde não há gueto. E os rádios existem em toda parte. Ficou claro?

— Ficou.

O tio dos contos de fadas, um pouco melindrado com a interrupção, porém justo o bastante para procurar as razões por si só, tira o paletó, põe debaixo do corpo, pois o balde é duro e pontudo e o conto de fadas será um dos mais longos, se é que ainda poderá ser composto. Meu Deus, quanto tempo faz!, ocorre-lhe justo agora, o pai não era competente no que se referia a contos de fadas, eles eram problema da mãe, você se deitava na cama e esperava e esperava que ela terminasse com o trabalho da casa e fosse até você, quase sempre você adormecia durante a espera. Mas às vezes ela sentava ao seu lado, enfiava a mão por baixo da coberta, colocava-a em seu peito e contava histórias. Do salteador Jaromir com os três olhos, sempre obrigado a dormir no chão frio, já que não havia cama que fosse grande o bastante para ele; do gato Raschka, que não queria pegar camundongos, apenas pássaros, até o dia em que viu um morcego; do lago Schapun, onde a bruxa Dwojre fazia todas as crianças chorarem, que depois cresceu e se espalhou sobre a margem e Dwojre se afogou miseravelmente, e, num dia qualquer, da princesa doente.

— Quando é que vai começar, hem? — pergunta Lina.

— A história da princesa doente — começa o tio dos contos de fadas.

Como o bom e velho rei, a quem pertenciam um imenso país, um lindo palácio e também uma filha, a velha história, como ele fica terrivelmente assustado. Pois ele gostava muitíssimo dela, sua princesa, quando ela caía e as lágrimas lhe vinham aos olhos ele também chorava, de tanto que a amava. E ele está assustado porque, numa manhã, ela não quis sair da cama e parecia muito doente. Então, foi chamado o médico mais caro de todos os lugares para curá-la rapidamente e fazê-la feliz, mas o médico a auscultou dos pés à cabeça, deu-lhe pancadinhas e depois disse perplexo:

— Sinto muito, senhor rei, não pude encontrar nada. Sua filha deve estar sofrendo de uma doença com a qual não me deparei em toda a minha vida.

Então o bom e velho rei ficou mais assustado ainda, ele próprio foi até a princesa e lhe perguntou o que, pelo amor de Deus, ela estava sentindo. E ela lhe disse que desejava ter uma nuvem, que quando a tivesse se curaria no mesmo instante.

— Mas uma de verdade! — ela ainda disse.

Deve ter sido um susto, pois qualquer um pode imaginar que não é muito fácil arranjar uma nuvem de verdade, mesmo para um rei. Ele não pôde reinar o dia inteiro de tanta aflição e, à noite, enviou a todos os homens inteligentes de seu reino cartas nas quais estava escrito que eles deviam abandonar tudo e ir imediatamente até ele, no palácio real. Já na manhã seguinte estavam todos reunidos, os doutores e os ministros, os astrônomos e os meteorologistas, e o rei se instalou em seu trono, para que todos no salão pudessem ouvi-lo com clareza, e gritou:

— Si-lên-cio! — Então tudo ficou em silêncio e o rei anunciou: — Àquele de vocês, homens sábios, que buscar uma nuvem no céu para minha filha eu darei tanto ouro e prata quanto caibam na maior carruagem de todo o reino!

Quando os homens inteligentes ouviram isso passaram a se informar e a meditar e a ambicionar e a calcular. Pois todos queriam possuir tanto ouro e prata, como não haveriam de querer? Um sábio em especial havia começado inclusivé a construir uma torre que devia atingir as nuvens. Quando a torre estiver pronta, ele pensou, você sobe, apanha uma nuvem e depois embolsa a recompensa. Porém, antes que a torre chegasse à metade da altura desejada, ela caiu por terra. Os outros tampouco tiveram sorte, nenhum dos sábios conseguiu providenciar uma nuvem para a princesa, que tanto queria uma. Ela foi ficando cada vez mais magra e doente, cada vez mais magra, pois de tanta aflição não tocara mais em nenhum alimento, nem mesmo em *Mazzot* * com peru.

Um belo dia, o filho do jardineiro, com quem a princesa tantas vezes brincara lá fora quando ainda era uma moça saudável, foi olhar dentro do palácio para ver se faltavam

(*) *Mazzot*: plural de *matzát*, pão ázimo comido na Páscoa. (N. E.)

flores em algum vaso. E ao fazê-lo viu a princesa deitada na cama, pálida como a neve e sob a coberta de seda. Ele já havia passado todos os últimos dias quebrando a cabeça, perguntando-se por que ela não fora mais ao jardim, mas não sabia a razão. Por isso, ele perguntou à princesa:

— O que está acontecendo com você, princesinha? Por que não foi mais lá fora, no sol?

E então ela lhe disse que estava doente e que ficaria boa somente quando alguém lhe levasse uma nuvem. O filho do jardineiro refletiu um pouco, depois gritou:

— Mas isso é muito fácil, princesinha!

— É mesmo? É muito fácil? — perguntou a princesa, admirada. — Todos os sábios do reino quebraram a cabeça em vão e você afirma que é muito fácil?

— É — disse o filho do jardineiro —, você só precisa me dizer do que uma nuvem é feita.

Nesse momento, a princesa seria quase obrigada a rir se não estivesse tão fraca, ela respondeu:

— Mas você também faz cada pergunta boba! Qualquer criança sabe que as nuvens são de algodão.

— Ah! Agora me diga qual o tamanho de uma nuvem.

— Mas você não sabe nem isso? — ela se admirou. — Uma nuvem é do tamanho do meu travesseiro. Você mesmo pode ver, basta empurrar a cortina para o lado e olhar para o céu.

Então o filho do jardineiro foi até a janela, olhou para o céu e gritou:

— De fato! Do mesmo tamanho do seu travesseiro!

Em seguida ele foi embora e, pouco tempo depois, trouxe uma peça de algodão para a princesa, do mesmo tamanho do seu travesseiro.

Ao resto eu me poupo, qualquer um pode imaginar como a princesa ficou novamente com os olhos brilhando, os lábios avermelhados e se curou, e como se alegrou o bom e velho rei, como o filho do jardineiro não quis receber a recompensa prometida, mas, em contrapartida, preferiu casar com a princesa e que eles não morreram, essa é a história de Jakob.

Poderia ser na mesma tardinha, no máximo uma antes ou uma depois, a bela e delicada Rosa está deitada com Mischa, ouvindo a Batalha do Rudna. Mischa conta em voz baixa, mas não sussurra, existe uma grande diferença entre falar em voz baixa e sussurrar, perguntarão com razão: por que ele não sussurra? E perguntarão por que o armário não está mais no meio do quarto e sim na posição bem normal, junto à parede, e por que a cortina cobre a janela de novo em vez de dividir o quarto em dois? Onde foi parar o biombo, perguntarão admirados, e sobretudo por que Rosa está deitada nua, embora a luz ainda esteja acesa, por que ela não tem mais vergonha? Então tenha a bondade de dar uma olhada na outra cama, ela será encontrada vazia, e todas as perguntas passam a ser uma: onde está o surdo-mudo de ouvidos aguçados Isaak Faingold?

Sei tão pouco quanto Mischa, de Rosa nem se fale, há uma semana ele foi ao trabalho de manhã cedinho, como todos os dias, e desde então está desaparecido. Na primeira noite o fato ainda não foi encarado de modo tão trágico assim, Mischa pensou: talvez ele tenha ido visitar um amigo, perdeu a hora batendo papo, depois lhe observaram que já passava das oito e era tarde demais para voltar para casa, então ele se deitou no chão e pernoitou ali.

— Perdeu a hora batendo papo, como assim? — perguntou Rosa desconfiada. — Ele não é surdo-mudo?

— Ora, você por acaso está pensando que os surdos-mudos não podem conversar? — Mischa retrucou, pensando rápido. — Acha que eles estão condenados a guardar para si tudo que lhes passa na cabeça? Eles conseguem se entender tão bem quanto eu e você, só que por sinais.

No entanto, na segunda noite Faingold também não chegou em casa e na terceira outra vez não, por isso no quarto dia Mischa foi até a casa do único conhecido de Faingold, que ele sabia, até a casa do senhor Praschker. Este trabalha junto com Faingold no comando de limpeza, que limpa as ruas da sujeira e dos mortos de fome, mas Praschker também não fazia a menor idéia. Ele disse:

— Eu estava pensando em dar uma passada na casa dele amanhã para saber por que não aparece no trabalho. Eles ainda irão buscá-lo, ele já foi anotado.

— Qual foi a última vez que ele esteve lá?

— Terça-feira.

— E na quarta de manhã ele saiu de casa como sempre.

Nunca chegou, nunca voltou para casa, talvez tenha fugido ou morreu ou foi vítima de um acidente ou foi preso no meio da rua. Contra a morte e algum acidente depõe o fato de ele não ter sido encontrado em parte alguma, eles se informaram. Contra uma fuga premeditada depõe o fato de todas as suas coisas estarem no armário, não falta sequer a foto de seu neto, com toda certeza ele jamais se separaria dela, Faingold a guardava como a um tesouro. Na verdade, resta apenas a prisão no meio da rua, o motivo é misterioso, pois Faingold sempre foi uma pessoa dócil e temente às leis, mas se conhece o provérbio: quando se quer as coisas acontecem. E tudo isso explica por que Mischa conta a Batalha do Rudna em voz baixa e não aos sussurros.

Já é a segunda noite seguida que Rosa se deita ao seu lado, o que nunca aconteceu. O velho Frankfurter, como homem de teatro em si inimigo dos costumes rígidos demais, ponderou: "Tudo bem, crianças, vocês se amam, dá para perceber. Mas não vão exagerar". Por isso e também pela reserva de Rosa, o número das noites passadas em companhia do outro se manteve dentro de modestos limites, para cada uma delas Mischa era obrigado a convencê-la quase como se fosse a primeira vez, com raras exceções. E agora já a segunda em seqüência direta, Rosa imagina: deve ser mais ou menos assim quando se é casado, mas, falando honestamente, ela não se sentia à vontade. A culpa não era de Mischa pelo fato de agora, de repente, ser diferente de antes, mais desenfreado talvez ou mais sem-vergonha, em valor ele não desceu nenhum ponto, ela não o vê com menos amor do que no primeiro dia. Ou, digamos, no quinto. A culpa, por menos transparente que possa parecer a muitos, é de Isaak Faingold, eles se haviam acostumado a ele de uma estranha maneira. Contudo, como se pode acostumar a alguém que só incomoda apesar de ser surdo-mudo? Numa situação dessas, em que o estar a sós é tão significativo, como se pode? Pode-se e não se pode, vamos sondar, primeiro: Rosa começou a fazer amor nesse quarto, na presença de Faingold, ele esteve presente desde o primeiro segundo, a sua presença clandestina era parte integrante de todas as carícias. Em segundo lugar: agora a cama de Faingold não está simplesmente vazia, não, Faingold não está mais nela, e isso faz uma grande diferença. Cada olhada atrás do biombo, que se tornou supérfluo e por isso foi desmontado, lembra seu sombrio destino, incerto, é bem verdade, mas quanto mais se quebra a cabeça mais ele fica sendo incerto apenas no que tange ao tipo de morte. E em terceiro e último lugar: quando Mischa lhe disse que Faingold havia desaparecido Rosa fez uns olhos consternados, como era de esperar, porém depois de algum tempo não estavam mais consternados, Rosa se flagrara pensando: enfim. Não se dirigia a Faingold, ela desejava tudo de bom para ele, a palavra tinha a ver apenas com ela e Mischa e devia significar: enfim sós, enfim sem ninguém para perturbar, enfim um cantinho livre para nós dois. Ela se flagrara na palavra, o que lhe foi bem desagradável, Rosa achava vergonhosos tais pensamentos, mas mesmo assim o pensamento voltou várias vezes: enfim. Depois ela ainda pensou: ótimo que Mischa não saiba as coisas egoístas que minha cabeça urde. E depois também pensou: bem, o que quer que tenha acontecido a Faingold, aconteceu, os pensamentos guardados não podem influir na vida.

Mas influíram, não foi tão simples assim, durante vários dias Rosa apresentou a Mischa motivos pelos quais não poderia acompanhá-lo ao quarto, e ele se retirava desapontado. Até ontem, quando Rosa não pôde mais encontrar nenhuma razão, ou não quis, Mischa perguntou:

— E por que você não vem hoje?

— Vou sim — ela respondeu.

E então ele se manifestou:

— Enfim!

Eles foram ao quarto. Mischa já havia mudado a arrumação antes, pois a ausência de Faingold podia ser encarada como definitiva. O armário estava, como já foi dito, junto à parede, a cortina pendurada na janela, Rosa parou no meio do quarto e primeiro precisou se acostumar. Pois nunca o vira daquele jeito. Claro que a cama lisa de Faingold lhe chamou a atenção, ela imaginou logo que aquilo ainda causaria aborrecimentos. Rosa perguntou:

— Que caixa é essa?

— As coisas dele. Caso alguém venha buscar — disse Mischa.

E no mesmo instante se estabeleceu o estado de espírito adequado.

Num dado momento, os dois se deitaram, mas durante um longo tempo ficaram calados e sem alegria, como tudo mais nessa noite, a luz ainda estava acesa. Mischa se deitara de lado e ela de costas, uma vez que a cama é estreita demais para dois se deitarem de costas. Dando uma olhada na cama lisa de Faingold, Mischa arriscou:

— Você não acha que nós poderíamos...

— Por favor, não! — ela o interrompeu, receosa.

— Tudo bem.

Ele apagou a luz, pôs o braço sob a cabeça de Rosa, é assim que começa em geral, e quis beijá-la, mas ela se desviou. Até que Mischa pergunta:

— O que está acontecendo com você?

— Nada.

Mischa refletiu um longo tempo, o que nada significa, depois disse:

— Mas você praticamente não o conheceu, não é? E, mesmo que tivesse conhecido, em que poderíamos mudar os fatos?

Ele quis beijá-la de novo, agora ela deixou, mas apenas deixou. Logo ele notou que nada podia fazer com Rosa, então fechou os olhos, amanhã será outro dia, e adormeceu. Isso foi a única coisa que aconteceu como de hábito, Mischa sempre foi o primeiro a adormecer.

Rosa o acordou no meio da madrugada, Mischa não se zangou, ele esperava que Rosa finalmente tivesse mudado de idéia, qualquer um gosta de ser acordado assim.

— Mischa, preciso lhe dizer uma coisa — sussurrou Rosa.

— Sim?

Ele entendeu de maneira totalmente errada o fato de Rosa ficar calada, puxou-a contra seu corpo e quis lhe acariciar o rosto com os lábios, quando notou que este estava úmido e salgado. O susto lhe desceu pelo corpo, pois Mischa estava acostumado a que Rosa raramente risse e jamais chorasse; até mesmo quando sua última amiga foi obrigada a subir no trem seis meses atrás ela não conseguiu chorar, embora não dirigisse nenhuma palavra a ninguém durante vários dias. E agora, de repente, o rosto úmido, isso já dá para assustar, mas ela não soluçara nem gemera, deve ter acontecido em completo silêncio, afinal ele nem sequer teria acordado caso ela não o despertasse. E, além disso, a coisa já devia ter acabado, a se julgar pela voz de Rosa.

— Tenho um pedido que vai lhe parecer esquisito.

— Diga.

— Eu gostaria que o quarto voltasse a ser como antes.

— Que quer dizer... como antes?

— O armário deve voltar para o meio. E a cortina.

— Mas por quê? Faingold não está mais aqui, não?

— Eu gostaria que fosse assim — disse Rosa.

De fato, pareceu-lhe esquisito, primeiro esquisito, depois infantil, depois tolo, depois simplesmente ridículo. Em seguida Mischa se lembrou de haver lido ou ouvido em algum momento algo sobre os insondáveis caprichos das mulheres, os quais se recomendava combater desde o início. Toda a mudança que ela desejava não lhe custaria mais que dez minutos, no entanto Mischa disse:

— Só se você puder me dar uma razão sensata.

— Eu gostaria que fosse assim — disse Rosa.

E isso não era nenhuma razão sensata, mesmo com a melhor das boas vontades não era, Mischa se negou firmemente. Disse que era muita consideração da parte dela ficar tão emocionada com o desaparecimento de Faingold embora não o tivesse conhecido em pessoa, apenas sua respiração e seus roncos. Mas afinal, no gueto, todos os dias se perdiam muitas pessoas, as quais também não eram conhecidas, e se ela fosse fazer um teatro desses por cada uma delas ninguém agüentaria. E ela o repreendeu por ser um bruto, grosseiro e insensível, surgiu assim a primeira briga dos dois e, se não houvesse o decreto das oito horas, com toda certeza ela se levantaria, se vestiria e adeus. Dessa forma, porém, ela se virou de costas para ele, de modo a que Mischa notasse o quanto ela o desprezava.

No dia seguinte, quer dizer, hoje, ele a apanhou na fábrica, pois na casa dela, na presença dos pais, a reconciliação seria muito mais difícil. Fazer as pazes já era bastante difícil, não por falta de boa vontade, mas é que se tinha tão pouca prática no término de desavenças. No final ambos reconheceram que não haviam se comportado muito bem, um beijo na porta de casa e se pôde respirar aliviado de novo. Os dois passaram pela casa de Rosa, para avisar onde ela dormiria. Frankfurter não viu isso com entusiasmo, ele não podia saber que a noite anterior passara praticamente em branco, Mischa ouviu quando a senhora Frankfurter disse ao marido em voz baixa:

— Deixe-a ir.

Depois, portanto, em seu quarto, ambos fizeram toda força para serem gentis, apresentaram seu melhor lado após a briga, mas dava para sentir que ainda precisava passar um pouco de tempo até que tudo voltasse a ser como antes.

Mischa contou a Rosa a Batalha do Rudna ou, melhor ainda, já que estamos de novo no corrente, Mischa lhe conta em voz baixa a Batalha do Rudna, finalmente acaba, ouvi hoje de Jakob as últimas notícias do éter, por assim dizer. Rosa se derrete de alegria, sabe onde o Rudna se localiza e que progresso a batalha representa desde Bezanika, ela até que teria vontade de começar com novos planos. Mischa, contudo, não está com cabeça para planos, não no momento, eles não vão lhe fugir como essa segunda noite consecutiva, ele apaga a luz. Para se dedicar a Rosa não se deve mais falar em vitórias, a última noite passou praticamente em branco. Estão esquecidos o Rudna, Faingold e as palavras ditas com raiva, avizinham-se os caminhos conhecidos, isso enquanto a vontade própria obedece. Entretanto, esta não reina em absoluto, eles são flagrados por comparações, agora é assim, no fundo nenhuma diferença de antes, ficam deitados lado a lado e se encaram. E talvez até ouçam que nenhuma respiração estranha está incomodando na outra metade do quarto. Falemos francamente, a recuperação de uma noite malsucedida ocorre de modo bem miserável, mesmo que eles jamais o admitam, mesmo que ajam contentes como jovens apaixonados.

Vamos deixá-los com um leve pesar, na esperança de que retornem os tempos despreocupados, esperança que nos é lícita. Ouçamos ainda como Mischa pergunta sorridente, na onda da reconciliação, o que, aliás, ele não devia ter feito:

— Você ainda gostaria que eu voltasse a dividir o quarto com armário e cortina?

É isso que ele diz, e sobretudo sorridente, pois não tem a menor dúvida de que agora Rosa vê a coisa de modo diferente, que ela responderá que foi só um capricho, que ela mesma não sabia o que lhe ocorrera ontem e que o mais adequado seria que o triste incidente fosse esquecido.

E ouçamos ainda quando Rosa diz:

— Gostaria, por favor.

Jakob deve ouvir com os próprios ouvidos como suas informações são deturpadas ao serem transmitidas.

Jakob quer ir até o sótão ver Lina, ainda não é hora de dormir, mas com ela se deve fazer mais do que apenas cuidar para que se lave direito, escove os dentes e vá para a cama na hora certa. Nas estação eles nos deixaram ir embora duas horas mais cedo, simplesmente não havia mais nada a ser carregado por lá, as sentinelas não tinham a menor vontade de ficar vigiando vagabundos, exigiram que desaparecêssemos. Alguns especuladores audazes supõem que, por trás dessa intimação, haja mais coisas do que apenas a preguiça, talvez os senhores sentinelas estejam querendo cair em nossas graças, imaginam, eles também poderiam nos fazer esperar duas horas. Podiam nos ter posto em fileiras, mas nos mandaram para casa,talvez seja assim que os invisíveis novos tempos batam à porta. De qualquer modo as duas horas serão bem passadas ao lado de Lina, acha Jakob por enquanto, quando coloca a mão na maçaneta percebe que ela não está sozinha. Ele ouve a voz de Rafael, que está procurando se informar:

— De que se trata afinal?

— De uma princesa — diz Lina.

— Ela é seqüestrada?

— Como foi que você teve essa idéia?

— É claro que ela é seqüestrada. Eu já conheço. Ela é seqüestrada por um ladrão. Ele quer uma grande quantidade de dinheiro em troca dela, mas o príncipe o mata e a liberta. E depois eles se casam.

— Você só está falando besteira — Lina diz zangada. — Essa é uma história completamente diferente. Você acha que só existe um conto de fadas onde apareça uma princesa?

— Então conte logo!

— Não vamos esperar por Siegfried?

— Mas ele não vem.

Jakob ouve que eles estão esperando, a janela do sótão é batida, Rafael berra:

— Siegfried!

Em seguida ele diz que Siegfried não é visto em parte alguma, e pouco depois Lina exige aos gritos que Rafael pare de dizer besteiras. Não sabe qual besteira, mas Rafael não pára logo, pois pergunta:

— De quem você ouviu a história?

— Do tio Jakob.

Isso dá o que pensar quando se está escondido atrás da porta. Jakob nunca lhe contou uma história de uma princesa, de qualquer modo ele deveria se recordar de que foi o tio dos contos de fadas, e Lina, sem nenhum tremor na voz, transforma duas pessoas diferentes num único homem. Dá o que pensar, talvez Jakob também tenha tocado a marcha e feito perguntas e dado respostas. Das duas uma, ou Lina se enganou na pressa ou, o que seria melhor, lançou mão de uma mentira urgente a fim de não denunciar o rádio. A coisa fica em suspenso, eles ainda deverão conversar a esse respeito.

— Ele não vem mais. Comece agora — diz Rafael.

E assim acontece, Lina tosse, Jakob aguça os ouvidos, nunca antes ele escutou como suas informações eram passadas adiante.

— Era uma vez um rei, um rei bom e velho, que tinha uma filha, esta era a princesa — começa Lina.

— Como se chamava o rei?

Lina parece meditar, será que foram mencionados nomes, um tempo longo demais para Rafael, que diz:

— Claro que pelo menos você deve saber como ele se chamava, não?

— O nome dele era Benjamin — recorda-se Lina. — E a princesa se chamava Magdalena.

— Como ele se chamava? Benjamin? Sabe quem se chama Benjamin? Meu tio de Tarnopol, ele se chama Benjamin. Mas não é nenhum rei!

— Você pode acreditar ou não, de qualquer modo o rei do conto de fadas se chamava Benjamin.

— Ora, por mim — Rafael diz generoso, a coisa não deve fracassar por causa de nomes, Jakob tem quase certeza de que Rafael cruza os braços no peito com um jeito altaneiro.

Lina continua falando, só que mais rápido do que no início, como se tivesse perdido o fio da meada, como que à espera de outras objeções:

— Um dia a princesa ficou doente. O médico não conseguiu descobrir nada, pois não conhecia a doença, mas a princesa não quis mais comer pão e também não quis mais beber. Então o próprio rei foi até ela, aliás ele gostava terrivelmente da princesa, eu me esqueci de dizer isso. E lhe perguntou o que ela estava sentindo. Aí ela disse para o rei que não ficaria curada antes que alguém lhe trouxesse um pedaço de algodão que fosse do mesmo tamanho de seu travesseiro. E então o velho rei...

Contudo, Lina não continua, agora basta para Rafael, ele se esforçara ao máximo e escutara com toda paciência, mas o que é demais é demais, sua credulidade era imensa, porém tinha limites.

— Que tipo de doença era essa que tinha a sua Magdalena?

— Você mesmo ouviu.

— E eu lhe digo uma coisa: uma doença dessas não existe! Não existe no mundo inteiro!

— Você não pode saber!

— Se pelo menos ela estivesse com sarampo ou coqueluche ou tifo — Rafael diz abalado. — Quer saber o que a princesa tinha de verdade? Um peido na cabeça!

Ele ri, bem mais alto que Jakob, mas Lina não consegue encontrar nada de cômico em sua explicação. Ela pergunta:

— Quer continuar escutando a história ou não?

— Não quero — diz Rafael ainda divertido, as melhores piadas são as próprias. — Pois o que a princesa tinha mesmo era um peido na cabeça. Porque a história toda não passa de uma bobagem só. Primeiro esse negócio do rei, você não encontra no mundo inteiro um rei que se chame Benjamin. E depois as princesinhas jamais comem pão e sim apenas bolos. E a maior burrice de todas é essa doença. Ou será que você já ouviu alguma vez a sério que alguém possa ficar doente quando não tem nenhum algodão?

Lina parece impressionada com a argumentação de Rafael, pelo menos ela se cala, oxalá sem lágrimas, pensa Jakob. E ele fica nisso, Lina é uma menina inteligente, qualquer um pode cometer erros, a culpa do equívoco pode residir na excitação reinante no porão ou talvez seja simplesmente exigir demais que pessoas da idade de Lina tenham tais saltos de pensamento. A mão de Jakob torna a pousar na maçaneta, deve-se intervir, consolar e explicar, eles ainda chegarão, que Deus proteja, às vias de fato. Ele poderia entrar bem inofensivo, bom dia, Lina, bom dia, Rafael, que bom que você lhe faça uma visita, como vai sua mãe? Depois a conversa recairá por si só na contenda, que será apresentada pelas duas partes, calma, crianças, por que não falam bonitinho um depois do outro? Em seguida, sem dúvida nenhuma ele encontrará palavras apaziguadoras, que tragam nova luz ao que não está claro, crianças, não há nenhuma razão para ficarem zangados um com o outro, a realidade é assim e assado, e no final haverá agrado e compreensão. Portanto, Jakob está querendo se intrometer na peleja quando ouve a voz pacífica de Rafael:

— Quando seu tio for contar de novo uma história, diga-lhe para bolar algo melhor que essa besteira. A princesa tinha mesmo um peido gigantesco na cabeça.

Não dá para intervir, a porta se abre, a velha sorte de Jakob com as portas, Lina sai e lhe proporciona um esconderijo. Rafael parte em busca de um passatempo mais recompensador, com toda certeza irá procurar Siegfried para informá-lo. Ouve-se quando ele desce a escada correndo e assoviando, ele assovia *Limões e laranjas* e também assovia quando Lina lhe grita o parco resto da história, necessário à sua conclusão:

— E a princesa tinha mesmo essa doença! E o filho do jardineiro lhe trouxe o algodão! E ela ficou curada e os dois se casaram!

Foi dito tudo, embora a ouvidos fechados, lá embaixo emudece uma musiquinha, a porta da casa bate na fechadura, lá em cima uma desapontada língua comprida é posta para fora e a porta do sótão se fecha ruidosa. Jakob, diante da porta como no começo, surgem dúvidas se as duas horas presenteadas serão bem passadas ao lado de Lina, ainda agora. Ele me diz, as duas crianças foram muito divertidas, mas de repente ele já não tem mais nenhuma vontade de entrar, de repente ele se sente exausto. Seria melhor guardar as duas horas para si mesmo. E me pergunta se estou entediado com esses detalhes, eu só preciso dizer.

— Não — eu lhe digo.

Jakob vai passear com suas duas horas, não se descansa apenas em quartos apertados e ao lado de crianças pelas quais se sente afeição, Jakob ainda tem a inclinação por passeios, apesar do holofote e do quartel. Passear numa cidadezinha da qual nunca se saiu mais que uma semana, o sol brilha amigável no caminho, tão amigável quanto as recordações segundo as quais você apenas saiu de casa e uma em cada duas ruas constrói uma ponte para você. Duas voltas na esquina e já se está diante da casa onde muitas vezes foi decidido como seria seu próximo inverno. A única pessoa que viveu lá dentro foi Aaron Ehrlicher, o negociante de batatas. Você dependia muito dos preços que ele fazia, eles significavam o preço dos bolinhos e, por conseguinte, também a venda. Ele jamais permitiu que se regateasse com ele, é tanto e nem um centavo a menos, se está caro demais para o senhor, senhor Heym, pode seguir procurando para ver se vai conseguir batatas mais barato em algum outro lugar. E, se encontrar esse lugar, por favor tenha a bondade de me informar, pois eu também gostaria de comprar lá. Ele nunca deixou que se regateasse com ele, uma vez Jakob lhe disse:

— Senhor Ehrlicher, o senhor não é nenhum negociante de batatas, é apenas um vendedor de batatas.

Claro que só de brincadeira, mas Ehrlicher não deu nenhuma gargalhada. Nunca ficou muito claro se ele era apenas um pobre-diabo, um pequeno comerciante como o próprio Jakob, ou um homem de negócios da mais alta categoria. Sua mulher usava um belo casaco de pele marrom e os filhos eram gordos, redondos e presunçosos, por outro lado seu escritório fedia a mofo, era pequeno e sórdido, apenas mesa, cadeira e paredes nuas, ele o apresentou suspirando e perguntou:

— Como posso fazer preços mais baixos?

Agora vivem desconhecidos lá, você vira a página de Aaron Ehrlicher e segue adiante, duas horas presenteadas são um longo tempo, entra na travessinha Libauer, exatamente até o número 38. A nenhuma outra casa você vai com tanta freqüência como a essa quando está passeando, não fica parado tanto tempo assim diante de nenhuma, e existem boas razões para isso. Há razão para tudo, até para o fato de você entrar no sombrio pátio, olhos desconfiados o examinam das janelas, o que um estranho está fazendo no pátio, mas você não é tão estranho assim ali.

No terceiro andar, atrás da última porta do corredor à esquerda, foi lá que você, expressando-o de modo patético, perdeu ou ganhou a sorte de sua vida, você não pôde decidir quando a coisa sucedeu e, ainda hoje, não sabe o quão boa ou o quão ruim foi. Josefa Litwin lhe perguntou de chofre em que pé ela estava com você, e não lhe ocorreu nada mais inteligente do que baixar a cabeça e balbuciar que ainda precisava de tempo para refletir. Ela era uma jóia de mulher, se é que devemos definir a partir dos olhos, você a viu pela primeira vez na estação e logo pensou: puxa vida! Ela usava um vestido de veludo verde, com gola de renda branca, como complemento um chapéu não menor que um guarda-chuva aberto. E tinha, quando muito, trinta e poucos anos, portanto exatamente o certo para você que, na época, estava com quarenta, o certo no que diz respeito à idade. Porém, na cabine nem em sonho você pensou que ali, na sua frente, estava sentado o seu maior problema dos próximos anos. Você apenas a fitou embasbacado e, você me contou, como um jovem idiota, talvez ela nem tenha notado isso. Por acaso ou não, quando ambos saltaram juntos e não havia nenhum carregador nas proximidades ela lhe perguntou se não poderia carregar a pesada mala para ela, Josefa vivia apenas algumas ruas adiante, na travessa Libauer, número 38. Mas ela não lhe perguntou como a um homem de posição inferior, embora mesmo se assim fosse você não se recusaria, ela estava desamparada, fora cordial e lhe pedira um favor na qualidade de mulher frágil. E você, na qualidade de cavalheiro, cheio de alegria, disse:

— Mas que pergunta!

Apoderou-se da mala como se tivesse medo de que ainda pudesse aparecer algum carregador e saiu correndo atrás dela, até o número 38, até a porta de sua casa. Ali chegando, depositou a mala no chão, os dois trocaram sorrisos encabulados durante alguns segundos, depois ela agradeceu amável e disse "até a vista". E você ficou plantado ali e pensou: que pena!

Algumas semanas depois, e é certo que foi por acaso, ela chegou à tarde ao seu bar, acompanhada de um homem. Você a reconheceu de imediato e, sem nenhum direito, irritou-se com o indivíduo, mas depois você ficou contente, pois ela também o reconheceu. Não trocaram nenhuma palavra, os dois beberam limonada e tomaram sorvete de cereja, você os observou e não saberia dizer qual a sua relação, mas também para quê?

Contudo quando ela retornou já no dia seguinte, dessa vez sozinha, você ficou sabendo que não se tratava de um acaso. Pela primeira vez você ficou contente por seu bar estar vazio, à exceção dela não havia nenhum outro freguês no local, e já no dia seguinte. Você sentou à sua mesa, bateram papo e se apresentaram, havia quatro anos que ela era viúva de um relojoeiro. Naturalmente que você não a deixou pagar o sorvete que ela tomou, ela devia se considerar convidada, hoje e sempre que ela quisesse. O homem da véspera foi chamado de conhecido de passagem, não era nenhuma razão para que não se encontrassem com maior freqüência, fora isso nenhum outro motivo. Portanto, pela manhã no bar, depois mais uma vez no bar e em seguida num outro restaurante, num local neutro, por assim dizer, uma dancinha em homenagem. Logo depois na sua casa, nesse meio tempo você já havia sido informado sobre a situação financeira de Josefa, modesta porém de maneira nenhuma miserável, e que ela não tinha filhos, finalmente, também no número 38. Uma xicarazinha de chá e tortinha feita por ela mesma, pairava no ar um perfume doce e delicado, no fundo tratou-se, desde o primeiro momento, de uma simpatia, e mais uma xicarazinha, e lá fora tem mais bolinhos.

Essa foi uma tarde como nenhum poeta jamais descreveu, meu Deus, e uma noite, meu Deus, ora, se foi. Que se pode dizer?, a história não versa sobre Jakob e Josefa, logo esta página terá que ser virada também. Um pouco mais, daí resultaram quatro anos completos, quatro anos de convívio como marido e mulher, embora os dois jamais se tenham mudado definitivamente para a mesma casa, apesar do tema "rabino ou cartório" ter sido sempre deixado de lado. Mais da parte de Jakob. Ele teve muitas oportunidades para sondar a fundo. Josefa não era puro ouro que reluzisse, mesmo os metais menos preciosos eram trabalhados. Às vezes Jakob a achava despótica, noutras faladora demais, em determinadas ocasiões não muito caseira, e Josefa também encontrava certas coisas desagradáveis nele, sem que isso levasse logo ao rompimento. Muito pelo contrário, apesar de tudo os dois se entendiam perfeitamente e Jakob já pensava: a coisa não vai terminar muito breve. Mas quando de repente, se é que se pode dizer de repente, ela propôs que talvez fosse melhor que eles mudassem para uma mesma casa e que ela poderia ajudar na loja, Jakob receou se tornar seu próprio empregado e disse:

— Sobre isso nós vamos conversar mais tarde.

Pois bem, que fosse mais tarde, Josefa não tinha pressa, pelo menos era o que parecia. Até que, como já foi dito, chegou a vez dessa conhecida noite, essa na Libauer, 38, em que Jakob ganhou ou perdeu a sorte de sua vida, quem pode saber? Ele chegou como sempre, tirou os sapatos, pôs os pés no sofá, como sempre Josefa estava na janela, de costas para ele.

— Que há com você hoje? — perguntou Jakob. — Não tem chá?

Josefa não se virou logo, mas pouco tempo depois. Fez uma cara antipática e não sentou ao seu lado no sofá e sim na cadeira em frente.

— Jakob Heym, quero conversar com você.

— Tenha a bondade — ele disse, prevenido para tudo, menos para o que viria agora.

— Você conhece Awrom Minsch?

— Devo conhecê-lo?

— Awrom Minsch é aquele homem com quem fui ao seu bar logo no primeiro dia, caso você se lembre.

— Lembro-me muito bem. Naquela época você me disse que o conhecera de passagem.

— Hoje de manhã Awrom Minsch me perguntou se eu queria ser sua mulher.

— E o que você lhe disse?

— Jakob, estou falando sério! Você tem que se decidir logo!

— Eu?

— Pare com essas suas piadas, Jakob. Hoje eu estou com trinta e oito anos. Não posso continuar vivendo assim para sempre. Ele quer ir para a casa do irmão na América e me perguntou se quero ir junto como sua mulher.

O que Jakob devia responder?, não lhe agradava a pistola no peito e, sobretudo, não lhe agradava que Awrom Minsch tivesse sido escondido dele até aquele momento. Ninguém faz um pedido de casamento a uma conhecida, ela já devia ser um pouco mais do que conhecida para esse objetivo, e ele imaginou que durante quatro anos os dois se conheciam até os mínimos detalhes. O fato de Josefa lhe dar agora um certo direito de compra não conseguiu desalojar o desapontamento de Jakob, durante muito tempo. Ele tornou a calçar os sapatos em silêncio, até chegar à porta evitou cuidadosamente encontrar os olhos de Josefa e, com a porta aberta, ele disse encabulado:

— Primeiro eu preciso refletir sobre isso em paz.

Reflete-se e reflete-se e não se chega a nenhuma conclusão até o dia, duas horas presenteadas não são tão longas assim, uma pessoa piedosa abre a janela e grita em voz baixa para o pátio:

— Ei, você!

Jakob se sobressalta e vê a lua no telhado. Jakob pergunta:

— O que é?

— Você não mora neste prédio, não?

— Não.

— Já passa das sete há muito tempo.

— Obrigado.

Jakob volta a si, o caminho de casa sem parada, outras casas cheias de lembranças passam despercebidas, já passa das sete.

Lina já está deitada na cama, é preciso lhe explicar por que se está chegando tão tarde do trabalho hoje, por que especialmente hoje havia muito o que carregar. Em conseqüência disso, ela não fala de suas preocupações pessoais, que talvez tenham a ver com os contos de fadas ou com os por demais desconfiados filhos dos vizinhos, e Jakob mal pode perguntar. Ela sabe o quão fatigantes são os dias na estação, ainda por cima esse trabalho adicional, ele não deve se demorar muito tempo, que lhe dê um rápido beijo e vá para seu quarto, o amor é recíproco.

Jakob deixa Lina com uma consciência que podia estar mais limpa, na escada ele se propõe a dar uma indenização a Lina, amanhã ou nos próximos dias. Nesse meio tempo ele chega à sua mesa e está sentado diante do jantar composto de pão e café de cevada, não de todo insatisfeito com o último dia, em resumo: na estação os judeus foram moderados e discretos, a Batalha do Rudna ainda produzia efeitos, depois duas sonhadas horas de presente, um divertido conto de fadas na porta do sótão, o menos divertido Aaron Ehrlicher, porém depois Josefa. Sempre Josefa, entre as poucas mordidas, entre os goles, ele simplesmente não se livra da mulher, o que teria sido de nós, os dois lindos, se naquela época eu tivesse mudado para o número 38? Nunca se sabe, mas mesmo assim a pergunta feita pela milésima vez responde quase por si só: teria sido uma vida entre o inferno e o paraíso, quer dizer, uma vida bem comum. Portanto, como poderia ter sido diferente, e o que faria essa diferença, a não ser aqueles quatro conhecidos anos? Que foram cheios de distrações, brigas e mal-entendidos, de caprichos, diversões e um pouco de bem-estar. E de silêncios, como só se ficou sabendo no último de todos os dias. Jakob simplesmente não consegue se livrar da mulher, somente quando batem à porta.

Batem à porta, Jakob teve vontade de ir logo gritando: "Entre, Kowalski!". Quer dizer, não é bem verdade, só que ele presume, mas depois pára de presumir, pois há mais de uma hora que já passa das sete, sendo agora, portanto, muito depois das oito, e nem mesmo Kowalski é tão maluco assim. Jakob grita:

— Entre!

O professor Kirschbaum honra Jakob na hora do jantar, se por acaso está incomodando, certamente que não, ele pode tomar assento, qual a causa desse raro prazer?

Kirschbaum senta, hesita no início da conversa com diversos olhares para fora, obtém a atenção preocupada, só que Jakob não sabe o motivo.

— O senhor não pode imaginar o motivo por que lhe procuro, senhor Heym?

O primeiro pensamento:

— É por causa de Lina? Ela piorou de novo?

— Não estou vindo por causa de Lina. Venho, passando logo a *media res*, porque gostaria de lhe falar a respeito do rádio.

Nesse momento, Jakob ficou desapontado, ficou perplexo, algumas horas atrás o monstro fora esquecido de maneira feliz, daqui a pouco a Batalha do Rudna terá que ser servida mais uma vez. Já não se é mais nenhum ser humano para seus semelhantes, apenas o dono de um rádio, incompatíveis mutuamente, como já vem sendo provado há algum tempo, perdeu-se de novo o direito às conversas normais dos velhos tempos. Sobre o tempo ou sobre as dores na coluna, para as quais Kirschbaum seria o parceiro ideal, bate-papos sobre conhecidos comuns, em suas proximidades não se fala sobre as pequenas coisas maçantes, seria muito desperdício com você e seu tesouro.

— Você também está querendo ouvir as novidades — Jakob diz, ou melhor, constata que agora também tem Kirschbaum pendurado no pescoço, ora, tudo bem, um a mais um a menos.

— Não estou querendo ouvir nenhuma notícia — diz Kirschbaum, porém. — Estou vindo aqui para recriminá-lo. Eu já devia ter feito isso há muito tempo.

— Recriminar?

— Eu não sei, prezado senhor Heym, quais os motivos que o levam a espalhar as referidas informações. Contudo, me é difícil imaginar que o senhor tenha refletido sobre o perigo em que nos coloca com esse procedimento.

Nada de notícias, e sim recriminações, precisamos ter alguma idéia, ficamos nisso, Kirschbaum é uma pessoa totalmente especial. Será que você precisa, professor, vir me cuspir no fim do expediente de trabalho, ganho com muito esforço, precisa vir logo com essa conversa toda cônscia de sua responsabilidade sobre coisas que eu já pisava com a sola de meus pés quando meu rádio ainda era algo guardado a sete chaves, logo você? Em vez de me dar um tapinha no ombro e dizer, bravo, senhor Heym, continue assim, as pessoas não precisam de remédio nenhum tanto quanto da esperança ou, se não isso, pelo menos não aparecer aqui, porque de há muito que aprendemos a prescindir dos tapinhas no ombro, pois aí você bate à minha porta, vá para o diabo que o carregue, e se intromete e quer me ensinar a sobreviver. E além do mais devo fazer uma cara de interesse, pois seus reparos são totalmente honestos, pois num dado momento ainda podemos precisar de você para Lina, e ainda tenho de apresentar a você boas razões para meu procedimento, embora nada me ocorra que possa ser de seu interesse. Só para que, assim, sua boca erudita esteja em condições de dizer após um longo tempo: "Ah, é mesmo? Sim, sim, eu compreendo".

— Não preciso lhe dizer onde vivemos, caro senhor Heym — diz Kirschbaum.

— Não precisa mesmo — diz Jakob.

— Contudo, parece-me forçoso. O que aconteceria, por exemplo, se essas informações fossem parar nos ouvidos da Gestapo? Você já pensou nisso?

— Pensei.

— Quase não consigo acreditar. Pois, caso contrário, você teria procedido de outra maneira.

— É mesmo — diz Jakob. — Eu teria.

Jakob se levanta para uma caminhada, a enésima desse dia, passando pela mesa e cama, armário e Kirschbaum, a raiva vai para as pernas, já que não se reveste de palavras. Entretanto, não toda a raiva, o quarto é pequeno demais para isso, resta para a voz um saldo perceptível, que deixa Kirschbaum melindrado no primeiro momento. Quando Jakob diz:

— Você já viu alguma vez com que olhos eles me pedem novidades? Não? E sabe, por acaso, da urgência com que necessitam de uma boa notícia? Você sabe?

— Posso imaginar em cores vivas. E também não tenho dúvidas de que você seja impelido por boas intenções. Mesmo assim, eu devo...

— Deixe-me em paz com os seus "mesmo assim"! Já não lhe basta que quase não tenhamos o que comer, que um em cada cinco de nós morra de frio no inverno, que a cada dia a metade de uma rua vá para o transporte? Será que tudo isso ainda não basta? E quando eu tento aproveitar a derradeira possibilidade que os impeça de se deitar de uma vez e morrer, com palavras, você entende?, com palavras é que tento. Pois não tenho mais nada! Aí você vem me dizer que é proibido.

De uma estranha maneira Jakob pensa, justamente agora, num cigarro, ele me contou, no Juno sem filtro, em que Kirschbaum pensa, isso não se saberá jamais. De qualquer modo ele enfia a mão no bolso do terno de listras surrado e, ninguém vai acreditar, tira um maço. E fósforos. E pergunta a Jakob de um modo desagradavelmente amável, depois dos gritos que esmoreceram:

— Quer?

Uma pergunta, é assim entre as pessoas civilizadas, um exemplo delicado talvez, um bom exemplo, quem sabe também uma expressão do surgimento de uma leve dúvida, ou nada disso. Eles ficam calados, fumam e, de qualquer forma, desanuviam-se as testas enrugadas.

A fumaça aspirada com ânsia cria não apenas o bem-estar, mas também os deixa mais conciliadores, devo contar que Jakob, ao fumar, passa por tal mudança de estado de espírito, mais ou menos assim. Pois um nobre doador está sentado à sua frente, intimidado, Kirschbaum, desamparado gira o cigarro entre seus dedos finos, quase não se atreve mais a lançar um olhar furtivo, nem mesmo a abrir a boca que não seja para a tragada seguinte. Porque logo depois podem se seguir explosões descontroladas, deixe-me em paz com seus "mesmo assim". Ou: será que isso não lhe basta? Ele chegou para trocar impressões com seu vizinho, afinal de contas um rádio como esse não é uma propriedade particular nesta cidade como uma cadeira e uma camisa, não chegou ali para acusar, chegou muito mais para discutir algo importante numa conversa tranqüila e com réplicas, depois isto. Aí você vem até mim e diz que é proibido. Kirschbaum não foi embora, o que indica boa vontade ou especialmente um grande medo, ele ficou, meteu a mão no bolso como um prestidigitador e realizou desejos secretos, aí já merece que se lhe concedam duas palavrinhas de boa vizinhança.

— Naturalmente que eu sei que os russos não virão mais rápido por isso — Jakob diz na metade do cigarro. — Mesmo que eu conte mil vezes o trajeto deles continuará sendo o mesmo. Mas eu gostaria de chamar sua atenção para um outro pequeno detalhe. Desde que as notícias se espalharam pelo gueto eu não tomei conhecimento de nenhum caso de alguém que tenha se matado. E você?

Então Kirschbaum olha-o espantado e diz:

— De fato.

— E antes eram muitos os casos, ninguém melhor que você para saber. Lembro-me de que você era chamado com freqüência e, na maioria das vezes, tarde demais.

— Por que isso não me ocorreu? — pergunta Kirschbaum.

Um dos dias seguintes traz algo inédito, um carro passa por nossa cidadezinha, o único automóvel particular em toda a história. Inédito, é bem verdade, mas em nada ligado a esperanças, nem mesmo para os mais dotados de imaginação entre os temerários especuladores. Estou inclinado a dizer que muito pelo contrário. Ele atravessa com um objetivo, sem desvios, a rota exata deve ter sido estudada no mapa da cidade antes do início da viagem, um carro negro, as ruas se esvaziam por causa dele. No fundo estão sentados dois homens à paisana, no volante um uniforme engomado, alguma importância têm apenas os dois de trás. Quer dizer, de muita importância eles também não são, no fundo o carro inteiro não tem importância, apesar de seu estandarte da SS, e de onde ele vem, para onde vai e quem pegará. Ou um pouco importante, digamos, ou não de todo insignificante no que tange às conseqüências.

Os dois homens se chamam Preuss e Meyer, eu sei sobre o que falam, não sei o que pensam, embora isso não represente nenhum mistério insolúvel, conheço sua patente e caso seja necessário até mesmo seu resumido currículo e também seus nomes. Infelizmente, mais tarde serei obrigado a me intrometer de modo grosseiro e direto na ação, quando se tratar de explicar, pois se possível não deve sobrar nenhuma lacuna. Darei a explicação se for preciso, porém, mais tarde, antes a lacuna deve aparecer em toda sua plenitude.

O carro pára diante de Siegfried e Rafael, que como sempre perambulam pela rua, no meio-fio, e são os únicos heróis a não se esconder em toda parte. Todos os outros judeus, nem cegos nem aleijados, estão atrás de suas janelas ou nos corredores protetores das casas, tremendo por duas crianças loucas e pelos estragos ainda incertos que somente o automóvel alemão pode causar ali. Mas muitas das pessoas informadas pensarão, os estragos não são tão incertos assim, o carro não pára diante de uma casa qualquer, ele pára diante da casa de Jakob Heym.

Preuss e Meyer saltam em missão especial, Preuss, um homem bem alto, cabelos castanhos, magro, boa aparência, no máximo um pouco delicado, Meyer, como me foi descrito, um palmo mais baixo, atarracado, firmemente resoluto à primeira vista. É possível que essa seja uma combinação montada com cuidado, o que falta num o outro tem e vice-versa, uma complementação feliz portanto. Eles entram no prédio.

— Você sabe em que casa? — pergunta Preuss.

— Primeiro andar — diz Meyer. — Os nomes devem estar na porta.

Primeiro andar, Jakob mora no segundo, mesmo assim um andar até a porta de Kirschbaum. Bate-se com educação, espera-se paciente diante da porta, até que uma voz feminina, pela qual se pode notar que as visitas chegam em momento inoportuno, pergunta:

— Quem é?

— Abra a porta, por favor — Meyer diz.

Embora isso não seja nenhuma razão plausível para se abrir, uma chave é enfiada nervosamente na fechadura, girada, a porta se abre, primeiro apenas uma brecha, depois sem reservas e de forma bem inútil Meyer põe o pé entre porta e soleira. Lá está Elisa Kirschbaum, velha e severa, o medo bem escondido. O avental muitas vezes remendado não consegue enganar ninguém, não é qualquer uma que nos examina, basta ver a postura de sua cabeça, quem nos examina é uma senhora, Preuss e Meyer. O medo está bem dissimulado, o desprezo não, um olhar indiferente nos rostos de dois visitantes importunos, depois um olhar para o pé de Meyer que de um modo tão terrivelmente inútil se faz de importante diante do umbral, Meyer luta consigo mesmo.

— Os senhores desejariam?

— Bom dia — diz Preuss em tom cordial, talvez fosse sua única alternativa diante daqueles olhares. — Gostaríamos de ver o professor Kirschbaum.

— Ele não está em casa.

— Nesse caso vamos esperar — diz Preuss decidido.

Ele entra passando por ela, finalmente Meyer também pode tirar o pé firme de sua posição, ele segue o outro. Eles dão uma olhada no quarto, puxa, as coisas que todos eles falam, até que não passam tão mal aqui, cômoda com bibelôs, sofá e duas cadeiras, tudo um pouco surrado, é bem verdade, mas mesmo assim, estante abarrotada de livros como num filme, no teto um candelabro de três braços, quase um lustre, sim, e eles vivem às mil maravilhas aqui. Mas também talvez apenas esse tal de Kirschbaum, devem ter sido alguma coisa antes, ração especial ou algo parecido, eles têm cabeça mesmo, esses Isaak, estão sempre fuçando e se sentem à vontade em qualquer lugar.

Meyer se deixa tombar no sofá, Preuss ainda não, pois Elisa Kirschbaum parou junto à porta e não cessou de olhar como quem esperasse uma explicação.

— A senhora é a mulher do professor Kirschbaum? — Preuss pergunta.

— Sou a irmã dele.

— Se me dá licença...

Preuss também senta numa das cadeiras, cruza as pernas, tempo de sobra, Elisa Kirschbaum fica em pé. De nada adianta, ela precisa perguntar:

— De que se trata, por favor?

— Você não tem merda nenhuma a ver com isso — Meyer diz. Não consegue ficar calado mais tempo, de qualquer modo o que está acontecendo ali lhe parece fantástico, farsa, uma pura farsa, mas não com ele. Ele quer dar mais que apenas uma resposta a uma pergunta desavergonhada, quer dar de novo um pouco de jeito no mundo, caso contrário aonde chegaremos?

Pois muito bem, Elisa Kirschbaum não pode chamar a moça para ir buscar o chapéu para aquele malcriado ali, é de imaginar que seu arsenal está vazio, mas pelo menos ela pode punir Meyer com o desprezo, virar se para Preuss e exigir em tom frio:

— Podia fazer o favor de dizer a este senhor que ele se encontra numa residência estranha e que eu não estou acostumada a um comportamento como esse?

Meyer fica arrepiado, quer se levantar, partir para cima dela, gritar, porém Preuss o encara com formalidade, missão especial, depois diz:

— A senhora tem toda razão. Queira desculpar, por favor.

— Poderia me comunicar o motivo por que vieram aqui?

— Creio que prefiro comunicar pessoalmente ao senhor professor. A senhora sabe quando ele chega?

— Não. O mais tardar às oito.

Ela senta na cadeira desocupada, bem ereta, pousa as mãos no colo, agora se espera. Posso dizer com toda certeza que Kirschbaum chega depois de aproximadamente meia hora, passa-se o tempo com futilidades. Por exemplo, Meyer acende um cigarro, joga o palito de fósforo no chão, Elisa

Kirschbaum o apanha, traz-lhe um cinzeiro e abre a janela. Meyer fica sem saber o que fazer.

Ou Preuss se levanta após alguns compassos tamborilados na mesa, está interessado na estante de livros. Abre a porta de vidro, inclina a cabeça sobre um ombro, lê lombadas de livros, depois retira um, folheia, um outro, folheia, este durante um longo tempo, em seguida recoloca todos no lugar certo.

— São todos, sem exceção, livros sobre medicina — diz Elisa Kirschbaum.

— Estou vendo.

— Recebemos permissão para isso — diz ela. E, como Preuss segue adiante, sempre observando outros: — Talvez o senhor queira vê-la, não?

— Não, obrigado.

Ele encontra um livro que o agrada em especial, senta e ocupa-se como ele. Medicina legal.

Ou Meyer se levanta de repente, lança-se em direção a uma porta, olha para uma cozinha vazia, volta a se acalmar, senta.

— Podia ser — ele explica a Preuss, que continua lendo.

Ou Meyer se levanta outra vez, agora sem pressa, vai até a janela, olha para baixo. Vê duas mulheres, que arrastam as duas crianças do carro para o prédio em frente, vê um rosto atrás de cada vidraça desse prédio, o uniformizado está ao lado do carro, entediado.

— Pode demorar mais — grita Meyer para ele. Em seguida volta a sentar, como foi dito, por meia hora.

Ou Elisa Kirschbaum vai até a cozinha, ouve-se que ela manipula apetrechos, volta com uma bandeja. Dois pratos, duas xícaras, facas, garfos, colheres de chá, dois guardanapos de pano. Ela põe a mesa, Preuss quase não tira os olhos do livro, diferente de Meyer, que cada vez suporta menos a situação. Preuss quase não tira os olhos do livro, ele diz:

— Deixe-a.

O professor chega cerca de meia hora depois. Ouve-se sua tentativa de enfiar a chave na fechadura, há uma segunda chave enfiada por dentro, Meyer esmaga o cigarro no cinzeiro. Preuss põe o livro em cima da mesa, entre os pratos. Elisa Kirschbaum abre a porta.

O professor pára assustado na porta, não é nenhuma grande dissimulação, se não se estivesse totalmente despreparado, o carro estava lá embaixo, na frente do prédio. Contudo, esperava-se mais uma relação com Heym, na verdade, não se esperava, supunha-se, só não se esperava nenhuma relação consigo mesmo, em vão. Preuss se levanta.

— Temos visita — diz Elisa Kirschbaum. Ela tira da mesa o livro de medicina legal, coloca-o na estante, fecha o vidro. Com um pano, que retira do bolso do avental, esfrega algumas manchas de dedos.

— Professor Kirschbaum? — Preuss pergunta enfim.

— Sim?

— Meu nome é Preuss — e depois olha para Meyer.

— Meyer — grunhe Meyer.

Abdicam dos apertos de mão, Preuss pergunta:

— O senhor conhece Hardtloff?

— O senhor se refere ao chefe da Gestapo?

— Refiro-me ao comandante de batalhão Hardtloff. Ele o está convidando à sua presença.

— Ele me convida à sua presença?

Nesse momento até mesmo Elisa Kirschbaum fica desconcertada, a propósito Meyer também, convida à sua presença, todo o tom que se usa aqui, essa farsa. Preuss diz:

— Sim. Ele teve um enfarte hoje pela manhã.

O professor senta, olha perplexo para a irmã que, nesse meio tempo, fica parada como uma pedra, Hardtloff teve um ataque cardíaco hoje pela manhã.

— Não estou entendendo direito.

— O senhor deve ir examiná-lo — diz Preuss. — Embora eu possa imaginar que o senhor não se sensibiliza muito com o sofrimento do senhor comandante de batalhão. Não existe nenhuma razão para o senhor se inquietar.

— Mas...

— Mas o quê? — pergunta Meyer.

Outro olhar para a irmã, durante a vida inteira ela deu um jeito nas situações desagradáveis, com seu sangue-frio, com sua clareza, com sua agudeza implacável, ela o afastou de todo e qualquer estorvo, por isso um último olhar para ela.

— *Dis leurs que tu n'en as plus l'habitude* — ela diz.

— O que é que essa aí disse? — Meyer pergunta a Preuss, levantando-se.

— Ouçam, por favor — diz o professor. — Isso que os senhores exigem de mim é impossível. Como médico, em hipótese alguma eu poderia me responsabilizar por, depois de tanto tempo... A propósito, há mais de quatro anos que não trato de nenhum paciente.

Preuss fica admiravelmente sereno, põe a mão tranqüilizadora no ombro do lutador Meyer, missão especial, em seguida se aproxima a uma distância perturbadora do professor. Seus olhos expressam censura, porém não de uma maneira inamistosa ou mesmo irritada, e sim compassiva como se quisessem chamar uma pessoa insensata à razão antes que fosse tarde demais. Enquanto ele diz:

— Quase receio que o senhor não tenha me entendido direito, senhor professor. Nós não viemos aqui para lhe fazer um pedido. Por favor, não nos crie problemas.

— Mas eu já lhes disse...

— O senhor precisa levar alguma coisa? — pergunta Preuss decidido.

Então finalmente o professor compreende que não precisa mais procurar objeções, aqueles dois não estão determinados a testar suas artes persuasivas. A relativa amabilidade deste Preuss é seu toque pessoal e não dá direito a coisa alguma. Portanto, ele se esquece de todos os *se* e *mas*, pousa os olhos na irmã. Ser tão inacessível e tão solene quanto ela, pelo menos isso, pelo menos agora, durante toda a vida ela foi admirada por esse motivo, muito mais do que temida, muitos a chamavam de maluca. Às duas criaturas alemãs não será oferecido nenhum espetáculo de desmoronamento, perguntou-se se ele precisava levar alguma coisa, ele não cairá de joelhos diante deles, apenas como Elisa está em pé! Não dá para imitar a pose logo de primeira, mas se podem encontrar movimentos bem triviais, uma cara tipo quarta-feira, como se estivessem sucedendo fatos totalmente habituais, um dignitário é reconhecido, ele deve ser considerado como tal, o insignificante de costume.

— E então, nos entendemos bem? — pergunta Preuss.

O professor se levanta, há portas abaixo da estante de livros, ele abre uma, procura sua bolsa de couro, arredondada e marrom, a maleta de médico.

— Está no armário — diz Elisa Kirschbaum.

Ele tira a maleta do armário, abre-a, examina seu conteúdo, em seguida a estende para Preuss, que não perde tempo verificando-a.

— Utensílios médicos.

— Está bem.

Elisa Kirschbaum abre o armário pela segunda vez, um cachecol, ela o estende ao irmão.

— Não preciso dele. Está quente lá fora — ele diz.

— Você precisa — diz Elisa Kirschbaum. — Você não sabe o frio que faz depois das oito.

Ele enfia o cachecol na maleta, Meyer abre a porta, a despedida está iminente.

— Até a vista, Elisa.

— Até a vista.

É assim que é uma despedida.

Depois, na frente do prédio, eles entram no carro, com toda certeza segundo uma ordem previamente determinada Preuss e o professor atrás, Meyer na frente, ao lado do uniformizado. Elisa Kirschbaum está na janela, a rua inteira está na janela, mas apenas uma está aberta. O carro faz a curva de uma arrancada, derrapando no meio-fio, uma nuvem azul-clara se move por segundos. No fim da rua ele vira à esquerda, na direção de Hardtloff.

Preuss apanha uma cigarreira prateada e pergunta:

— O senhor quer?

— Não, obrigado — diz Kirschbaum.

Meyer balança a cabeça, sem se virar olha de soslaio para o uniformizado, o que este acha da farsa?, este apenas arreganha um sorriso para a frente. Preuss espreita os dois no retrovisor, Kirschbaum não, ele está sentado como se cada movimento fosse uma pena.

— Pode colocar sua maleta no chão — Preuss diz. — Ainda falta um bom pedaço.

— Quanto tempo mais ou menos?

— Ora, uns trinta minutos.

Kirschbaum conserva a maleta no colo.

Chega-se ao portão do gueto, pára-se, Meyer arria o vidro. Uma sentinela enfia o capacete dentro do carro e pergunta:

— Mas que passarinho é esse que você tem aí?

— Não venha me dizer que você não o conhece! — Meyer grita. — Claro que ele é o famoso professor Kirschbaum!

Preuss estende um documento à sentinela e diz em tom bem formal:

— Abra o portão. Estamos com pressa.

— Sim, sim, não me leve a mal — diz a sentinela. Ele faz um aceno de mão para uma segunda sentinela, que abre a barreira e empurra o portão.

Seguem viagem, agora na parte livre da cidade, a imagem das ruas muda. Transeuntes sem estrelas amarelas saltam aos olhos de Kirschbaum, lojas com vitrines, não tão abarrotadas assim, no entanto os clientes entram e saem, e sobretudo árvores à margem das ruas, penso eu. O Imperial no mercado novo está passando um filme alemão. Vez por outra um carro vindo na direção contrária, um bonde, soldados em farda de passeio de braço com duas garotas. Kirschbaum olha com moderação, interessado, as imagens não podem lhe explicar muita coisa, não conseguem trazer nenhuma lembrança, como no caso de Jakob, por exemplo, pois esta não é a sua cidade.

— Se estou certo, no fundo o senhor deveria estar muito contente por, finalmente, voltar a pôr as mãos num paciente — diz Preuss.

— Posso saber como os senhores chegaram até minha pessoa?

— Não foi difícil. O médico particular de Hardtloff não teve outro conselho a dar, ele exigiu que se consultasse um especialista. Mas vá encontrar um especialista nesses tempos. Consultamos a relação dos habitantes e, assim, deparamos com o senhor. O médico particular o conhece.

— Ele me conhece?

— Claro que não pessoalmente. Apenas de nome.

Chegam aos bairros melhores, os prédios ficam mais baixos, isolados, mais verde, mais árvores também. Kirschbaum abre a maleta de couro, retira um tubinho, desatarraxa-o, joga dois comprimidos na palma da mão. Olhares interrogativos de Preuss.

— Contra azia — Kirschbaum explica. — Quer um também?

— Não.

Kirschbaum engole os comprimidos, fecha o tubinho, recoloca-o na maleta, volta à mesma posição.

— Está se sentindo melhor agora? — pergunta Preuss após um breve espaço de tempo.

— Eles não agem tão rápido assim.

Saem da cidade, outra fiscalização, de uma certa maneira estão indo para o campo, Hardtloff procurou um lugarzinho discreto. Matas de bétulas em ambos os lados, Preuss diz:

— Naturalmente que o senhor será levado de volta quando tudo estiver terminado.

Agora Kirschbaum coloca a maleta no chão, a viagem inteira ela ficou no colo e agora, tão perto do objetivo, ela vai para chão, ele se recosta ofegante.

— Se agora o senhor me desse um cigarro.

Preuss lhe dá um cigarro, fósforo também, mencionemos outra vez a perplexidade não-resolvida de Meyer. Kirschbaum sofre de um leve acesso de tosse, logo se acalma, joga pela janela o cigarro fumado até a metade.

— Por outro lado, posso compreender parte de suas objeções — é assim que Preuss retoma o fio de uma conversa que se acreditava de há muito perdido.

— Não tenho mais nenhuma objeção — Kirschbaum diz.

— Tem, tem sim, posso vê-las no senhor. Sua situação não é lá muito invejável, eu compreendo. Se o senhor conseguir salvar o comandante de batalhão, não gozará da simpatia de sua própria gente. E se não conseguir...

Preuss interrompe sua análise por inteiro concisa, o resto seria falta de tato, além de supérfluo, com a parte revelada Kirschbaum já entenderá o valor atribuído à continuação da vida de Hardtloff. Meyer se vira para trás pela primeira vez durante a viagem, seu rosto não esconde que ele também conhece a continuação da conversa de Preuss, não esconde sobretudo o que ele acha dessa continuação, pode-se dizer que é com essa intenção que ele se vira por um momento. Kirschbaum não lhe dá atenção, parece estar suficientemente ocupado consigo mesmo. Preuss tenta mais uma, duas frases sem importância, todavia Kirschbaum não está mais interessado.

Então chegam diante da vila de Hardtloff. Uma entrada através de um parque viçoso, canteiro de flores com um aquário ressecado, tudo um pouco descuidado, mas faustoso, muito suntuoso.

— Chegamos — Preuss diz ao ainda ausente Kirschbaum e salta do carro.

O médico particular se apressa escadaria abaixo, um homem baixo e calvo, de botas reluzentes e jaqueta de uniforme com os botões abertos, de aparência tão descuidada quanto a do jardim. Sua pressa indica preocupação ou medo, é possível que seja medo, a responsabilidade ali é dele. Pela saúde de Hardtloff e, como já ouvimos, pela ousada experiência de hoje. Ele grita já dos degraus superiores:

— Piorou de novo! Onde vocês ficaram tanto tempo assim?

— Tivemos que esperar, ele não estava em casa — responde Preuss.

— Rápido, rápido!

Como no carro nada se mexe, Preuss abre a porta do lado de Kirschbaum e diz outra vez:

— Chegamos. Por favor, queira saltar.

Mas Kirschbaum está sentado como se ainda não houvesse concluído seus pensamentos, nem ao menos vira a cabeça para Preuss. Insubordinação tardia ou a distração proverbial dos sábios, imagina-se que numa ocasião pessimamente escolhida, seja lá por que for, eles ficam impacientes, Meyer já sabe o que se deveria fazer.

Preuss agarra o professor pelo braço, diz em voz baixa:

— Não crie dificuldades — correto até o último momento, ele o puxa para fora, com delicada força.

O desembarque de Kirschbaum se realiza de modo surpreendente, ele escorrega lentamente na direção de Preuss, que se assusta e não consegue segurá-lo, Kirschbaum cai no solo descuidado.

— O que está acontecendo?

O médico particular se mete entre os dois, inclina-se sobre o paciente judeu, sem nenhum esforço chega a um diagnóstico inequívoco.

— Mas este homem está morto!

Não diz mais nada a Preuss, nada mais nesse meio tempo, Preuss retira a maleta de couro do carro. Arredondada e marrom, a maleta de médico usual. "O senhor precisa levar alguma coisa?" "Utensílios médicos." "Está bem." Talvez somente então ele tenha tido a idéia. Preuss abre a maleta, encontra o tubinho entre todas as trilhas. Entrega ao médico particular.

— Contra azia — diz Preuss.

— Idiota — diz o médico particular.

Agora a explicação, a anunciada.

Esta, no fundo, é supérflua, mas imagino que muitos, desconfiados, perguntarão como eu consegui entrar no carro. Contudo, há poucas chances de ter sido via Kirschbaum, portanto em que lugar meu informante sentou?, e muitos perguntarão com razão desse seu ponto de vista.

Claro que eu poderia responder que não sou um explicador, eu conto uma história que nem eu mesmo compreendo. Eu poderia dizer: sei por testemunhas que Kirschbaum entrou no carro, averigüei que ele estava morto no final da viagem, o trecho do meio posso narrar mais ou menos assim, é inimaginável que tenha acontecido de outra forma. Mas isso seria uma mentira, pois o trecho do meio pode ser contado de uma maneira totalmente diferente, chego ao ponto de afirmar: de uma maneira bem diferente desta. E essa circunstância é, suponho, o verdadeiro motivo para a minha explicação.

Assim: algum tempo depois da guerra eu viajei até o nosso gueto, durante minhas primeiras férias. Meus poucos amigos me desaconselharam, a viagem só serviria para me estragar todo o ano seguinte, as lembranças são uma coisa e a vida é outra. Eu lhes disse que eles estavam certos e viajei. O quarto de Jakob, o quartel, a Kurländische, o quarto de Mischa, o porão, examinei tudo com a maior calma, medi, testei ou simplesmente olhei. Também estive no bar de Jakob, um sapateiro se instalara provisoriamente ali, ele me disse:

— Até eu encontrar algo melhor.

Pareceu-me que, de alguma maneira, sob o couro havia um cheiro de queimado, mas o sapateiro não sentiu. No penúltimo dia de minhas férias, ao fazer as malas, eu refleti para ver se não havia esquecido alguma coisa, com toda probabilidade eu jamais iria retornar àquela cidade, e nesse momento ainda dava tempo para algo esquecido. A única coisa que me ocorreu foi a viagem de carro de Kirschbaum, contudo esta me pareceu de difícil comprovação, além disso achei que não seria tão significativa para a história responsável por tal viagem. Entretanto, à tarde fui até o comando russo, provavelmente por tédio ou por não ter encontrado nenhum restaurante aberto.

O oficial de serviço era uma mulher de cerca de quarenta anos, com patente de tenente. Contei-lhe que havia estado no gueto, que meu pai e Kirschbaum foram amigos íntimos antes da guerra, que por isso eu me interessava pelo destino de Kirschbaum. Provoquei assim uma verdadeira ação da Cruz Vermelha. Em seguida expliquei a relação entre Kirschbaum e Hardtloff, eu sabia apenas que Kirschbaum entrara no carro, mais nada, e esta era a verdade. Os dois homens que o teriam ido buscar deviam se chamar Preuss e Meyer ou algo parecido. E se ela me poderia dizer pelo menos alguma coisa sobre os dois, mesmo que nada soubesse do paradeiro do professor, isso seria talvez um ponto de partida. Ela anotou os nomes e me pediu para voltar em duas horas.

Duas horas mais tarde fiquei sabendo que Meyer fora fuzilado por guerrilheiros durante um ataque noturno, poucos dias antes da chegada do Exército Vermelho.

— E o outro? — eu pergunto.

— Tenho aqui seu endereço na Alemanha — disse ela.

Eu já estava querendo esticar a mão para pegar a folha de papel, quando ela me encarou apreensiva e disse:

— Você não tenciona fazer nenhuma besteira?

— Não, não, o que a senhora está pensando? — eu disse.

Ela me deu a folha, eu olhei o endereço e disse:

— Isso vem a calhar. Agora também eu moro em Berlim.

— Você ficou na Alemanha? — ela perguntou admirada. — Ora, por quê?

— Eu também não sei — eu disse de acordo com a verdade. — Simplesmente aconteceu assim.

Preuss morava em Schöneberg, que fica em Berlim Ocidental. Mulher simpática e dois filhos, falta um braço à mulher, viajei até lá numa tarde de domingo. Quando toquei a campainha me abriu a porta um homem alto, de cabelos castanhos e boa aparência, pouco mais velho que eu.

— O que o senhor deseja? — ele perguntou.

— O senhor é o senhor Preuss?

— Sim?

Eu disse:

— Desculpe o aborrecimento. Eu poderia lhe falar por poucos minutos?

— Tenha a bondade — ele disse, conduziu-me à sala de estar e, depois de alguma confusão, mandou as crianças saírem. Na parede estavam penduradas uma reprodução de *Mãos*, de Dürer, e a fotografia de uma menina pequena com um crepe. Ele me convidou a sentar. Eu lhe disse meu nome primeiro, fazendo-o prestar atenção, embora, claro, isso não quisesse dizer nada de concreto para ele. Significou mais a pergunta: se era correta a informação de que ele teria trabalhado para Hardtloff. Pude notar que ele empalideceu antes de perguntar em voz baixa:

— Foi por isso que o senhor veio aqui?

Eu disse:

— Venho por causa de uma história. Para ser mais exato, por causa de uma lacuna nessa história, a qual talvez o senhor possa preencher.

Ele se levantou, pôs-se a revirar um armário, achou logo o que procurava e colocou um pedaço de papel em cima da mesa, na minha frente. Era um documento de desnazificação, com carimbo e assinatura.

— O senhor não precisa me mostrar isso — eu disse.

Mesmo assim ele deixou o papel ali, na minha frente, até que eu terminasse de ler, em seguida ele o recolheu, dobrou e tornou a trancá-lo.

— Posso lhe oferecer alguma coisa? — perguntou ele.

— Não, obrigado.

— Talvez uma xícara de chá?

— Não, obrigado.

Ele chamou:

— Ingrid! — sua mulher entrou, via-se claramente que ela ainda não se acostumara com a ausência do braço. Ele disse: — Esta é a minha mulher.

Eu me levantei e nos demos a mão.

— Poderia fazer o favor de ir lá embaixo pegar o garrafão cheio de cerveja? Sebald me prometeu dois litros para o fim de semana — ele disse à mulher.

Quando ela tornou a sair eu disse:

— O senhor se lembra de um certo professor Kirschbaum?

— Oh, me lembro — disse ele de imediato. — Lembro-me muito bem.

— O senhor foi buscá-lo para que ele examinasse Hardtloff, não? Junto com um certo Meyer?

— É verdade. Meyer foi apanhado algum tempo depois.

— Eu sei. Mas o que foi feito de Kirschbaum? Ele foi fuzilado depois que Hardtloff veio a morrer?

— Mas de onde o senhor tirou isso? Os dois nunca se encontraram.

Encarei Preuss, assombrado, e perguntei:

— Ele se recusou a examiná-lo?

— É, pode-se dizer assim também — disse ele. — Ele se envenenou no carro. Durante a viagem, diante dos nossos olhos.

— Envenenou-se? — perguntei e ele notou que eu não estava acreditando.

— Posso lhe provar — ele disse. — O senhor só precisa ir até Letzerich, ele confirmará cada palavra minha.

— Quem é Letzerich?

— Era o motorista de então. Esteve presente o tempo todo. Infelizmente não sei seu endereço, sei apenas que ele era de Colônia. É claro que deve haver alguma forma de conseguir o endereço.

Eu lhe pedi para me descrever os detalhes dessa viagem, o resultado é conhecido. Demorou bastante, nesse meio tempo sua mulher nos trouxe a cerveja, eu bebi um copo, tinha um sabor horrível. Quase não o interrompi, já que ele se envolveu na descrição dos detalhes. Deu uma importância especial ao fato de Kirschbaum também lhe ter oferecido seus comprimidos.

— E, de fato, às vezes eu tinha azia, e não eram tão raras assim. Imagine só se eu tivesse aceitado um deles!

— Foi uma tentativa de assassinato em massa — eu disse.

Ele seguiu contando, saída da cidade, o último trecho da viagem, o último cigarro, os olhares significativos de Meyer, até a frente da vila, até a chegada do médico particular, até Kirschbaum cair morto no chão à sua frente. Contou como, de repente, compreendeu o que acontecera, que ele retirou a maleta do carro, entregou o tubinho ao médico particular e este disse: "idiota".

Ficamos calados algum tempo, ele deve ter suposto que eu estava muito abalado, mas eu pensava nas perguntas que ainda podia fazer. Ele contara muito bem, sem lacunas e com expressividade, eu também descobri as razões evidentes pelas quais ele se recordava tão bem dessa viagem.

No final Preuss quis porque quis me confiar o que ele pensava hoje dessa funesta época, lavar da alma toda essa mancha conversando com uma pessoa sensata, contudo eu realmente não fora para lá com esse objetivo. Eu disse que de qualquer modo já demorara demais ali, que ainda tinha o que fazer, ele também com certeza, levantei-me e agradeci por sua boa vontade.

— E tome nota do nome para o caso de querer averiguar — ele disse. — Egon Letzerich. Colônia do Reno.

No corredor encontramos sua mulher, que levava as crianças para o banheiro. Elas já estavam com as calças do pijama, desnudas da cintura para cima.

— E então, como se diz? — Preuss disse a elas.

Ambas me deram a mão ao mesmo tempo, fizeram reverências e disseram:

— Até a vista, tio.

— Até a vista — eu disse.

Os três desapareceram no banheiro, Preuss não se deixou dissuadir de me levar até a porta do prédio. Para o caso de já estar fechada.

A porta do prédio ainda estava aberta. Preuss saiu à rua na minha frente, respirou fundo, abriu os braços e disse:

— Vai ser maio de novo.

Tive a impressão de que ele estava um pouco bêbado, de qualquer forma ele tomara dois litros, menos um copo, de cerveja morna.

— Ah, sim — eu disse —, o que houve com a irmã dele naquela época?

— A irmã de Kirschbaum? Nada tivemos a ver com ela. Eu a vi apenas nessa visita. Houve mais alguma coisa?

Quando eu quis me despedir definitivamente, ele disse:

— Você também responderia uma pergunta minha?

— Claro — eu disse.

Ele hesitou durante alguns momentos antes de perguntar:

— Como soube o meu endereço?

— Através do serviço secreto inglês — eu respondi.

Em seguida fui embora.

Hardtloff está morto, morreu de coração fraco, a notícia chegou até nós na estação. Deve ter acontecido na noite passada, ontem à tarde, quando saímos da estação, a bandeira estava frouxa no mastro, na posição habitual, quando chegamos ao trabalho hoje pela manhã ela ondulava alegre a meio mastro, portanto em algum momento nesse meio tempo. A bandeira em si é apenas um vago ponto de referência, ela nada mais revela a não ser que alguém do alto escalão nos deixou, sem dizer nomes. O nome quem disse foi uma sentinela, na verdade para uma outra sentinela, no decorrer da manhã Roman Schtamm ouviu a elucidativa conversa. Ele chegou a uma pilha de caixas, sem nenhuma intenção condenável, os dois estavam atrás conversando sobre a morte de Hardtloff, foi um acaso feliz. Roman se demorou mais do que de hábito a erguer a caixa e só conseguiu quando as duas sentinelas mudaram de assunto.

Nesse meio tempo cada um de nós sabe por quem sopra a bandeira a meio mastro, Roman não viu nenhum motivo para guardar segredo. Pode-se dizer que recebemos a novidade com sangue-frio, dificilmente alguma coisa mudará para nós. Se alguma vez algo mudar não será pela morte de Hardtloff, não obstante se pode imaginar coisa pior. Jakob é o único a lamentar que Roman Schtamm e não ele tenha ouvido a conversa das sentinelas, o infortúnio do comandante de batalhão teria rendido um esplêndido comunicado radiofônico. Não somente pelo conteúdo. Teria sido o primeiro comunicado que as pessoas não precisariam aceitar de boa fé, qualquer um teria a possibilidade de comprovar sua exatidão com os próprios olhos e sem nenhum esforço, a confirmação estava pendurada no mastro desde manhã. Não teria o menor sentido lhes contar agora que a morte de Hardtloff fora anunciada no noticiário matinal, o que passou passou, os rádios são orgulhosos, não saem mancando atrás dos acontecimentos.

Quando o apito trila ao meio-dia em ponto, Jakob se separa em definitivo desses belos pensamentos. O carrinho com os pratos de metal é trazido, nós formamos a habitual fila imaculada.

Alguém atrás de Jakob pergunta em voz baixa:

— Você voltou a ouvir ontem à noite?

— Ouvi — diz Jakob.

— Eles também disseram alguma coisa sobre Hardtloff?

— Besteira. Você acha que eles se ocupam com essas bobagens?

Alguém na frente de Jakob pergunta:

— Afinal, qual a estação que você ouve?

— A que aparecer — diz Jakob. — Moscou, Londres, Suíça, também depende do clima.

— As estações alemãs nunca?

— Para quê?

— Às vezes você também ouve música?

— Raramente — diz Jakob. — Só quando estou esperando o noticiário. Afinal, não tenho o rádio para o prazer.

— A coisa que eu mais gostaria na vida era de voltar a ouvir música. Qualquer coisa — diz alguém à frente do que está na frente de Jakob.

O caldeirão da sopa se fez esperar por um longo tempo, mas palavra de honra como a fila está reta. As pessoas estão sempre corrigindo alguma assimetria, mesmo aquelas quase imperceptíveis, porém desta vez isso não traz o caldeirão. Em vez disso, abre-se a janela da cumeeira da casa de pedras, uma mão ordena calma, uma voz grita de cima, como se fosse o amado Deus em pessoa, furioso:

— Dez minutos de intervalo! Hoje não tem almoço!

O carro dos pratos é levado embora, a fila faminta se dispersa pelo terreno. As colheres são enfiadas limpas nos bolsos, pragas escassas, imprecações e olhares irritados, os russos já lhes mostrarão uma coisa, seus cães.

Kowalski pergunta perto de mim:

— Não recebemos nenhuma comida porque Hardtloff está morto?

— É claro que sim — eu digo.

— Se querem saber a minha opinião — diz Kowalski —, até que vale a pena.

O que ele colhe não é bem uma explosão de risos, nada de almoço, é um golpe certeiro, de uma certa forma um soco no estômago. Mas Kowalski tenta de modo simpático, com um outro gracejo despretensioso:

— Imaginem vocês se, cada vez que um de nós batesse as botas, os alemães não recebessem nada para comer. Seria uma bela fome!

Uma pena.

Na caminhada para o lugar onde vai passar os dez minutos Jakob é seguido por um pequeno enxame de judeus fiéis, Kowalski se junta ao grupo antes que se comece a sentir sua falta. Jakob sabe que estão atrás dele, não tem comida, portanto uma palavra sua deve fornecer o substituto. Ele vai até um vagão vazio, ali todos encontram um lugar para sentar, atenção que de há muito se tornou um hábito. Jakob não está lá muito à vontade, ele tencionava descansar um pouco dos lauréis de ontem, da liberação da cidadezinha de Tobolin. O major Karthäuser colocara sua enfática rubrica na parte de baixo do documento de capitulação com a nossa participação entusiástica, a fortaleza caíra, mas isso foi ontem. Ninguém podia supor como o dia seguinte seria repleto de carência, Jakob senta despreparado no meio de sua comunidade.

De repente, foi-me relatado, eles estão sentados lá e o encaram, pois daqui a pouco ele deve começar o informe, então lhe vem um mau pensamento, desalojando Tobolin e todas as vitórias. De repente fica claro para ele que, hoje, duas notícias penetraram na estação, embora apenas uma tenha sido percebida logo, Hardtloff. A outra, a pior, ficou despercebida embora pairasse límpida e clara no ar, faltou apenas um pouco de esforço.

— Infelizmente a notícia não é tão boa assim — disse Jakob pensativo.

— De qual você está falando?

— De Hardtloff ter morrido.

— Você se importou com ele? — escarnecem.

— Com ele não — Jakob diz. — Mas com Kirschbaum.

Infelizmente as opiniões são divididas, não é fácil uma conexão forçosa, a maioria compreende sem outros esclarecimentos. A relação não é que um médico judeu possa sobreviver ao seu paciente ariano, neste caso especial, em absoluto.

— Que Kirschbaum? — pergunta alguém, não se pode conhecer a todos.

Explicam-lhe, uma grande cabeça, na época uma celebridade no setor do coração, vizinho do Jakob aqui, foi buscado para curar Hardtloff. Depois, o luto silencioso bem tardio pelo professor, os dez minutos se passam sem perguntas nem informes de sucessos, Jakob desejaria uma outra manobra, diversionista. Ele sente vontade de dar algum consolo qualquer, não se podia deixá-los tão famintos assim, vem-lhe à cabeça por um segundo a velha história dos planos secretos alemães, caídos nas mãos dos russos na fortaleza de Tobolin. Mas o Apito o poupa a essa tolice terminando da maneira habitual o almoço, que hoje está particularmente insípido.

Portanto, o dia transcorre sombrio, apesar da morte de Hardtloff, e continua assim. No meio do trabalho, aparece a carroça-pipa, puxada por dois esquálidos cavalos, sua imagem nos é familiar, bem como o ruído, que já é ouvido de longe. Em média ela vem a cada três meses, no verão mais raramente, no inverno, quando a terra está congelada, com maior freqüência, mas sempre às segundas-feiras. Sua visita se relaciona com a casinha com o coração alemão, a qual pode prescindir dela por três meses, não mais, caso contrário transborda.

Na boléia está sentado um camponês da região, ninguém sabe como ele chegou a essa honra. Nós não conseguimos aturá-lo. Quando ele apareceu aqui pela primeira vez os alemães o proibiram de dirigir a palavra a qualquer um de nós, e ele segue rigidamente esta proibição. No início, muito antes do rádio de Jakob, nós tentávamos arrancar uma palavra dele, nós mesmos não sabíamos qual, um ínfimo detalhe qualquer lá de fora. Não haveria o menor perigo, mas ele ficava sentado na boléia, a boca fechada, calado e olhando de soslaio pra a sentinela bem distante, é provável que temesse por seu pescoço ou por seu estrume. Ou é um antisemita ou simplesmente um perfeito idiota.

Ele pára a carroça atrás da latrina. Um alemão sai da casa de pedras e se mete no meio das pessoas, todas agora terrivelmente ocupadas, desde que se ouviu o odioso barulho. Pois o trabalho para o qual somos procurados agora não é mais fácil que carregar caixas, depois dele se fica fedendo como a peste e somente ao chegar em casa é que se pode tomar um banho.

— Você, você, você e você — diz o alemão.

Schmidt, Jakob e dois desconhecidos vão rangendo os dentes para trás da casinha e começam o trabalho de merda. Pegam as duas pás e os dois baldes que estão pendurados do lado de fora de um vagão, Jakob e o advogado levantam a tampa da fossa. Depois jogam a coisa nos baldes com as pás, os dois outros despejam no tanque da carroça. A cara de nojo de Schmidt não torna o trabalho mais agradável, deve-se contar com umas três horas, na metade do tempo haverá uma troca, pás contra baldes.

— Você já fez isso alguma vez? — pergunta Schmidt.

— Duas vezes — diz Jakob.

— Eu nunca.

O camponês está sentado na boléia de costas para eles. Tira do bolso um pequeno pacote, papel-pergaminho, ele abre, pão e toucinho. Como complemento, o sol baixo, esquecido do mundo ele desfruta o almoço ou o lanche, os olhos de Jakob saem das órbitas.

O mais velho dos carregadores de balde suplica um pedaço, explica em voz baixa o que foi feito de seu almoço, só um pedacinho do pão, nem falar do toucinho. O camponês parece indeciso, enquanto trabalha com a pá Jakob observa como seus olhos simplórios esquadrinham a estação à procura dos guardas, nenhum dos quais se interessa pelos acontecimentos atrás da casinha de coração.

— Não tenha medo — diz o nosso homem. — Você nem precisa falar conosco. Basta deixar cair um pedaço de pão, você entende, por engano. Ninguém poderá culpá-lo.

Vou apanhar de forma que ninguém note nada... Está ouvindo? Ninguém, nem mesmo você notará!

— Você conseguiria comer com esse fedor? — pergunta Schmidt.

— Sim — diz Jakob.

O camponês torna a enfiar a mão no bolso, retira o papel-pergaminho, embrulha com todo cuidado o resto do pão e do toucinho, arruma-o. Ou está saciado ou de fato perdeu o apetite, só mais uma golada num cantil verde, ele enxuga a boca na manga suja da camisa.

— Filho da puta — é disso que ele é chamado, mas nem esse palavrão o faz mudar de idéia.

Pouco antes da troca Schmidt, que está com uma pá, torna-se nitidamente mais lento, no final ele pára e afirma não poder mais. Que tudo está girando diante de seus olhos, manchas negras, ele se recosta suando na parede dos fundos da latrina.

— É por causa da falta de almoço — Jakob diz.

Nada para ajudar Schmidt nesse sentido, enormes pérolas de suor rolam em seu rosto, ele tenta vomitar, nada sai contudo. Jakob enche um balde em seu lugar, termina o tempo dos carregadores, nenhuma solução.

— Você deve continuar — diz Jakob.

— Fácil falar — diz Schmidt ofegante, recostado e muito pálido.

— Ou você continua agora ou pode ir tratando de se deitar e morrer — diz Jakob.

O advogado Schmidt não está com a menor vontade de que isso aconteça, ele torna a pegar a pá e, com as pernas bambas, enche o balde que já espera há muito tempo. Ele geme, seu gesto parece uma tentativa desesperada, e os outros devem temer que ele sucumba. A pá remexe a superfície, não penetra fundo como deveria, depois é retirada semicheia, trabalho adicional para Jakob.

— A propósito, andei ouvindo alguma coisa a respeito do seu Sir Winston Churchill — diz Jakob em voz suficientemente baixa para que o camponês não possa ouvir mesmo aguçando os ouvidos ao máximo.

— De Winston Churchill? — diz Schmidt, fraco, é bem verdade, mas com grande interesse.

— Ele está resfriado.

— Algo de sério?

— Não, não, apenas uma coriza e coisas do tipo. Ele espirrou durante a metade da entrevista.

— Uma entrevista inteira?

— Uma breve.

— E o que ele diz? — Schmidt pergunta.

Jakob dá a entender que o lugar é pouco adequado para um puro bate-papo, as sentinelas do outro lado por enquanto estão interessadas em outras coisas. Mas dentro de três horas uma delas seguramente virá averiguar, até lá a fossa deverá estar vazia. O relato, portanto, somente quando puder ser disfarçado com o trabalho. Schmidt deve ter compreendido isso, a pá é forçosamente agarrada com mais firmeza, as gotas na testa continuam as mesmas, o que diz Sir Winston?

Jakob conta, a conversa no porão entre o repórter e o primeiro-ministro inglês ainda está grudada na memória, embora já não mais tão fresca. A situação no front oriental, sem dar nomes de cidades, em todo caso desesperadora para os alemães, estas são as suas palavras, um imenso buquê colorido de boas perspectivas. E Sir Winston se pode permitir um julgamento, de seu ponto de vista, você não acha? Claro que ainda existem dificuldades aqui e ali, eu lhe pergunto: qual a guerra em que tudo transcorre macio?

E também existem diferenças entre Schmidt e Lina que não são secundárias e devem ser consideradas. Não se está num porão à noite acompanhado de uma menininha, por diversão, digamos assim, ou por amor, se está à luz do sol, com o estudado Schmidt, cada palavra deve ser ponderada, dentro de três horas a fossa deve estar vazia.

Na manhã desse dia eleito para a marcha à capital de comarca Pry, os russos não irão chegar até ela, mas claro que se aproximarão um bom pedaço, assim quer Jakob. Na manhã desse dia promissor Mischa vê um pequeno grupo alvoroçado no caminho para o trabalho. Duas pessoas do grupo falam atabalhoadamente, apontando nesta e naquela direção, os outros ouvem atônitos, Mischa não quer passar sem conhecer os pormenores. Ouve-se então o nome de uma rua, a Franziskaner, Mischa agarra pelo braço o primeiro mais próximo, puxa-o para fora da confusão, ele deve lhe dizer, pelo amor de Deus, o que está acontecendo com a Franziskaner?

Isto lhe é contado em rápidas pinceladas, uma desgraça se abateu sobre ela, a Franziskaner é composta por três fileiras. Eles vão de casa em casa, há pouco estiveram na casa número dez, em poucas horas ninguém morará mais lá, terão ido para o campo de concentração ou qualquer outro lugar.

— E isso porque os russos já devem ter tomado Tobolin — diz o homem.

Mischa sai correndo dali, o destino da Franziskaner o comove não apenas no geral, mas porque a rua é totalmente especial, nela vive Rosa. O homem disse há pouco estiveram na casa número dez, quer dizer, há poucos minutos, a essa hora normalmente de há muito que Rosa deveria estar na fábrica. Mischa se recrimina por não tê-la simplesmente forçado a ficar com ele todas as noites, sobretudo a última. Ele irá até a porta de sua fábrica, a sentinela do portão não permitirá sua entrada, porém Mischa pode permanecer nas proximidades. Até o fim do trabalho, o próprio Mischa será uma sentinela, pois Rosa deve ser impedida de empreender o caminho de casa. Que Deus o livre apenas de ficar vigiando uma fábrica vazia o dia inteiro, se Rosa saiu de casa pontualmente deve estar lá, não resta nenhuma outra esperança. Mischa corre, ele mesmo não sabe por que tanta pressa, ainda falta muito para o fim do trabalho de Rosa, ele corre.

Em frente à sua fábrica, tecelagem de tijolos cinzentos, o mundo parece bem comum, Mischa se encontra do outro lado da rua, nenhum ser humano fora ele. Mischa se prepara para um longo dia, o qual, contudo, será bem mais curto do que o esperado. Uma moça judia sai da fábrica, Mischa se pergunta por que ela está saindo durante a jornada de trabalho, ela passeia desorientada pela calçada, passa por ele. Mischa fica indeciso, até ela quase chegar à próxima esquina, então ele vai atrás. Ela logo nota, vira a cabeça fazendo charme, uma vez e uma segunda vez, afinal de contas um jovem forte e de olhos azuis como esse é uma raridade no gueto, ainda por cima em plena luz do dia. Logo ela passa a andar mais devagar, não tem nada contra o fato de ser alcançada, o que também acontece, logo depois da esquina Mischa chega até ela.

— Queira me desculpar — diz Mischa. — Você trabalha nessa tecelagem?

— Trabalho — ela diz sorridente.

— Você sabe por acaso se Rosa Frankfurter ainda está lá dentro?

Ela pensa um segundo antes de dizer:

— Você é Mischa, não é verdade?

— Sou — ele diz. — Ela está lá dentro?

— Ela foi embora há alguns minutos. Disseram-lhe que hoje ela podia voltar para casa.

— Quanto tempo é isso: alguns minutos? — ele pergunta já com a voz estridente. — Quanto tempo exatamente?

— Talvez dez — ela responde admirada com a agitação repentina de Mischa.

De novo ele sai correndo, calcula febrilmente que deve dar para conseguir, caso os minutos sejam de fato dez. Dali até a Franziskaner Rosa precisa de apenas meia hora, passeando mais ainda, e é claro que ela não se apressará. Disseram-lhe que podia ir para casa, sem qualquer especificação dos motivos, os vagabundos, então não se precisa ter pressa. Mischa se vira outra vez, apressa-se de volta pelo mesmo caminho, um erro cometido por descuido deve ser corrigido, um erro imperdoável. A moça vem lentamente em sua direção e torna a sorrir.

— Eles também lhe mandaram para casa? — ele grita já de longe.

— Mandaram.

— Não vá para casa! Esconda-se!

Ele ainda a ouve perguntar:

— Mas por quê?

— Porque as pessoas da Franziskaner serão deportadas!

— Mas eu não vivo na Franziskaner. Moro na Sagorsker.

A complicada conversa lhe custa um tempo demasiado, portanto a Sagorsker também, Mischa lhe disse tudo o que sabe. Ela que compreenda, que salve a própria vida ou não, se for esperta ficará na frente da fábrica e dirá a todos que forem mandados para casa: "Não vá para casa, esconda-se, não importa onde você more!". Isso lhe passa pela cabeça quando Mischa já está correndo há muito tempo, atrás de Rosa. E que a Franziskaner e a Sagorsker nem sequer se tocam, no meio delas está situada a travessa Blumenbinder, que tem poucas casas, são sobretudo armazéns hoje vazios, mas alguns não. E ele procura Rosa em cada nova esquina, talvez ela nem ao menos esteja indo pelo caminho mais curto, talvez faça um passeio por causa do bom tempo e queira desfrutar o dia presenteado. Se estiver realmente passeando com toda certeza ele chegará na Franziskaner antes dela, Mischa poderá ocupar uma das extremidades e interceptá-la. Mas justamente apenas uma extremidade, a Franziskaner tem duas, qual você ocupará com tantas extremidades assim?, e a essa hora do dia você não encontrará ajuda por nenhum preço. Surge um novo brilho de esperança durante alguns momentos, Mischa aposta no instinto de conservação de Rosa. Tanto faz a extremidade em que ela apareça, Rosa verá o que está acontecendo com sua rua. Então dará meia-volta, irá correndo para a casa de Mischa, se esconderá no pátio e esperará até a tardinha, quando ele voltará com a chave. Todavia Mischa não confia muito nisso, ele a conhece muito bem, a louca Rosa não conseguirá se desvencilhar do amor paternal e maternal, essa coisa inútil de moças. Ela terá, quando muito, uma hesitação diante do espetáculo, em seguida correrá chorando para a sua ruína, ela correrá nessa direção, para onde seus pais estão e passariam muito bem sem ela, e nenhum ser humano poderá ajudar.

Toda a elucubração termina quando Mischa finalmente a encontra numa longa rua reta. Na avenida Argentinischen, cujas tílias foram cortadas com muito cuidado bem acima do solo, oferecendo por conseguinte um amplo campo de visão. A rua totalmente deserta, Mischa reconhece seu vestido marrom avermelhado quando este ainda é apenas um ponto, depois seu lenço de cabeça azul, seu modo de andar, lento, como fora previsto, Mischa pensa: mas que sorte!

Alguns metros atrás dela pára de correr, segue-a uns passos em silêncio, Rosa examina as velhas e lindas fachadas das casas, outrora uma região de comerciantes, Rosa passeia. Os últimos pensamentos antes de se deixar reconhecer seu comportamento deve ser inofensivo, ele está a caminho de sua casa, pois tomou conhecimento de que a fábrica lhe dera folga hoje. Nada de grandes preocupações, de sua boca não deve sair nenhuma palavra a respeito do destino da Franziskaner, caso contrário esse amor paternal ainda passará pela cabeça de Rosa.

Ele quer colocar a mão em seus olhos e mandar que adivinhe com voz disfarçada, seria um começo íntimo. Mischa nota que suas mãos estão grudando de suor, o rosto também, ele seca com a manga e diz com forçada desenvoltura:

— Puxa, como as pessoas se encontram!

Rosa se vira rapidamente, assustada a princípio, depois sorri, a moça mais linda sorri para Mischa. Rosa pergunta:

— O que está fazendo aqui?

— E o que você está fazendo aqui?

— Estou indo para casa — ela diz. — Imagine só, não fazia nem bem uma hora que eu estava na fábrica e recebi permissão para ir embora.

— E por quê?

— Não tenho a menor idéia. Eles simplesmente disseram que eu podia ir para casa. Alguns outros também, mas não todos.

— Comigo aconteceu a mesma coisa — diz Mischa.

— Também está de folga hoje? O dia inteiro?

— Estou.

— Ótimo — diz Rosa.

Ela lhe dá o braço, um transeunte disperso admira a felicidade amorosa dos jovens.

— Vamos à minha casa — diz Mischa.

— Mas por que você está justamente aqui?

— Por que eu queria buscá-la na fábrica. Quando eles me liberaram, eu pensei que talvez eles deixassem você também ir embora.

— É um rapaz esperto.

— Mas você tinha acabado de sair. Foi uma moça que me disse, uma bonitinha de cabelos ruivos.

— Foi Larissa — Rosa diz.

Eles vão à casa de Mischa, devagar, pois a direção não o preocupa, a Franziskaner se situa à esquerda. Rosa conta sobre Larissa, que muitas vezes conversou com ela a respeito de Mischa, claro que ele não ficará zangado com ela por causa disso, as duas costuram na mesma mesa e o dia é longo. Larissa é um lago tranqüilo mas fundo, as pessoas não devem se deixar enganar por seus olhos sonhadores. Ela, por exemplo, também tem um namorado, ele se chama Josef Najdorf, ela o chama de Jossele, trabalha na fábrica de ferramentas, Mischa não o deve conhecer. Eles vivem no mesmo prédio, Larissa tem mais a mãe e dois irmãos adultos, um dia aconteceu uma história engraçada com eles. Eles deram uma surra em Josef Najdorf quando o flagraram com a irmã no sótão, e em que ponto você acha? Quando se beijavam por toda parte, é claro, mas Larissa lhes contou uma história bem bonitinha. Nesse meio tempo eles ficaram mais calmos, entenderam que ela não era mais uma menina, Jossele tem permissão inclusive para visitá-la em casa de vez em quando, para uma conversa, entenda. E, de supetão, no mais belo da conversa, Rosa pára e pergunta:

— Mas por que é que eles nos deram um dia inteiro de folga?

— E como vou saber? — diz Mischa.

— Mas deve haver alguma razão, não?

Ele encolhe os ombros, tinha uma esperança de que Rosa não começasse com isso, ele ficaria devendo a resposta, mas Rosa tem razão, é esquisito.

— Será que isso tem algo a ver com os russos? — ela pergunta.

— Com os russos?

— Ora, sim. Eles podem estar sentindo que está chegando ao fim e querem se tornar rapidamente um pouco queridos, não? — diz Rosa. — Você não entende? Por causa de mais tarde.

— Talvez — diz Mischa, ele tampouco tem à mão uma explicação melhor.

À casa dele, portanto, em ritmo de passeio, Rosa se mostra faladora como nunca, de pura despreocupação. Mischa deixa que sua loquacidade flua sem obstáculos, Rosa ainda não esgotou sua munição com Larissa, Klara e Annette, e sobretudo com Nina, que também têm casos, e que casos!, mais adiante seu pai começa finalmente a ter tímidos pensamentos quanto ao futuro. Anteontem à noite ele pôs em cima da mesa um estranho papelzinho, diz Rosa. Nele estavam, divididos em três grupos, os papéis de teatro que correspondem às suas apresentações e que devem ser interpretados mais tarde, queira Deus, a direção o privou deles durante muito tempo. Rosa não conhece os detalhes, entende muito pouco de teatro para tal, mas eram no mínimo vinte.

Na porta da casa ocorre a Mischa um pensamento desagradável, nenhum trabalho significa nenhum almoço hoje, ele pergunta a Rosa se por acaso ela não trouxe os cartões de racionamento. Infelizmente estão em casa, Mischa pensa: ainda por cima isso. Será que ela não deve ir buscá-los rapidamente?, mas é claro que não, Mischa lhe entrega a chave, ele voltará logo, irá com seus próprios cartões.

Mischa é o único freguês da loja, em geral, depois do trabalho, a coisa nunca anda com uma espera inferior a meia hora.

— A essa hora? — pergunta Rosenek, o bem nutrido. O ponteiro de sua balança está sempre na mesma direção, levantando suspeitas, de imprecisão, somente ela pode tê-lo ajudado com essa barriguinha. É bem verdade que ele tenta ocultar o pequeno monstrengo com um avental largo demais, mas avental e Rosenek são descobertos, nenhum guarda-pó é grande demais para as bochechas caídas.

— Hoje o dia é de folga — Mischa diz.

— Folga? Que significa isso?

— Folga.

Mischa coloca os cartões de racionamento diante de Rosenek, em cima do balcão.

— Estamos apenas na terça-feira — diz Rosenek admirado, levado a pensar.

— Mesmo assim.

— Você deve saber.

Rosenek apanha um pão redondo numa gaveta cheia de farinha por trás, o qual não cheira tanto a pão como antes, coloca-o em cima do balcão, corta-o rangendo a faca de serra, vai em seguida à famosa balança, os pesos mentirosos em fila qual tubos de órgão.

— Pese direito, por favor — diz Mischa.

— Que quer dizer com isso? Eu sempre peso direito.

Mischa não se deixará arrastar para uma troca de palavras que não levará a nada, ele diz:

— Pese especialmente bem. Estou com visita.

— Visita? Como assim?

— Visita.

Rosenek abre seu coração, ele dá a Mischa a outra metade, a suposta outra metade, sem colocá-la na balança. Acompanham dois bolsos de batatas, pois Mischa nada leva consigo, um saco de farinha de grão-de-bico, lingüiça, mais no aspecto que no ser, e um pacotinho de café de cevada.

— Nos cartões está também um pouco de gordura — diz Mischa.

— É mesmo, está! Está também de onde devo tirá-la?

— Senhor Rosenek — diz Mischa.

Rosenek o encara como se estivesse diante da mais grave decisão de sua vida, você ainda vai acabar me matando, meu jovem, Rosenek pergunta:

— Você precisa do café?

— Nem tanto.

Rosenek persiste mais um pouco em sua pose de infeliz, no fim retira o pacotinho de café do balcão, dirige-se ao seu quarto, que é contíguo à loja. Quando retorna traz um pedaço de papel-pergaminho, à primeira vista parece apenas um pedaço de papel-pergaminho dobrado, mas depois se vê que há algo embrulhado nele. Gordura, a julgar pela sua expressão ele a cortou da própria barriga.

— Só porque é você — diz Rosenek. — Mas, pelo amor de Deus, não conte para ninguém.

— E por que haveria de contar? — diz Mischa.

Mischa sobe carregado, Rosa fica admirada com o que ele traz, ela abriu bem a janela.

— Caso contrário o sol pensa: não tem ninguém em casa e vai embora, é o que mamãe diz — explica Rosa.

Mischa arruma os presentes de Rosenek no armário, limpa a terra das batatas do bolso. Rosa o chama à janela, sua voz não agrada a Mischa. Ele se debruça ao lado de Rosa, aproxima-se um cortejo cinzento, ainda pequeno e descaracterizado. Ouve-se por enquanto apenas o latido dos cães, de vez em quando e inutilmente, pois ninguém dança para fora da fila.

— Que rua hoje? — pergunta Rosa.

— Não sei.

Ele a afasta da janela e fecha, contudo não pode impedir que Rosa permaneça atrás do vidro, à espera do desfile. Rosa diz:

— Deixe-me. Talvez haja conhecidos no meio deles.

— Está com fome? — ele pergunta. — Vamos fazer alguma coisa?

— Agora não.

Mischa se poupa a fazer outras ofertas. Sabe que Rosa responderá a tudo que ele puder propor nesse momento: ‘‘agora não’’. Apenas a força poderá afastá-la da janela, ridículo no fundo, pois ela não supõe quem poderá ver no meio do cortejo, mas faz uma idéia de que nesses acontecimentos não deve enterrar a cabeça na areia. Uma espécie de regra do jogo para Rosa, ela é assim. O mais fácil seria agarrá-la, jogá-la em cima da cama e começar a beijá-la, como se isso lhe ocorresse de repente. Mischa já dá o primeiro passo nessa direção, no segundo ele perde a coragem, pois Rosa o conhece muito bem, ela descobriria a mentira de imediato. Ela deve ser deixada lá até a última cena horripilante, ela não será poupada disso.

Mischa senta na cama, tenta parecer sereno, o que é totalmente indiferente, uma vez que Rosa olha fixo para fora. Encosta a testa no vidro, quanto mais perto mais visão terá do transporte, forma-se no vidro uma pequena mancha da respiração, Rosa respira de boca aberta como qualquer pessoa sobressaltada.

— Venha cá — diz ele.

Será que os idiotas tinham que escolher justamente a sua rua, não existem outras em quantidade suficiente?, Mischa tem vontade de se levantar e ir até o corredor ou, pelo menos, até a metade do quarto de Faingold, que um dia, claro que recuperou sua velha aparência após a intervenção de Rosa, o que fará ela? Os latidos dos cães tornam-se mais altos, embora interrompidos por um momento, ouvem-se passos, inclusive uma voz isolada que grita:

— Alegres! Alegres!

— Mischa! — diz Rosa em voz baixa.

— Mischa! — grita ela segundos depois. — Mischa, Mischa, Mischa, é a nossa rua!

Agora ele está atrás dela, parece que ainda não ocorreu a Rosa que seus pais devam estar no cortejo. Aos sussurros ela enumera nomes de vizinhos, que reconhece, cada qual leva algo na mão, uma bolsa, uma mala, um lenço cheio de pertences de valor. Mischa acha tempo para procurar os Frankfurter, descobre-os ainda antes dela, Felix Frankfurter está com o inevitável cachecol enrolado no pescoço. Seu passo lembra, de alguma forma, a esperança, sua mulher, um palmo mais baixa, anda ao seu lado, ela olha na direção de sua janela, afinal Mischa nunca foi um segredo.

Rosa ainda está enumerando nomes, os olhares de sua mãe dão o último impulso a Mischa. Ele abraça Rosa e a afasta da janela, quer colocá-la em cima da cama e mantê-la presa ali, mas nada disso acontece, os dois caem durante o trajeto, pois Rosa se defende. Ele deixa que Rosa o esmurre e arranhe e puxe seus cabelos, mantém-se apenas abraçado ao seu corpo, eles ficam deitados no chão durante uma eternidade. Rosa grita para que ele a solte, talvez não grite outra coisa vinte vezes a não ser:

— Solte-me!

Até que não se ouve mais nenhum passo, nenhum latido, os socos de Rosa se tornam mais fracos e cessam, enfim. Mischa a solta cauteloso, preparado para voltar a agarrá-la no momento seguinte. Mas Rosa continua deitada, imóvel, com os olhos fechados e a respiração pesada, como após um enorme esforço. Batem à porta e uma mulher do prédio pergunta se pode ajudar, parece-lhe ter ouvido alguém gritar.

— Não, não, está tudo em ordem — diz Mischa sem abrir a porta. — Obrigado.

Ele se levanta e abre a janela, caso contrário o sol pensa que ninguém está em casa e vai embora, como disseram, a rua está deserta e tranqüila. Mischa olha um longo tempo para fora, quando se vira Rosa ainda está deitada no chão, na mesma posição.

— Vem, levante-se.

Ela se levanta, Mischa tem a impressão de que não foi porque ele disse. Ainda não rolou nenhuma lágrima, ela senta na cama, ele não se atreve a lhe dirigir a palavra.

— Seu pescoço está sangrando — ela diz.

Mischa vai até ela, agacha-se à sua frente, tenta encará-la, porém Rosa desvia o olhar.

— Foi por isso que você foi me buscar — diz ela. — Você sabia.

Ele se assusta quando fica clara a recriminação que há em suas palavras. Ele gostaria de lhe explicar que não havia mais tempo para prevenir seus pais, mas no momento ela não aceitará nenhuma razão.

— Você os viu? — ele pergunta.

— Você não me deixou — diz Rosa e finalmente começa a chorar.

Mischa diz que também não os viu, que não os viu até o fim do cortejo, talvez eles tenham sentido o perigo a tempo e se puseram em segurança. Mischa sabe o quão ridículo é isso, após três palavras ele nota a inutilidade de sua mentira, mas insiste no que diz até o fim como planejado.

— Você os verá de novo, com toda certeza — ele ainda diz. — Jakob disse...

— Você está mentindo! — Rosa grita. — Todos vocês estão mentindo! Vocês falam e falam e nada muda!

Rosa se ergue de um salto e quer sair correndo, Mischa só consegue agarrá-la depois que Rosa escancarou a porta. No corredor, a mulher se levanta da altura do buraco da fechadura. Ela pergunta:

— Será que eu realmente não posso ajudar?

— Mas que droga, não! — grita Mischa, agora ele também está gritando.

A mulher se retira melindrada, é de supor que sua solicitude se tenha extinguido para sempre, pelo menos para os gritos daquela garganta. Em todo caso, Rosa volta a si com o surgimento de uma terceira pessoa, assim parece, ela retorna ao quarto sem que Mischa seja obrigado a forçá-la. Ele tranca a porta, tem medo do silêncio. Por essa razão, ele começa imediatamente a retomar a posse da improdutiva metade do quarto de Faingold, o armário para a parede, exatamente diante do enorme retângulo que ficou limpo no papel de parede, a cortina é arrancada do teto e recolocada na janela. Pois agora Rosa morará ali, isso pelo menos está claro.

— Você ouviu nos últimos tempos alguma coisa sobre as deportações? — pergunta Mischa.

— Não — diz Jakob.

— Eles evacuaram não apenas a Franziskaner. Estiveram também na Sagorsker e...

— Eu sei — diz Jakob.

Os dois dão mais alguns passos em silêncio a caminho de casa, vindos da estação, já se livraram de Kowalski na última esquina. Ele se absteve de fazer perguntas na presença de Mischa.

Faltam cinco pessoas na estação desde aquele dia, talvez até mais, mas é sentida a falta apenas dos cinco conhecidos. Jakob pensara que fossem cinco, contara com Mischa entre eles, pois no dia Mischa não fora ao trabalho, felizmente foi um equívoco.

— Como vai Rosa? — pergunta Jakob.

— Como podia estar?

— Como estão se ajeitando com a comida?

— Esplendidamente!

— Mas é claro que agora ela não pode ir buscar mais nenhum cartão, não?

— Olha só para quem você está dizendo isso!

— Será que ninguém do prédio poderia ajudar? Meu caso é parecido, com Lina. Kirschbaum sempre dava alguma coisa para ela.

— Já não acredito mais num final feliz — Mischa diz. — Agora eles percorrem rua por rua.

Jakob sente como se houvesse alguma recriminação oculta em sua voz.

— Pode ser — diz Jakob. — Mas reflita você mesmo. Os alemães estão em pânico! Os transportes são o melhor indício de que os russos devem estar bem próximos! Visto assim, eles são inclusive um bom sinal.

— Um belo bom sinal. Vá explicar isso a Rosa.

Rosa sai da residência numa tarde de tédio mortal e muito choro, embora Mischa lhe tivesse proibido rigorosamente. O melhor seria se ele a trancasse, mesmo que ela protestasse, Mischa só não o fez porque o banheiro fica no pátio.

Ela não tem nenhum objetivo determinado, só quer esticar as pernas depois de uma semana inteira de prisão. Rosa acha exagerados os perigos sobre os quais Mischa vive falando, não está mais segura em seu quarto do que em qualquer outra parte, também pode chegar a vez do prédio a qualquer dia. E quem haveria de reconhecê-la?, quase não tem conhecidos, as rondas de rua começam apenas no fim da tarde, na região do toque de recolher. Ademais, tudo isso lhe é indiferente, no fundo, e Mischa não precisa tomar conhecimento do passeio, Rosa não ficará fora muito tempo.

Não há que ser necessariamente a verdade, quando, mais tarde, num momento em que ele já estiver em casa há algum tempo diante dela Rosa contar que estava por acaso com a chave de sua casa. E que, de repente, sem querer mesmo, ela estava na Franziskaner, os pés tomaram esse caminho por hábito, diz ela.

A rua lhe parece irrealmente deserta, ela é evitada até mesmo como passagem, como se tivesse sido devastada pela peste. Rosa olha os quartos abandonados do rés-do-chão, nos quartos de pessoas que ela cumprimentava ainda alguns dias atrás descobre um garoto atrás de uma janela. Ele tem cerca de catorze anos, está ajoelhado diante de um armário aberto e, rapidamente, enfia numa mochila tudo o que consegue agarrar, louças, roupa de cama, uma calça, uma caixa de madeira, sem antes averiguar a utilidade de seu conteúdo. Rosa o observa petrificada, o único ser vivo além dela. O armário parece completamente vazio, mas a mochila ainda não está cheia, o garoto se levanta e olha procurando pelo quarto. Ao fazê-lo vê os olhos imensos atrás da vidraça, ele se assusta no primeiro momento, depois vê a estrela também no peito de Rosa, e em seu rosto se abre um sorriso convidativo. Provavelmente ele supõe uma concorrência inofensiva.

Rosa segue em frente apressada, ela se pergunta se alguém como aquele garoto, ela não encontra nenhuma outra palavra, um saqueador, já esteve nesse meio tempo também em sua residência. Ao pensar nisso Rosa não sente nenhuma raiva, contudo não basta apenas a compreensão, é desagradável para ela que exista uma segunda vida secreta atrás daquelas paredes, uma vida não-reconhecível à primeira vista, que aos poucos borra todos os vestígios.

Rosa abre em silêncio a porta de sua casa e espreita com o coração aos saltos. Gostaria de ter Mischa ao seu lado, talvez pudesse persuadi-lo, mas agora Rosa está ali sem ele. Nunca se pode ter certeza, porém após um longo tempo de silêncio ela supõe que não haja mais ninguém na casa além dela. Rosa sobe rápido os dois lances de escada e, antes de abrir a porta, olha pelo buraco da fechadura. Depois ela entra no quarto, que parece muito bem arrumado. O pó ainda não teve tempo suficiente para assentar, as quatro cadeiras estão dispostas em volta da mesa, em cima da qual há uma toalha amarela, com uma ponta pendendo em cada extremidade. A torneira pinga. Até agora não esteve ali ninguém com mochila, Rosa nota isso à primeira vista, e também que seus pais partiram sem nenhuma pressa.

A primeira coisa que procura é alguma notícia qualquer, somente agora ela tem a idéia, Rosa lembra que sua mãe nunca se afastou um segundo sem deixar recado. Mas dessa vez ela rompeu o antigo hábito, é evidente, pois não se encontra nenhuma folha de papel escrita, em que, aliás, somente poderia constar: ‘‘Não sei para onde, não sei por quanto tempo’’.

Em seguida Rosa procura mais uma vez, agora nenhuma notícia mais, simplesmente assim. Mischa me contou, Rosa é precisamente um ser sentimental, ela queria ter uma noção das coisas que seus pais tinham levado. É provável que ela chore abundantemente enquanto procura, falta a sacola de couro com quadrados brancos e marrons, e a mala de papel machê, nada mais em termos de receptáculos. Uma vez que Rosa conhece todo o inventário, no final da busca ela estaria em condições de fazer uma relação de tudo o que se levou. Também o álbum com fotos e resenhas, o livro da verdadeira vida de Felix Frankfurter.

Suas próprias coisas estão intocadas, sob elas os cartões de racionamento, uma parte já está vencida. Rosa os enfia no bolso, fora isso não há nenhum objeto a que ela seja especialmente afeiçoada. Ela se força a pensar de modo prático, há ainda uma pasta, nela Rosa enfia seu segundo vestido. Roupas brancas e meias, o casaco por último. Ao fazê-lo Rosa se admira por ser capaz de pensar até no próximo inverno. Com o casaco a pasta não pode ser mais fechada. Rosa quer vesti-lo, mas para isso ela precisaria arrancar a estrela do vestido e costurá-la no casaco. Assim, ela o enfia de qualquer modo na pasta e a amarra com o cinturão do casaco. Se ela encontrar o garoto na rua ele sentirá inveja de sua rica presa.

Rosa fecha com firmeza a torneira, já acabou ali. Quando sai deixa a chave enfiada na porta, para o garoto ou algum outro, como uma espécie de fecho de ouro.

— Pode tentar adivinhar dez vezes — Mischa me diz —, você não conseguirá saber aonde ela foi depois.

Rosa visita Jakob, a quem ela não conhece, exceto pelos relatos de Mischa, mas até que muito bem por eles. Desde Bezanika não houve nenhuma noite em comum na qual a conversa não girasse em torno dele, de seu rádio, de sua coragem, do avanço dos russos no front. À época, quando passou a primeira grande alegria pela notícia, Rosa perguntou por que esse Jakob só tinha começado agora a divulgar as notícias, afinal já viviam no gueto havia três anos e se ele tivesse um rádio escondido ele o tinha desde o início.

— É provável que os alemães tenham avançado o tempo inteiro até agora. Por acaso ele devia contar que a coisa piorava a cada dia? — respondeu Mischa, e a resposta soou convincente.

Portanto, Rosa está na frente da porta de Jakob, não por sede de vingança ou rancor pessoal, ela tenta se convencer. Certo que ele é simpático e amigável e quer o melhor, mas as promessas cotidianas que parecem alegres, e depois o quarto vazio na Franziskaner, aliás o quarteirão inteiro, ela perguntará como uma coisa combina com a outra. Ela questionará se é permitido despertar tais esperanças em sua situação, não me venha com esse rádio, ele pode contar o que quiser, basta apenas dar uma olhada em volta.

Rosa bate à porta várias vezes, em vão, por que não pensou antes que Jakob devia ir para casa mais ou menos à mesma hora que Mischa? A espera a deixa intranqüila, depois, quando ela estiver frente a frente com ele, sua cabeça estará como que vazia. Ela ainda poderia ir embora, talvez chegar em casa antes de Mischa, evitando assim qualquer aborrecimento, que caso contrário fatalmente ocorrerá. Quanto mais tempo espera mais claramente Rosa reconhece ter ido ali com as intenções mais nebulosas. Jakob sempre invocará seu rádio, não importando que recriminações ela lhe faça, Rosa esperava que todos sobrevivessem sãos e salvos o tempo inteiro, agora a coisa era diferente, visto à luz esse era seu único motivo. ''Ela joga mais rápido do que pensa'', dissera seu pai um dia, após uma partida de damas, seu pai. Ocorreu a Rosa a idéia de que talvez Jakob divulgasse notícias diferentes daquelas que ouvia em seu rádio.

Lá está Lina, no fim do corredor, recém-chegada da rua e de Rafael, ela vê uma moça com uma pasta abarrotada diante de sua porta e se aproxima curiosa. As duas se examinam um pouco, ambas ainda não nutrem nenhuma suspeita. Lina pergunta:

— Está procurando o tio Jakob?

— Estou.

— Ele deve chegar logo. Você não preferiria esperar aí dentro?

— Você vive aqui? — pergunta Rosa.

Em vez de dar uma resposta, Lina retira a chave de trás do marco da porta, abre, um movimento convidativo de mão, com um certo orgulho. Rosa entra hesitante no quarto, uma cadeira é empurrada imediatamente em sua direção, Rosa caiu nas mãos de uma atenta anfitriã. Lina também senta, as duas seguem se observando, com simpatia.

— Você é a Lina, verdade? — diz Rosa.

— Como você sabe meu nome?

— Através de Mischa — diz Rosa. — Vocês se conhecem bem, não?

— Claro. E agora eu também sei quem você é.

— Agora eu fiquei curiosa.

— Você é Rosa. E então?

As duas conversam sobre o que já sabiam uma da outra, aliás Lina ainda está zangada com Mischa, pois ele não a visitou nem uma única vez o tempo todo em que ela esteve doente na cama, foram sempre apenas belas recomendações através de Jakob. Rosa lança um olhar discreto à sua volta, naturalmente ela não espera que o aparelho esteja à vista no quarto, para a satisfação de qualquer visitante ocasional.

— O que você quer com o tio Jakob? — Lina pergunta, tão logo se esgotam os assuntos de hábito.

— Melhor esperarmos até que ele volte.

— Quer transmitir alguma coisa de parte de Mischa?

— Não.

— Pode me dizer tranqüilamente. Ele não tem nenhum segredo comigo.

Mas apesar disso Rosa não tem essa intenção, ela sorri e se cala, então Lina tenta indiretamente.

— Você já esteve alguma vez aqui em casa? — ela pergunta.

— Nunca.

— Aliás, nos últimos tempos vem todo tipo de gente aqui. E sabe o que eles querem? — Lina faz uma pausa, que Rosa deve utilizar para reconhecer a demonstração especial de confiança, antes de revelar: — Querem ouvir as notícias. Você também veio por isso?

O rosto de Rosa perde o sorriso, certamente que não foi lá por isso, muito pelo contrário. Nesse meio tempo ela se arrepende de ter ido lá, arrepende-se cada vez mais desde o primeiro momento, Rosa se sente no lugar errado com seu desespero, a coisa ali é honesta e de boa fé. Rosa se pergunta o que faria se Jakob entrasse agora e lhe contasse que o transporte com seus pais se encontraria aqui e acolá com os libertadores em seu caminho. E Rosa não se atreve a responder, nem à segunda pergunta: se até agora ela não se iludira sobre a verdadeira razão de sua ida até ali, ela não acha impossível.

— O que é? — pergunta Lina. — Você também veio por isso?

— Não — Rosa diz.

— Mas você também ouviu isso?

— O quê?

— Que em pouco tempo tudo será diferente?

— Ouvi — diz Rosa.

— Então por que você não está contente?

Rosa se apruma, está atingindo o limiar, em que ou se volta para trás ou se diz a verdade, mas o que é a verdade além de suas dúvidas? Ela diz:

— Porque não acredito nisso.

— Você não acredita no que tio Jakob conta? — pergunta Lina como se não tivesse escutado bem.

— Não.

— Você acha que ele mente?

Rosa gosta da palavra, tem-se que chegar a essa concatenação, Rosa estava com vontade de conversar sobre coisas agradáveis com a simpática menina. Mas de maneira nenhuma prosseguir na direção tomada, como ela podia fazer isso com uma criança? Sem qualquer especificação de razões comprobatórias Rosa se convence, de repente, de haver cometido um erro que tomara não tenha conseqüências. Ela não pode simplesmente se levantar e ir embora, Rosa está sentada, perdida, esperando, agora não mais por Jakob, agora por uma inofensiva oportunidade de encerrar a visita erradamente diagnosticada. Contudo, esta se move para distâncias cada vez mais longínquas, Lina se exalta tanto após o segundo de horror que pode amedrontar a outra. Pois seu tio pode ser qualquer outra coisa, só não é um mentiroso, mas Rosa não disse isso, disse sim, disse exatamente isso, como se pode afirmar uma coisa dessas? Quando ela mesma ouviu no rádio que os russos logo estariam aqui, com seus próprios ouvidos, e então o que tem a dizer agora? Um homem com uma voz grave contou para um outro homem, ela não se lembra mais de seu nome, porém se recorda muito bem da voz, ele disse textualmente que em pouco tempo aquele lodaçal chegaria ao fim e, no máximo, em mais algumas semanas. Será que ele também teria mentido, como pôde ocorrer a Rosa atribuir tal inverdade ao seu tio?, ela que espere, ele já lhe dará a resposa certa.

Antes que tudo fosse dito, com indignação e frases ligeiras, Lina se interrompe e, assustada, olha fixo para além de Rosa, esta vira a cabeça para a porta. Lá está Jakob, o rosto petrificado, como se diz, não se sentiu nenhuma lufada de ar.

Rosa se levanta, quanto ou quão pouco ele pode ter ouvido?, Rosa se sente flagrada, seus olhos ostentam um ar tão atônito. Vai cabisbaixa até a porta, não será encontrada mais nenhuma oportunidade para uma saída agradável, ela provocou alguma coisa. Jakob chega meio passo para o lado a fim de lhe dar passagem, mas outra vez o caminho de volta à cadeira, pois a pasta ficou esquecida no chão. Durante todo o longo corredor, Rosa não se atreve a virar para trás. Na escada, contudo, ela o faz, Jakob ainda permanece imóvel, seguindo-a com a vista, daqui a pouco a pequena vai lhe contar o que ele já sabe.

Fiquemos com Rosa, ela chega à rua, está começando o crepúsculo, ali espera o próximo desgosto. Uma selvagem agitação à primeira vista, os judeus se refugiam nas entradas dos prédios, outra olhadela, a princípio Rosa não percebe o motivo. Em seguida ela vê um carro se aproximando, um pequeno caminhão verde-escuro, há um uniformizado no estribo. Rosa corre de volta os poucos metros até a casa de Jakob, contagiada pelo pânico e sem refletir ela se encosta na parede e fecha os olhos. Ela os abre ao ouvir passos apressados, um velho se posta ofegante ao seu lado, também vindo da rua.

— O que eles querem, moça? — ele pergunta.

Rosa encolhe os ombros, logo o carro passará e será esquecido, a cena com Mischa já está esperando. O homem supõe tratar-se de um assunto do mais alto escalão, caso contrário eles viriam a pé, como se vê a cada poucos dias. Para o horror dos dois, há um ruído de freios, o velho medroso agarra o braço de Rosa de tal modo que chega a doer.

Duas pessoas de uniforme chegam justamente a essa entrada de prédio, correias debaixo do queixo, o velho não solta e não solta o braço de Rosa. Lá fora o motor ainda está funcionando, a princípio os alemães se julgam a sós na semipenumbra, quando já estão quase na escada um deles diz:

— Dê uma olhada!

Eles se viram para as duas figuras junto à parede, Rosa parece lhes interessar mais do que o homem, mas talvez seja apenas sua imaginação. Eles se aproximam alguns passos, quando um deles faz um gesto de desdém e diz:

— Não, não.

O outro diz:

— Sumam daqui.

Em seguida sobem a escada, suas botas de cano alto sobressaltam o prédio inteiro. Ouve-se uma porta bater, vozes agitadas vindo de todas as partes e se atropelando, num momento em que o silêncio seria muito mais oportuno uma criança chora.

— Vem! — sussurra o velho.

Rosa corre atrás dele, o velho pára hesitante na porta, pois tem medo do carro, mas os dois precisam passar por ele caso queiram obedecer à intimação dos alemães.

— Ora, vamos, ande logo — diz Rosa.

Os dois se apressam pela calçada em direção ao prédio situado do outro lado, a porta já foi aberta para eles. O velho senta extenuado no degrau inferior da escada, ele geme como se tivesse corrido em volta de todo o quarteirão e esfrega a região do coração. Além dele, Rosa vê mais três homens e uma mulher no corredor, que ainda é mais escuro que o outro, ela não conhece ninguém. Ela olha para a porta, que é de chapa de ferro, um quarto homem, um rapaz bem jovem, está no buraco da fechadura e informa os outros.

— Nada ainda — ele diz.

— A quem eles estão procurando lá dentro? — pergunta a mulher ao velho.

— E eu lá sei — diz o velho, sem parar de esfregar o coração.

— Vive alguém especial por lá? — pergunta um careca.

Ele não recebe nenhuma resposta a princípio, todos estão a caminho de casa vindo do trabalho e são estranhos nessa rua, até que Rosa diz em voz baixa:

— Eles buscam Jakob Heym.

Quem é Jakob Heym?, que Jakob Heym?, o espia do buraco da fechadura se levanta e pergunta:

— Jakob Heym? É aquele do rádio?

— É.

— Que bela história — ele diz, e Rosa acha que sem muita compaixão. — Ia acabar vindo à luz.

Nessa altura o velho fica furioso no degrau, o que espanta Rosa, ele parecia ocupado apenas com seu medo e seu coração, agora suas veias incham.

— Por que ia acabar vindo à luz, seu fedelho? Hem, por quê? Eu posso lhe dizer por que foi descoberto. Porque um vagabundo qualquer denunciou! Foi por isso! Ou você acha que foi sem mais nem menos?

O fedelho suporta a reprimenda, embaraçado e sem contradizê-la, torna a se inclinar para o buraco da fechadura e, após uma breve pausa, diz:

— Ainda nada, por enquanto.

O velho faz um movimento de cabeça atraindo Rosa para perto de si e, quando ela chega à sua frente, afasta-se um pouco para o lado. Assim, ela senta ao seu lado.

— Você o conhece? — ele pergunta.

— Quem?

— Esse Jakob Heym?

— Não.

— Então como você sabe que ele mora ali?

— Por conhecidos — diz Rosa.

— Eles ainda estão lá dentro — informa o fedelho.

O velho se cala por alguns segundos, pensativo, depois diz na direção da porta:

— Avise-me quando eles o trouxerem. Eu gostaria de saber como é a aparência dele.

Na hora Rosa achou a coisa de mau gosto, mais tarde mudou de opinião.

— Ele arriscou muito — diz o velho admirado, agora de novo para Rosa, que assente. E se pergunta o que irá contar a Mischa, ele que a xingue como quiser por causa de sua visita à residência dos pais, Rosa não poderá ocultá-la, mesmo que quisesse os cartões de racionamento e a pasta a denunciariam, sem que ela mesma o confessasse. Mas ela preferiria não mencionar Jakob, não ousaria aparecer diante de Mischa para contar tal coisa, agora mesmo é que não. E como é duro, ela pode ocultar o encontro com Jakob sem nenhum perigo. Jakob estará impedido de castigá-la pela mentira a Mischa.

— Talvez ele não esteja em casa — diz o velho.

— Ele está em casa — Rosa diz sem pensar.

O velho a encara, admirado, a pergunta já no olhar, mas ele não chega a externá-la, pois o fedelho grita da porta:

— Vocês se enganaram. Eles estão trazendo uma mulher!

Vamos nos permitir uma visão mais ampla, desloquemo-nos para a rua, a mulher presa é Elisa Kirschbaum. Ela deve pagar pela incapacidade de seu irmão, pagar pelo fato de ele não ter podido, contra as expectativas, curar o comandante de batalhão, ocorreu-lhes bem tarde.

Já há tempos receavam no prédio tal desenvolvimento da história, afinal eles sabem somar dois mais dois, alguém trouxe à conversa a expressão *prisão de parente*, até então desconhecida para nós. Na mesma tardinha em que a bandeira da estação flutuou a meio mastro Jakob foi até Elisa Kirschbaum. Ele ponderou se não seria melhor ela ir se esconder com amigos, que certamente ela teria, pelo menos por algum tempo, até que se pudesse prever se as represálias iminentes sobreviriam de fato. Pois, por mais doloroso que possa ser, devíamos supor o pior para seu irmão e, se acontecesse o milagre, se ele retornasse são e salvo apesar de tudo, ele se declarava disposto a lhe dar a notícia imediatamente. No entanto, Elisa não quis saber da nada disso, ela disse a Jakob:

— É muito amigável de sua parte, prezado senhor Heym. Mas, por favor, deixe que isso seja uma preocupação minha — como se ainda tivesse um trunfo na mão, do qual ninguém suspeitava.

Agora ela vem andando à frente dos dois alemães, apressada, a fim de que não haja nenhum pretexto para ser empurrada ou tocada. E apressada também, supõe Jakob atrás da janela, para não oferecer nenhum grande espetáculo à rua, que apesar do ermo aparente está cheia de olhos escondidos. O excesso de força concentrada que os dois atrás dela irradiam parece exageradamente grande para uma presa tão graciosa, Elisa Kirschbaum pára atrás do carro, sem voltar os olhos para seus acompanhantes. Um deles abre a portinhola do caminhão, em seu interior há um pequeno estribo, ela quer subir. Nesse momento o carro arranca, Elisa Kirschbaum põe o pé no vazio e cai na calçada. O carro anda apenas para estacionar no outro lado da rua, já antes disso o motorista põe a cabeça para fora da janela. Jakob se encontra a uma distância tão grande que não consegue reconhecer os rostos dos participantes, pessoas que moram mais perto contaram depois que os alemães arreganharam sorrisos, como se aquilo se tratasse de uma brincadeira freqüente. Elisa Kirschbaum se levanta no mesmo momento, com uma ligeireza de causar espanto, está novamente preparada antes de o carro terminar a curva. Este é obrigado a arrancar duas vezes. Em seguida, ela entra, o degrau é bem alto para ela, apesar de todos os esforços ela recebe um empurrão. Os dois também sobem depois dela, a portinhola é fechada, Elisa Kirschbaum desaparece definitivamente atrás da lona verde-escura. O caminhão parte, após um prazo de segurança se abrem muitas portas dos prédios. E pouco a pouco as estreitas calçadas vão se enchendo mais uma vez de pessoas caladas ou faladoras, a maioria das quais está vindo do trabalho a caminho de casa, como já sabemos, e é estranha nessa rua.

Enquanto isso, o Exército Vermelho se encontra, segundo o rádio, bem diante da capital de comarca Pry. Pry não pode ser comparada com Bezanika, qualquer um faz uma idéia de Pry, no caso de Pry não se precisa perguntar onde ela se situa. Pry fica exatamente a 146 quilômetros de nós, a maioria dos habitantes locais conhece a cidadezinha de visitas ocasionais. Alguns inclusive viveram lá e, depois que a guerra estourou, foram trazidos para cá, já que Pry não possui nenhum gueto devido à sua feliz estrutura demográfica.

A posição dos russos se torna objeto de uma troca de palavras, Kowalski tem uma briga com um de seus três companheiros de quarto, cujos nomes me são desconhecidos. Só que, pelo que o pacífico Jakob e eu muito bem sabemos dele, a coisa mais fácil do mundo é ser de opinião contrária à de Kowalski, mas neste caso especial estamos inclinados a lhe dar razão. Não se trata de uma ninharia, trata-se de que esse sujeito, para simplificar vamos chamá-lo de Abraham, trata-se portanto de que Abraham afirma que os russos já teriam atravessado Pry e estariam a caminho de Mieloworno. Alguém contou-o em sua fábrica, suponhamos que seja a fábrica de tijolos, Kowalski, em contrapartida, jura de pés juntos que eles nem chegaram a Pry. Entretanto, Abraham não vê nenhuma razão para dar mais crédito a Kowalski que ao seu colega.

— Quem trabalha na estação? — pergunta Kowalski irritado. — Você ou eu? Quem ouve tudo de primeira mão? Você ou eu?

Para Abraham isso não é nenhuma prova válida, não é sobretudo porque sua versão soa muito mais agradável que a de Kowalski, todo ser humano pode se equivocar uma vez, diz ele. E tampouco dá valor à objeção lógica de que tudo aquilo que esse misterioso colega da fábrica de tijolos quer supostamente saber, deve ser, de alguma forma, oriundo de Jakob.

— Ou por acaso existe um segundo rádio?

— Como vou saber? — Abraham diz.

Para Kowalski poderia dar no mesmo, Abraham que pensasse o que quisesse, que caísse em boatos grosseiros como uma criança crédula, mas de alguma maneira ele se sente co-responsável pela verdade. Pois de uma certa forma o rádio também é seu, por antiqüíssima amizade com Jakob, a qual não foi rompida até hoje, por um fio de cabelo ele quase o recebeu na própria casa quando do corte de energia de outrora. Assim, pacientemente, Kowalski relata o longo caminho que cada notícia deve percorrer desde a boca de Jakob até a fábrica, passando por tanta gente, exposta a quantos perigos nesse caminho, perigos de mutilação e de paliação. Como cada um inclui coisas próprias, fazendo do bom o melhor, e finalmente a notícia chega, pelo que se verifica vestida com tal traje que nem seu próprio pai a reconhece.

— De qualquer modo, os russos estão a caminho de Mieloworno — diz Abraham obstinado. — Talvez você tenha entendido mal, ou quem sabe foi ele. É melhor lhe perguntar amanhã de novo.

Kowalski não pergunta a Jakob no dia seguinte, são bem raros os pretextos para uma cômoda horinha de bate-papo com Jakob, Kowalski parte no mesmo momento em direção a Jakob.

Encontra-o num estado de espírito que se pode imaginar péssimo, abatido, indiferente, lacônico, faz meia hora que vieram buscar Elisa Kirschbaum.

— Incomodo? — pergunta Kowalski e, num passe de mágica, ostenta um sorriso que lhe parece inconveniente logo depois da primeira olhada perscrutadora no rosto de Jakob.

— É você? — diz Jakob.

Ele fecha a porta atrás de Kowalski e se deita vestido na cama, onde, ao que tudo indica, já estava deitado antes de baterem à porta. Cruza as mãos atrás da cabeça e olha fixo para o teto. Kowalski se admira, o que está havendo com ele de repente?, antes, quando saíram da estação, Jakob ainda dava uma impressão de muito satisfeito, se é que se pode falar de satisfação nos últimos anos.

— Aconteceu alguma coisa? — pergunta Kowalski.

Acontecido ou não acontecido, Jakob sente uma fraqueza até então desconhecida, assustadoramente repentina, há pouco, quando descia do sótão, aonde acompanhara Lina, ele precisou se segurar no corrimão. Jakob tentou explicar o novo estado pela fome infinita, mas isso elucidava apenas o tremor dos joelhos, em muito pouco a origem das outras fraquezas, também preocupantes, do desalento. Agora ele o sonda, olhando fixo para o teto, tentando assim dissuadir-se, torná-lo menor do que é na realidade, esse desalento tão sólido e pesado. O incidente com Elisa Kirschbaum foi com certeza só uma pequena contribuição, que sem dúvida deprimiu Jakob, porém seria exagerado dizer ter sido uma experiência que, de um minuto para o outro, tirou a sua coragem. Mais peso teve a visita de Rosa, ser obrigado a ouvi-la, a ouvir Lina a defendê-lo com mentiras, com suas próprias armas, embora tampouco se possa atribuir a culpa principal pela diminuição das forças de Jakob a essa visita. Um pouco de tudo concorre para isso, mas a maior contribuição é quando simplesmente se atenta para a situação. Cada vez com maior freqüência, alguém puxa você para o lado e lhe diz: Jakob, Jakob, já não acredito mais em nenhum final feliz, e quando você consolou esse alguém com notícias recém-chegadas já lá estão seis outros querendo lhe dizer o mesmo. Os russos, segundo o rádio, sitiam Pry, só Deus sabe se na verdade eles a sitiam ou estão sitiados. Segundo o rádio, dentro de pouco tempo se deveria ver o fogo da artilharia ao longe, no entanto se vê o mesmo quadro, dia após dia esse desespero repugnante.

Aos poucos você precisa planejar os combates de retirada, pois no avanço se deixou arrebatar por uma velocidade que não corresponde ao real.

E Kowalski fica por ali, inútil, esperando em vão um olhar convidativo.

— Talvez eu deva ir embora, não? — pergunta após um tempo calculado e senta.

Jakob se lembra de seu visitante, deixa o teto em paz e diz:

— Desculpe-me, não me sinto lá muito bem.

— Houve alguma coisa?

— Sim e não — Jakob diz. — Há pouco eles vieram buscar a irmã de Kirschbaum. Mas, fora isso, a gente envelhece aos poucos.

— A irmã de Kirschbaum? Ainda agora?

— Imagine só.

Jakob se levanta, sinais suspeitos ressoam em seus ouvidos, combinados com vertigem e náuseas, só falta agora ele ficar seriamente enfermo. Jakob ouve de longe quando Kowalski diz:

— O que há com você?

Ele senta rápido à mesa, por sorte melhora, Lina lhe vem à cabeça e também o que será dela e que o melhor é continuar com saúde. E quando finalmente encara Kowalski, um pequeno cartaz, vem-lhe à cabeça um pequeno cartaz, um cartazinho branco com letras verdes: ''Fechado temporariamente por motivo de doença''. Ele o recebeu de Lajb Pachman ao comprar o bar deste, o cartaz fazia parte do inventário junto com muitas outras coisas. Jakob o utilizara uma única vez durante todos os vinte anos, que se passaram com bolinhos, sorvetes e outras preocupações relativamente pequenas, pendurara o cartazinho uma única vez na porta da loja. E nem foi uma doença de verdade, Jakob tinha uma constituição de cavalo, quando estava querendo consertar a persiana presa Jakob caiu da escada e quebrou a perna, num caso assim de nada serve a melhor das saúdes. Isso foi muito antes da época de Josefa Litwins, ela poderia ter sido de boa valia para o tratamento, quem o assistiu foi uma velha bruxa encarquilhada da casa dos fundos. Em troca de pagamento, entenda-se, pois caso contrário não se teria nenhum ser humano. Mas o que significa *assistiu?*, ela empurrava a mesa com a comida de uma tal maneira que seria melhor ele mesmo buscar alguma coisa, de tempos em tempos despejava o cinzeiro e arejava o quarto, alisava a cama pela manhã, fora isso dizia: "E se o senhor ainda precisar de alguma coisa, *Reb** Heym, então me chame, deixarei minha janela aberta". Jakob tentou algumas vezes, porém, ou ela fechara a janela ou era surda como um burro velho. E a cada duas ou três noites Kowalski passava, com uma pequena garrafinha, tinha pena do outro deitado na sua frente, com a perna engessada e sem poder se mover. Sentava por lá até esvaziar a garrafa, grandes conversadores ambos não eram, Jakob agradeceu a Deus pela fratura ter se curado sem complicações. Mais alguns dias e o tédio o mataria. E pouco tempo depois ele jogou o inocente cartazinho na lareira, manifestando uma alegria furiosa enquanto o cartaz desaparecia nas chamas sem deixar vestígios, a ameaça teve um efeito tão duradouro que até o dia de hoje ele fora poupado de qualquer doença que o acamasse.

— Não é melhor eu ir embora? — pergunta Kowalski no meio, no fim de sua paciência.

— Fique — diz Jakob.

Kowalski o encara com ar interrogativo, parece-lhe que Jakob tem a intenção de lhe comunicar algo, e dificilmente algo de bom se levarmos em conta os minutos transcorridos na arrastada preparação. Em compensação, a visita planejada era totalmente inofensiva, pois no trajeto ele tomara a decisão de não se certificar em absoluto quanto a Pry, já que qualquer engano estava fora de cogitação, esse tal de Abraham deve ter se deixado apanhar por uma conjetura. Kowalski queria apenas passar, dizer boa-noite e conversar um pouquinho sobre o passado e o futuro, e com quem poderia ser senão com o único velho amigo?, se ele não vem até você vá até ele.

(*) *Reb*: forma coloquial para rabino. (N. E.)

— O que você acha, Kowalski, quanto um ser humano consegue suportar? — Jakob pergunta finalmente.

Com que então ele quer filosofar!, Kowalski precisa pensar, espera um esclarecimento da pergunta, um aprimoramento numa direção qualquer, todavia Jakob parece tê-la feito bem no geral. Ele diz:

— E então, o que você acha?

— Bem, se você me pergunta assim — diz Kowalski —, muito. Idiotamente muito.

— Mas existem limites.

— Certo...

— Sinto muito — Jakob diz —, no meu caso o limite foi alcançado agora. Talvez um outro tivesse ido mais longe, eu não consigo mais.

— O que você não consegue mais?

— Eu não consigo mais — Jakob diz.

Kowalski lhe dá tempo, não sabe que Jakob prepara a capitulação incondicional, a pior de todas as confissões. Ele vê apenas seu rosto ossudo apoiado nas mãos, talvez um pouco mais pálido que de hábito, possivelmente um tanto quanto mais cansado, mas mesmo assim o rosto do mesmo Jakob, a quem se conhece como nenhum outro. Kowalski está inquieto porque tais acessos de melancolia são totalmente incomuns no caso de Jakob, rabugento e birrento ele é de vez em quando, porém existe uma diferença. Não é conhecido como lamentador, todos os outros se lamentam, Jakob era mais ou menos como um consolador de almas. Não raro as pessoas iam até ele, consciente ou inconscientemente, para exorcizar as próprias fraquezas. Já antes da época do rádio, na verdade até mesmo antes da época do gueto. Quando terminava um dia especialmente de merda, quando se havia ficado atrás da vitrine da manhã à noite espreitando clientes em vão, ou quando chegava uma conta gigantesca qualquer, e nem em sonhos ocorria à pessoa com que dinheiro ela a iria pagar, aonde é que se ia à noite? Ao seu bar, mas não porque lá o aguardente tivesse um sabor particularmente bom. Era o mesmo dos outros lugares e, ainda por cima, proibido, já que era servido sem a licença. Ia-se lá porque depois dessas visitas o mundo parecia um pouquinho mais róseo, porque ele sabia dizer uma bobagem qualquer mais convincente do que outro "cabeça erguida" ou "já vai melhorar" ou alguma coisa do tipo. E talvez também porque ele era o único no círculo de conhecidos parcamente semeado que se dava ao trabalho de dizer essas coisas. Kowalski lhe dá tempo.

E então Jakob começa a falar, pelo jeito para Kowalski, uma vez que não há mais ninguém no quarto, pelas palavras para uma platéia maior, portanto simplesmente para a sua frente, para o ar, com melancolia na voz baixa e com essa resignação nunca antes ouvida, o último de uma profusa quantidade de informes para todos. Que eles, caso suas fracas forças o permitam, não devem ficar zangados com ele, na verdade ele não tem nenhum rádio, nunca possuiu um. Ele tampouco sabe onde os russos se encontram, talvez eles cheguem amanhã, talvez nunca cheguem, eles estão em Pry ou em Tobolin ou em Kiev ou em Poltawa ou ainda muito mais distante, talvez nesse meio tempo eles tenham sido inclusive aniquilados, nem ao menos isso ele sabe. A única coisa que ele pode dizer com certeza é que há mais ou menos um longo tempo eles lutaram por Bezanika, como tem a certeza é uma história inteira em si que hoje já não interessa a mais ninguém, em todo caso essa é a verdade. E que ele pode imaginar muito bem o quão consternadora essa confissão deve soar em seus ouvidos, por isso mais uma vez o pedido de indulgência, ele só queria o melhor, mas seus planos malograram.

Depois o quarto fica um longo tempo em silêncio, de uma certa maneira um rei abdicou do trono, Jakob tenta em vão descobrir algum movimento no rosto de Kowalski, cujo olhar o atravessa, ele está plantado como uma coluna de sal.

Naturalmente que tão logo soa a última palavra Jakob é assaltado por remorsos, não por causa da comunicação em si, que fora feita no prazo forçoso e não suportaria nenhuma postergação. Mas será que ela não poderia ter sido feita com mais cuidado, eventualmente metida numa retirada dos russos, sem descarregar todo o peso de uma só vez nos ombros de um outro que não são mais largos do que os próprios? Será que Kowalski era necessariamente o homem certo para em sua presença colocar o ponto final, justamente Kowalski? Se ele tivesse ouvido de um estranho, de uma pessoa não tão próxima de Jakob, com certeza tomaria por equívoco ou por odiosa difamação, após uma noite cheia de dúvidas ele lhe diria: "Você sabe o que esses idiotas estão contando? Que você não tem rádio nenhum!". Então a resposta teria sido "é verdade", ela também o abalaria, mas talvez não tanto, já que na noite anterior teria pelo menos pensado nessa possibilidade. E também fora disposta de tal modo a má sorte de Kowalski, exatamente de forma a que fosse justo ele a aparecer nessa noite.

— Você não diz nada? — Jakob diz.

— O que devo dizer?

Kowalski extrai um sorriso de profundezas insondáveis, sem esse sorriso ele não seria Kowalski, torna a encarar Jakob, é bem verdade que com olhos que sorriem menos que a boca, mas de qualquer modo não anunciando o fim de toda a esperança, eles olham com um ar mais manhoso, como se vissem também dessa vez, como sempre, além da coisa.

— Que devo dizer, Jakob? Já o estou entendendo, eu o entendo muito bem. Sabe, eu sou justamente o contrário de um hussardo, você me conhece há muito tempo. Se eu tivesse um rádio aqui é provável que ninguém soubesse de nenhuma palavra por minha boca. Ou mais provável ainda, eu simplesmente o queimaria por medo, não me deixo enganar. Fornecer notícias a um gueto inteiro! Eu jamais chegaria a esse ponto, sabe-se lá quem está ouvindo. Se alguma vez na vida eu compreendi alguém foi a você agora.

Jakob não podia esperar tal vôo de pensamentos, o manhoso Kowalski se superara a si próprio, ele dera andamento aos seus cálculos onde nada havia a ser calculado. Como você quer convencê-lo de estar dizendo a verdade pelo menos agora?, o máximo que você pode fazer é convidá-lo a revistar todos os cantos do quarto e do porão. E, contudo, afirmar com as palmas das mãos viradas para cima: "Quando foi que eu já menti para você?", agora você não pode mais fazê-lo. E se você convidá-lo de fato a procurar, todos os rádios que você encontrar comigo, Kowalski, pertencem-lhe, ele lhe dará uma piscada sábia e retorquirá algo do tipo: "Deixemos de brincadeiras Jakob, para que nos conhecemos há quarenta anos?". Ele lhe dará a entender que qualquer brincadeira de esconder é inútil. O impossível não pode ser comprovado por nada, Jakob diz chocado:

— Você não acredita em mim?

— Acreditar, não acreditar, o que significa isso? — diz Kowalski, em voz baixa e mais distante que o esperado, numa entonação semelhante à de Jakob em sua conversa para todos. Não diz mais nada por agora, tamborila com os dedos em cima da mesa uma melodia lenta e mantém a cabeça bem jogada para trás, imerso em pensamentos dissimulados.

Jakob pondera sobre outras explicações, dá importância a que sua condenação seja pronunciada com indulgência, para isso é preciso que se conheçam suas razões para o empreendimento e também os motivos para a suspensão repentina. No entanto, para ele próprio elas não estão claras, por isso e por compreender que perante todos eles não apenas ele estava em jogo, mas também Kowalski, Jakob se cala e suspende o pedido de circunstâncias atenuantes, deixando-o para uma data posterior.

Depois se segue a insípida reflexão de que não é ele quem está em jogo, nenhum ser humano do gueto é menos importante que ele sem rádio. De importância são apenas seus fregueses, Kowalski entre muitos outros. E eles estão pouco ligando mesmo para as justificações que soem plausíveis, eles têm outras preocupações, que não são lá muito pequenas, querem saber, por exemplo, como continua a coisa agora, depois de Pry.

Kowalski conclui o tamborilar e as meditações, levanta-se, pousa a mão amigável no ombro de Jakob. Ele diz:

— Não tenha medo, meu velho, comigo você está seguro. Não farei mais perguntas a você.

Vai para a porta, o sorriso reanimado de novo, vira-se mais uma vez antes de abri-la e, de fato, pisca, com ambos os olhos.

— E não estou zangado com você.

E vai embora.

Na manhã seguinte, após a noite mais insone de muito tempo, Jakob está a caminho do trabalho. Antes de sair à rua ele pressionou furtivamente a maçaneta da porta de Kirschbaum, sabe-se lá por quê, mas estava fechada. O vizinho Horowitz o flagrou no insignificante buraco da fechadura e perguntou:

— Procura alguma coisa em especial?

Naturalmente que Jakob não procurava nada em especial, apenas isso, curiosidade humana, ele explicou de passagem a Horowitz e foi embora. Depois lá estava a mancha colorida na frente da casa, na rua onde parara ontem o pequeno caminhão alemão. Algumas gotas de óleo vazaram dele e agora brilhavam como fios finos de todas as cores possíveis sobre os restos perdidos de uma represa que Siegfried e Rafael ergueram juntos, primeiro com pernas de calças, depois, quando se exauriram suas fontes, com a ajuda de um balde de água. Os dois se puseram a trabalhar logo após a partida de Elisa Kirschbaum, pois não se encontra uma oportunidade como essa todos os dias, com esse tráfego de carros. Jakob ainda permaneceu atrás da janela, acompanhado de Lina, que estava indignada com a porcaria, observando-os no trabalho.

Mas voltemos ao caminho, já de longe Jakob vê uma enorme aglomeração de pessoas, numa esquina, exatamente diante do prédio em que Kowalski mora. O primeiro pensamento de Jakob: ele supõe que Kowalski esteja no meio da multidão, com toda certeza o melhor amigo saiu à rua e, como lhe é natural, não conseguiu ficar de boca calada. Ou ele se convenceu mesmo, durante as meditações noturnas, de que lhe havia sido dita a verdade ou, o que no caso de Kowalski é mais provável, não acredita mais porém age com os outros como se acreditasse, pois a verdadeira amizade significa estar unido. Saiu de casa e, num piscar de olhos, deu um susto mortal nos judeus com a má nova, uma vez que ele tem que ser necessariamente o primeiro, seja no inferno seja no paraíso, Kowalski sempre à frente. E, assim, cortou todas as vias de retirada, as quais, depois de muito ponderar, Jakob não queria trilhar, mas o que Kowalski tinha a ver com isso?

Jakob fica com vontade de voltar, ele conta, e fazer um pequeno desvio, assim mesmo será bastante difícil, ele ainda será muito torturado na estação. Kowalski que agüente sozinho aquilo ali, é problema dele, aí está um assunto em que convém não se intrometer. Então, ainda a alguma distância do grupo, a atenção de Jakob é chamada para o fato de as pessoas quase não falarem, contudo elas deveriam estar alvoroçadas depois da suposta notícia, a maioria está calada e perplexa, como se evidencia com a aproximação, alguns olham para cima. Para uma janela aberta em que, à primeira vista, não há nada de estranho, ela está simplesmente aberta e vazia. Jakob não sabe ao certo se se trata da janela de Kowalski ou da de alguém ao lado. Olhando novamente, porém, ele vê a coisa especial, um curto pedaço de corda na trave da janela, reta e do comprimento de um dedo, por isso percebida tão tarde.

Jakob corre através da multidão em direção ao prédio, tenta dois degraus de cada vez, mas só consegue nos dois primeiros, por sorte Kowalski mora no primeiro andar. A porta está aberta como a janela, conclui-se portanto que os três companheiros de quarto de Kowalski, um dos quais batizamos arbitrariamente com o nome de Abraham, não estão mais em casa. Somente Kowalski está em casa, e no quarto dois outros estranhos, os primeiros a vê-lo pendurado quando passavam. Eles cortaram a corda e o colocaram em cima da cama, agora estão ali desamparados, sem saber o que mais se poderia fazer. Um deles pergunta a Jakob:

— Você o conhecia?

— O quê? — pergunta Jakob da cama.

— Se você o conheceu.

— Sim — Jakob diz.

Quando ele se vira depois de algum tempo está sozinho, os dois fecharam a porta. Jakob vai à janela e olha para a rua, nada mais da aglomeração humana, apenas alguns transeuntes. Quer fechar a janela, mas ela emperra, Jakob precisa antes desfazer do marco a corda com nó duplo. Em seguida ele fecha a cortina, a escassa luz torna o rosto de Kowalski mais suportável para ele. Puxa uma cadeira para perto, não gostaria de sentar na cama, toma assento por um tempo indeterminado. Digo indeterminado, pois mais tarde ele não consegue dar nenhuma informação acerca da duração de sua estadia.

A visão de mortos é para Jakob qualquer coisa, exceto incomum, não é raro que se tenha que passar com os pés por cima de um qualquer que, morto pela fome, esteja caído na calçada, ainda não descoberto pelo comando de limpeza. Todavia, Kowalski não é qualquer um, bondoso Deus, isso ele não é, Kowalski é Kowalski. Uma confissão teve sua morte como conseqüência, ainda por cima de alguém que afirmou não acreditar, por que você não continuou maluco ontem à noite? Nós teríamos discutido tudo com calma e conseguido o pouco de coragem para seguir vivendo. Quantas coisas não conseguimos já, reais ou irreais?, quando dá certo ninguém pergunta depois pela maneira como você teve que bancar o jogador de pôquer na sua última noite. Nós poderíamos ter nos ajudado mutuamente, mas somente você sabia como andava a coisa para nós dois, você dissimulou para seu amigo Jakob, apresentou-me o rosto falso e, em compensação, ambos poderíamos ter seguido vivendo, Kowalski, a culpa não devia ser nossa.

Barbeiro de profissão, tinha um pouco de dinheiro escondido, como se sabe, com a intenção de mudar mais tarde, porém se supõe que tivesse continuado barbeiro, era ataviado com uma ou outra característica problemática, era desconfiado, excêntrico, falador, desajeitado, ultra-esperto, somando-se tudo, depois, de repente, digno de ser amado, uma vez salvou Jakob de uma situação terrível, num banheiro alemão, adquiria por questão de propaganda o *Völkischen Landboten*, era capaz de comer sete imensos bolos de batata de cada vez, um atrás do outro, mas não suportava sorvete, preferia pedir emprestado a devolver, queria parecer interesseiro mas não o era, à exceção de uma vez.

Como era de se esperar, as auto-recriminações tomaram de assalto a cabeça de Jakob, ele teria Kowalski na consciência, ele e seu cansaço mesquinho eram os culpados por Kowalski ter pego a corda, no que se começa uma vez deve-se perseverar, devemos avaliar nossas forças antes. Eu interrompi Jakob, eu lhe disse nesse ponto:

— Você está falando bobagem. Você não superestimou suas forças, pois não podia saber que duraria tanto tempo assim. — E eu lhe disse: — Não é você que tem culpa pela morte de Kowalski, mas ele é que deve lhe agradecer por ter vivido até esse dia.

— Sim, sim — respondeu-me Jakob —, mas isso de nada ajuda.

No final, Jakob se levanta. Torna a puxar a cortina para o lado, ao ir embora também deixa a porta bem escancarada, para que um dos vizinhos, ao voltar do trabalho, perceba o acontecido e providencie o necessário. Já é tarde demais para a estação, dificilmente se pode dizer à sentinela do portão que houve uma demora no caminho, irrevogavelmente não haverá almoço. Jakob vai para casa com a única esperança de que Kowalski tivesse guardado as razões só para si, de que, excepcionalmente, tivesse ficado calado uma vez. Pois Jakob encontrou seu rádio de novo.

Jakob pode reencontrá-lo mil vezes, dar informes, inventar batalhas e fazê-las circular, mas uma coisa não pode evitar: é certo que se aproxima o fim de sua indigna história. Quer dizer, ela tem dois finais, no fundo, é claro, apenas um, aquele vivido por Jakob e todos nós, todavia para mim ela ainda tem mais um. Com toda modéstia, eu conheço um final do qual as pessoas empalideceriam de inveja, não tão feliz assim, um pouco às custas de Jakob, contudo incomparavelmente mais bem-feito do que o verdadeiro final, construído por mim no decorrer dos anos. Eu disse a mim mesmo, no fundo com uma grande pena de tão bela história que cai por terra de maneira tão miserável: invente um final para ela com o qual se possa ficar mais ou menos satisfeito, um final com pé e cabeça, um final justo faz muitas fraquezas serem esquecidas. Além disso, todos eles mereceram um final melhor, não apenas Jakob, você será a sua justificação, se é que você precisa mesmo de uma, eu disse a mim mesmo e, assim, esforcei-me, como acho, com sucesso. No entanto, depois me surgiram dúvidas quanto à veracidade, no confronto soa simplesmente bonito demais, eu me perguntei se pode dar certo quando se pendura a suntuosa cauda de um pavão num triste animal qualquer, por amor. Perguntei-me se não o estaria deformando, mas depois achei que a comparação estava capenga, contudo nunca cheguei a um acordo comigo mesmo. E agora estou aqui com os dois finais e não sei qual devo contar, o meu ou o terrível. Até que me ocorre me livrar de ambos, não por falta de satisfação com uma decisão, mas é que penso que dessa maneira faremos justiça aos dois. Por um lado, à história independente de mim e, por outro lado, a mim e ao meu esforço, que eu não gostaria de ter feito à toa.

Portanto, primeiro um final que nunca sucedeu.

Kowalski pode comemorar a ressurreição, a trave da janela e a corda não merecem um único olhar seu, pois Jakob desiste de confessar. Os dois conversam na referida noite sobre coisas insignificantes, embora a cabeça de Jakob esteja em outra, mas Kowalski não precisa notar nada disso. Somente mais tarde, quando está sozinho de novo, é que fica claro para Jakob que a continuação da mentira do rádio supera a diminuição de suas forças, ainda que por um tempo incerto. Entretanto, os verdadeiros fatos não devem ser revelados, Jakob imagina as conseqüências que isso teria, ele poderia temer, por exemplo, que então a série de suicídios felizmente interrompida por algum tempo renascesse e crescesse numa proporção imensa.

As noites seguintes, agora liberadas através da supressão de todas as auto-recriminações por causa da morte de Kowalski, essas noites Jakob passa procurando uma última mentira crível. Ela deve explicar por que o rádio parou de tocar, Jakob precisa se livrar desse pior flagelo de todos, mas a mentira não lhe ocorre, é mais difícil de ser encontrada do que todas até então.

Por um momento eu imagino que Jakob teria a simples idéia de afirmar que lhe roubaram o rádio. Rouba-se muito no gueto, por que não um rádio também?, já deram pela falta de objetos de valor e utilidade menores. Imagino que um gueto inteiro procure o inescrupuloso ladrão, as pessoas se olham nos olhos apenas inquisidoramente, as visitas servem tão-só como disfarces para inspeções. À noite cada qual ouve à espreita na porta do vizinho, talvez ele tenha acabado de captar a Rádio Londres, talvez ele seja esse ser abjeto, por acaso não teve sempre algo tão singular no olhar contra o qual nossa voz interior nos advertia? Apenas um detalhe não se pode compreender, que vantagem o ladrão extrairia de seu crime?, claro que nenhuma, agora não ficará sabendo de nada diferente daquilo que, de qualquer modo, teria ouvido por Jakob ou qualquer um dos relatores, apenas o apalpar na escuridão restante, qual o sentido? De que outro modo podem se explicar seus motivos a não ser através de uma mesquinhez total? Eu imagino mais, a procura do ladrão assume formas inquietantes, forma-se uma espécie de grupo executor ilegal que realiza operações pente-fino casa por casa após o fim do trabalho. Suponhamos que entre os alguns milhares de habitantes ainda haja um homem como Felix Frankfurter, mesmo que seja apenas um, que também tenha um rádio escondido e, ao contrário de Frankfurter, não o tenha destruído.

Tenho plena consciência de que este seria um homem muito problemático para toda a história, pois ou ele, como Frankfurter, nunca ouviu por medo ou ouviu e, então, deve saber que os informes diários de Jakob nada mais eram que mentiras, à exceção da Batalha de Bezanika. E, ainda por cima, ficou calado o tempo todo. Por mais improvável que cada qual dessas possibilidades possa ser, deixemos que uma qualquer delas valha por mais três frases, já que este homem é de um certo modo apenas uma quimera, uma brincadeira fugaz. O rádio é encontrado com ele durante a busca, ele é assassinado no momento de fúria, uma bela brincadeira, pode-se dizer, ou ele não é assassinado, isso não vem ao caso.

O rádio é levado a Jakob, o legítimo proprietário, o espetáculo de seu rosto vale toda a idéia. Em seguida as coisas retomam seu curso normal, Jakob ouve e relata, durante alguns dias as pessoas ainda falam do incidente, como um único homem foi capaz de agir de modo tão abjeto por nada?

Mas basta saber que Jakob não tem a idéia do roubo, nem no final verdadeiro, o que me espanta, nem no meu. No meu ele se atormenta à toa, ele não se livrará porque não se livrará do rádio, ele toma a decisão de se livrar dos judeus. Não recebe nenhuma visita mais, simplesmente não abre a porta, segrega-se na estação, toma a sopa do almoço nas proximidades da casa de pedras dos alemães, portanto ali, onde nada se lhe pode perguntar. E tão logo termina o trabalho Jakob desaparece como um fantasma, ele suporta caminhadas para escapar daqueles que estão à sua espreita. Contudo, de vez em quando é encontrado, apesar de todo cuidado, então lhe perguntam o que está havendo com ele, por que não informa mais nada.

— Não há nada de novo — Jakob diz então. — Quando houver alguma novidade eu direi logo a vocês.

Ou ele diz, mais eficaz ainda:

— Ficou perigoso demais para mim, não quero arriscar mais nada faltando tão pouco para o final. Façam-me o único obséquio de não me perguntar mais.

Com isso ele não se torna lá muito querido, apenas uns poucos compreendem sua situação, o grande homem de ontem tem a reputação rapidamente diminuída. Passa a ser chamado de covarde e sujeito de merda, e também por se negar com obstinação a entregar o rádio a um outro, cujo coração não esteja se esvaindo em bosta nas calças. Logo ele passa a ser olhado por olhos que metem medo, sussurram em suas costas coisas que é melhor não ouvir, mas Jakob não volta atrás em sua decisão. Que eles o encarem como um malvado, no lugar deles Jakob pensaria do mesmo jeito, que eles o façam saber em todas as oportunidades qual o sabor do desprezo, tudo é melhor do que lhes dizer a verdade.

Todavia, ele não é deixado de lado com tão boa disposição assim, eu imagino que Kowalski e Mischa fiquem com ele. Mischa continua carregando caixas com ele, Kowalski diz de vez em quando, embora em ocasiões mais raras do que antes:

— E então, como é, meu velho? Pelo menos a mim você pode dar uma pequena dica, não? Olhe, ninguém precisa notar nada.

Jakob se recusa todas as vezes, não importa se perderá o amigo mais velho. Ele não o perderá, Kowalski dá provas de ser um amigo pertinaz.

Um dia Mischa diz:

— Jakob, é bem desagradável para mim, mas estão falando por aí em tomar seu rádio.

— Tomar?

— É — diz Mischa sério. — Pela força.

Jakob olha para os outros mais embaixo, portanto esse e aquele estão dispostos à coação, Jakob não quer saber quem.

— Você não pode detê-los? — ele pergunta.

— Ora, como? — pergunta Mischa. — Eu o faria com prazer. Mas você sabe me dizer como?

— Diga-lhes que tenho o rádio tão bem escondido que será impossível eles acharem — diz Jakob.

— Farei isso — diz Mischa.

Em casa, Jakob impõe a Lina a rigorosa proibição de permanecer em seu quarto durante sua ausência, por precaução ele pára de deixar a chave no buraco da parede atrás do marco da porta, nem para Lina nem para qualquer outro. Ela deve, na medida do possível, ficar em seu sótão e não se mexer, contra o tédio Jakob lhe dá o livro da África para que seja levado para cima, Lina poderá aprender a ler com ele, assim ela terá mais a fazer do que apenas ficar à toa.

Os dias seguintes se tornam uma fatigante prova para os abalados nervos de Jakob, com as mãos no colo ele deve ficar quieto e esperar por libertadores e invasores, sem saber em ambos os casos se virão ou faltarão. Mischa diz não ter nenhuma idéia se o lado contrário teria mudado de opinião, pois desde que foi notada sua simpatia por Jakob, apesar de tudo o que aconteceu, desde que colocou seus serviços à disposição como medianeiro, ele foi excluído das conferências. Mais ainda, caía em cima dele também um pouquinho do desprezo geral, o mesmo ocorria com Kowalski.

Eu não me preocupei em saber como me comportar neste caso, de que lado estou, se sou amigo ou inimigo de Jakob. Mas pelo que me conheço, quando penso no quanto as contínuas informações significaram para mim, sou seu inimigo, aliás um dos piores. Suponhamos que eu advogue decidido que não nos deixemos confundir pelo palavreado, que é melhor lhe tomar o rádio hoje do que amanhã. Muitos compartilham de minha opinião, mas também judeus que pensam o contrário pedem a palavra, por exemplo, aqueles que desde o início encaravam o rádio como um perigo. Estes, no fundo, estão satisfeitos com a mudança de idéia de Jakob, eles dizem:

— Não façam tanto alarido. Se os russos vierem virão de qualquer modo.

E outros ainda dizem:

— Vamos aguardar, talvez Heym volte a si sozinho. Devemos lhe dar tempo.

Em todo caso, a invasão não ocorre, não no meu final.

Esses péssimos dias se tornam uma prova de nervos para Jakob também num outro sentido, em algum momento ele deve verificar que continuou fiel a um hábito já quase antigo, que mais uma vez superestimou as próprias forças. Jakob estava convencido de que a onda de inimizades, com a qual já devia contar, seria de pouca importância para ele, Jakob passaria por ela são e salvo, ele se animou ao pensar que já tinha prática nessas coisas, afinal de contas todos aqueles anos no bar nada mais haviam sido do que uma luta de um contra todos. Isso foi um sofisma leviano. Ele não levou em consideração o tempo passado desde Bezanika, durante o qual Jakob foi coberto de simpatia, cordialidade e respeito, com sinais de imprescindibilidade, à qual as pessoas se acostumam com ridícula rapidez. E agora justamente o contrário, após no máximo dez dias a referida onda de inimizades ameaça desabar sobre sua cabeça, o menosprezo se torna insuportável.

Lina nota mudanças em Jakob que ela não sabe como classificar, ela segue obediente suas instruções, permanecendo no sótão portanto e, dessa forma, nada ouvindo. Lina vê apenas que Jakob, todas as vezes que está ao seu lado, mergulha em pensamentos tristes, quase não fala, nem sequer se admira como seria de praxe quando ela lê sem ajuda uma frase inteira do livro sobre a África. Quando Lina senta em seu colo é como sentar numa cadeira, há pouco tempo ele lhe ofereceu com prazer o lugar nos joelhos, agora ele nem parece notar. Quando Lina lhe pede uma história Jakob diz que não sabe nenhuma outra e a faz esperar por um tempo indeterminado, até que lhe ocorra uma. Lina pergunta:

— Você ficou zangado com alguma coisa?

— Zangado? Como assim, zangado?

— Porque você está muito esquisito.

— Eu estou esquisito? — diz Jakob sem ter forças para evitar a injusta severidade no tom de voz. — Preocupe-se com as suas coisas e me deixe em paz.

Lina fica sozinha, tendo muito pouco com que se preocupar, tem apenas a Jakob, com quem deve ter acontecido algo incompreensível para ela.

Numa importante tardinha do meu final, logo depois de um primeiro dia do mês, já que neles eram sempre distribuídos os cartões de racionamento, Jakob bate à porta de

Mischa. Demora um longo tempo até que ela seja aberta cuidadosamente, Mischa diz admirado:

— Jakob?

Jakob entra no quarto, a primeira coisa que diz:

— Quando quiser escondê-la não deve deixar duas xícaras em cima da mesa, seu palerma!

— É verdade — diz Mischa.

Ele vai até o guarda-roupa e faz Rosa sair. Rosa e Jakob ficam frente a frente, calados, um tempo tão longo que a situação se torna penosa para Mischa.

— Vocês se conhecem? — ele pergunta.

— Nós nos vimos uma vez, de passagem — diz Jakob.

— Tome assento — Rosa diz em tom amigável e rapidamente, antes que Mischa faça perguntas sobre essa vez.

Jakob senta e procura um começo, pois ele não está indo lá à toa, seu interesse é considerável.

— É por isso que estou aqui — ele diz. — Quero lhe pedir um favor e, se você recusar, saberei compreender muito bem. Não me ocorreu nenhuma outra pessoa a quem eu pudesse me dirigir.

— Vai falando — diz Mischa.

— O problema é que nos últimos dias eu venho me sentindo terrivelmente mal. Quero dizer, mal apenas quanto à saúde. Já não sou mais um jovem, o problema é com o coração, as costas e dores de cabeça duradouras, bem repentinas e às vezes bem fortes.

Mischa ainda não consegue compreender de que tipo de favor se trata, ele diz:

— Isso é grave.

— Mas não é tão grave assim não, já vai passar. Mas até que passe, Mischa, eu gostaria de perguntar se enquanto isso você não poderia ficar com Lina.

Há uma pausa no desamparo geral, durante esta Jakob não encara ninguém, provavelmente ele está exigindo demais do jovem. Duas mulheres proibidas na residência, porém ele já fora logo dizendo que não ficaria zangado com uma recusa a seu pedido.

— Sim, sabe? — diz Mischa devagar, com inequívoco propósito.

— Claro que você pode trazer Lina para cá — Rosa diz, lançando um olhar de censura para Mischa.

— Eu jamais teria vindo aqui se você fosse sozinho — Jakob diz ao infeliz Mischa. — Mas como a senhorita Frankfurter está mesmo aqui o dia inteiro e Lina também está sempre sozinha...

— Já estou contente com ela — diz Rosa.

— E você o que diz?

— Também está contente — diz Rosa.

Mischa ainda espera até conseguir pôr o rosto em ordem, todos sabem que ele não está lá muito contente, Mischa diz:

— Traga-a para cá.

Jakob, aliviado, põe os cartões de racionamento em cima da mesa, intatos, à exceção de um, Mischa não deve ficar temendo por mais tempo que ele ainda exija alimentação gratuita, pensão completa.

— Quando posso trazê-la para vocês?

— Quando você acha?

— Amanhã no fim da tarde? — pergunta Jakob.

Mischa o acompanha alguns passos até a rua, embora Jakob assegure que isso é absolutamente desnecessário. Quando Jakob lhe dá a mão para a despedida Mischa a segura um momento mais longo que o necessário, e Jakob descobre em seus olhos azuis uma pergunta importante. Mischa tem todo o direito, acha Jakob, um favor de amizade merece outro, ainda mais quando solicitado com tanta modéstia.

— Você quer saber como anda a coisa? — ele pergunta.

— Se você não se importa — diz Mischa.

Jakob lhe segreda que Pry foi conquistada nesse meio tempo, que, a propósito, os alemães montaram uma linha de bloqueio na metade do caminho para Mieloworno, linha pela qual haverá um longo combate, pelo que parece, mas na qual já foram abertas as primeiras brechas, o que por sua vez cria novas esperanças. E Jakob pede a Mischa para guardar a notícia apenas para si, caso contrário surgiriam infinitas perguntas na estação, por que se transmite a um e não aos outros? Mischa promete, decerto com a esperança de receber outras novidades ocasionais, pelo que imagino de sua tática.

Lina muda na noite seguinte. Jakob lhe deu a mesma razão que dera a Mischa, uma separação por apenas poucos dias, e Lina aceitou com calma. Afinal, ela gosta de Mischa, já é quase um amor secreto, e possivelmente ele também gosta dela, só essa tal de Rosa lhe é meio indigesta por causa da visita e das recriminações de outrora, talvez surjam desavenças com ela. Porém, Jakob lhe assegura, e também durante o trajeto, que Rosa é uma pessoa muito tratável, solícita e amigável, que fora ela a primeira a dizer, ontem à tardinha, que ficava contente em receber Lina. O melhor seria não mencionar nenhuma palavra acerca dessa estúpida visita.

— Afinal você já é uma moça crescida, portanto não vá me fazer passar vergonha.

Depois que Jakob fez a entrega de Lina, ele vai de imediato para casa, supostamente para se deitar. Fica sentado um longo tempo no quarto escuro, refletindo se há defesa para sua resolução, responsável pela partida de Lina. Mais tarde, caso ainda haja oportunidade para tal, ele não quer ser obrigado a se recriminar, já havia tomado as decisões erradas com muita freqüência nos últimos tempos. Foi um erro fazer os russos chegarem quase ao alcance da vista, foi um erro a suspensão das transmissões, o próprio rádio foi o primeiro e maior erro, ele acha que são erros demais para um só homem. A única possibilidade que resta é desfazer alguns, entrar de novo no velho passo de trote. Em três, quatro dias ele poderia se sentir melhor, doenças desse tipo são facilmente curadas, depois trazer Lina de volta, bancar o reconvertido na estação e voltar a fornecer notícias aos curiosos, as boas e as ruins, mas aonde isso levará?, pergunta-se Jakob.

Após cerca de duas horas, creio, Jakob está decidido. Ele pendura a coberta diante da janela, acende a lâmpada, em seguida pega uma faca, tira o paletó e corta as estrelas amarelas do peito e das costas. Jakob o faz com todo cuidado, arranca também os fios brancos, para que mais tarde não denunciem os famigerados lugares. Quando termina Jakob veste o paletó de aparência insolitamente desnuda. Seus olhos revistam o quarto à procura de objetos que talvez fossem necessários ao empreendimento, o alicate, claro, ele o enfia no bolso. Não lhe ocorre mais nada, ele torna a apagar a luz e dá uma última olhada pela janela. Para a rua escura e abandonada, de há muito que passou das oito e vigora a proibição de sair às ruas, é provável que já seja meia-noite, por mim ele poderia reconhecer o holofote ao longe, passando, por obrigação e desorientado, pelos telhados.

Como não estão impostos limites à minha arbitrariedade, eu faço que esta seja uma noite fria e estrelada, o que não apenas soa agradável como também vem a propósito para meu final, como se verá. Assim, Jakob caminha ao longo da rua, sem estrelas e muito depois das oito, quer dizer, ele se esgueira bem junto às paredes das casas, tenta se assemelhar a uma sombra, afinal não tenciona deixar que lhe tirem a vida. Uma rua e depois outra e mais outra, todas têm em comum o fato de ser o caminho mais curto para a fronteira.

Depois a fronteira, escolhi para Jakob o lugar mais adequado possível, o velho mercado de hortaliças, uma pequena praça calçada ao longo da qual há um arame farpado, as verdadeiras tentativas de evasão quase sempre dão certo ou fracassam nesse ponto. Na margem direita da praça está a torre de sentinela, está sem holofote, a sentinela lá em cima não se mexe enquanto Jakob, no lado mais à esquerda, observa-a de uma entrada de prédio. A distância pode ser de 150 metros, em todo o arame farpado que sem falhas corre em volta do gueto não se encontra nenhum outro ponto que esteja tão distante de uma torrezinha. Somente ali eles deixaram tanto espaço assim, por economia ou por questões de visibilidade.

A torre está tão quieta quanto um monumento, de tal modo que Jakob começa a ter esperanças de que a sentinela tenha adormecido. Jakob olha para o céu e, prudente, espera que uma das poucas nuvens se mova para a frente da impeditiva lua. Finalmente ela lhe faz o favor, Jakob tira o alicate do bolso e sai correndo.

Façamos uma breve pausa nesse momento intensamente dramático de meu final, na qual tenho oportunidade de confessar que não posso dar o motivo para a repentina fuga de Jakob. Ou, por outra, eu não facilito tanto assim e afirmo: "No meu caso, ele vai fugir e basta", claro que tenho condições de dar vários motivos, todos os quais acho imagináveis. Só não sei por qual me decidir. Por exemplo, Jakob abandonou todas as esperanças de que o gueto seja liberado enquanto houver judeus lá dentro e, por conseguinte, quer salvar apenas sua vida. Ou ele está fugindo de sua própria gente, de sua perseguição e inimizade e também curiosidade, é uma tentativa de se pôr a salvo do rádio e de suas conseqüências. Ou um terceiro motivo, o mais digno para Jakob: ele tem a temerária intenção de retornar ao gueto no transcorrer da noite seguinte, só quer sair para obter informações úteis, para mais tarde poder colocá-las em seu rádio.

Esses seriam os motivos mais importantes, todos refutáveis, devemos admitir, contudo não consigo me animar a comprometer Jakob com um deles. Assim, peço-lhes que escolham, que cada um eleja aquele que, segundo a própria experiência, achar o mais plausível, talvez ainda ocorra a um ou outro algo mais evidente. Peço apenas que reflitam em que a maioria das coisas de importância que alguma vez aconteceram tinham mais do que apenas um motivo.

Jakob consegue chegar despercebido ao arame farpado, protegido pela nuvem. Ele se deita de bruços o simples plano é atravessar o bloqueio. O que naturalmente é mais fácil planejar que fazer, o mais baixo dos muitos arames se encontra a apenas 10 centímetros do chão, mas não se esperava coisa diferente, por isso o providencial alicate. Este é posto em funcionamento agora, trabalha ligeiro no arame fino, que não pode lhe oferecer resistência por muito tempo e se rompe mais rápido que o esperado. Porém, em compensação, o barulho, pois o arame está bem esticado, esse canto horripilante que Jakob julga capaz de arrancar uma cidade inteira do sono. Ele prende a respiração e espreita cheio de medo, mas tudo continua tranqüilo como deve, só que aos poucos vai ficando mais claro, pois nuvem nenhuma dura para sempre. O próximo arame está 10 centímetros mais alto, portanto, 20 acima do chão. Jakob pensa que rastejar por baixo acarretaria algum perigo para corpo e roupa, é bem verdade que comparado com o passado Jakob emagreceu incrivelmente, mas mesmo assim é um homem feito. Por outro lado, ele não quer arriscar o silêncio mais uma vez, fazendo com que o segundo arame ressoe, o qual não será em nada mais silencioso que o primeiro, e em nenhuma parte se encontra uma terceira saída.

Jakob está deitado, ainda indeciso, puxa com cuidado o arame para ver se ele não pode ser afrouxado e, assim, suavizar o barulho quando o alicate corta, a decisão é tomada por instâncias superiores. Eu já disse que este meu final acontece um pouco às custas de Jakob, uma ruidosa rajada de metralhadora perturba o silêncio da noite, nossa sentinela não dormia tão profundamente assim. E não há nada mais para pensar, Jakob está morto e chegam ao fim todos os esforços.

Isto não basta contudo, que final seria esse?, eu continuo imaginando que o gueto não se acalma durante um bom tempo. Imagino a vingança para Jakob, pois, por minha vontade, esta é a noite fria e estrelada em que os russos chegam. Que o Exército Vermelho consiga cercar a cidade no prazo mais curto, o céu se ilumina com o fogo da artilharia pesada, imediatamente após a rajada destinada a Jakob começa um trovejar ensurdecedor, como se infelizes fuzileiros disparassem por engano em cima da torre de sentinela. Os primeiros tanques fantasmagóricos, impactos no quartel, as torres de sentinela ardem, alemães encarniçados que se defendem até o último tiro, ou alemães em fuga que não encontram nenhum buraco onde se esconder, meu Deus, que noite teria sido! E atrás das janelas choram os judeus, para quem tudo chegou tão de repente que eles só conseguem ficar ali, incrédulos, de mãos dadas, judeus que gostariam de entrar em júbilo pela própria vida mas não conseguem, mais tarde ainda haverá oportunidade para isso. Imagino que os últimos combates terminam às primeiras luzes da manhã, o gueto já não é mais nenhum gueto e sim apenas a parte mais sórdida da cidade, qualquer um pode ir aonde lhe dê na telha.

Imagino que Mischa pensa que agora, com certeza, Jakob já está melhor, ele quer levar Lina até Jakob e não o encontra, como é gostoso o pão que nos é dado em abundância!, o que acontece com os alemães que nos caem nas mãos!, e tudo isso e mais eu não vejo como tendo importância suficiente para ter um lugar à disposição em meu final. Apenas uma coisa é importante para mim.

Alguns dos judeus saem do gueto através do velho mercado de hortaliças. Ali vêem um homem caído, sem estrelas, o alicate ainda na mão direita crispada, sob o arame farpado com um fio cortado, inequivocamente surpreendido na tentativa de fuga. Viram-no de barriga para cima, quem é esse infeliz?, perguntarão, e haverá nas proximidades alguém que conhece Jakob. O melhor seria Kowalski, ou também um vizinho ou eu ou, fora isso, poderia ser alguém da estação, de qualquer forma uma pessoa qualquer que o conhece, exceto

Lina. Esse alguém olha espantado para o rosto de Jakob, talvez a primeira boa notícia de Jakob o tenha alcançado no dia que ele queria tomar a decisão de se poupar o resto da vida, agora ele murmura para si mesmo, em voz baixa, algumas palavras de incompreensão. Perguntam-lhe:

— O que você está falando aí de inconcebível? O pobre coitado queria fugir porque não sabia que acabaria tão rápido. O que há de inconcebível nisso?

E o outro que está com a garganta apertada empreende a desesperada tentativa de explicar o que lhe continuará inexplicável para sempre.

— Mas esse aí é Jakob Heym — ele diz. — Vocês entendem? Jakob Heym é ele. Por que queria fugir? Deve ter ficado maluco. Claro que ele sabia muito bem que eles viriam. Jakob tinha um rádio...

É isso mais ou menos que ele diz e, balançando a cabeça, sai com os outros para a liberdade, e assim seria o meu final, mais ou menos.

Porém, depois do inventado, enfim um final de face pálida e carrancuda, o final verdadeiro e simplório, que fará com que as pessoas tenham vontade de fazer a pergunta disparatada: para que tudo isso?

Kowalski está irrevogavelmente morto e, por enquanto, Jakob continua vivendo e não desperdiça nenhum pensamento no sentido de aborrecer estranhos com Lina, ele não tira as estrelas regulamentares do paletó, deixa o alicate na gaveta, se é que ele possui mesmo um, e assim não induz nenhuma sentinela do velho mercado de hortaliças a atirar numa noite fria e estrelada, provocando um gigantesco eco. Nesse dia ele faltou ao trabalho, sabemos o motivo, o amigo enforcado gira em sua cabeça, mas este deve se retirar antes da manhã seguinte. E, a bem da verdade, por reflexões urgentes Jakob podia se convencer com os próprios olhos do ponto a que a tarefa do rádio levaria, talvez nem todos aprovem logo tais métodos, mas um e outro sim, e por isso fica tudo como antes no caso do rádio. O luto por Kowalski, cuja falta de repente é mais sentida do que ele foi estimado em vida, deve aguardar com paciência no comprido banco de espera, em vez disso começa a trabalhar a pequena fábrica de notícias, alimentada com tanto esforço por seu homem, pois amanhã, como em todos os dias, haverá novas perguntas, a vida segue se arrastando adiante.

Depois, essa manhã seguinte, Jakob passa de boca fechada pela casa de Kowalski, o olhar dirigido fixamente para um ponto salvador no fim da rua. Contudo, qualquer um sabe o quão vãs são as tentativas de se forçar a não pensar em algo determinado, Jakob o vê deitado exatamente como se estivesse diante dele no quarto, torna a desatar o resto da corda do marco da janela, puxa a cadeira para perto, pois não gostaria de sentar na cama, além do mais ele ainda ouve a conclusão ou o início de uma conversa.

— Naquela casa lá.

— Número catorze?

— Não, número dezesseis. A casa da esquina.

— E já se sabe quem?

— Desconhecido. Um certo Kaminski ou algo parecido.

Já de longe da estação Jakob percebe que algo incomum deve ter acontecido, prontos para trabalhar, os judeus congestionam a entrada, pois o portão está fechado. A princípio é um enigma para ele o motivo por que não os deixam entrar, é um enigma também por que o primeiro que o descobre aponta com o dedo em sua direção, diz alguma coisa, e os outros viram o rosto para ele. Cinqüenta, sessenta homens aguardam Jakob, eu entre eles, vemos o único ser humano que, como esperamos, ainda pode se colocar entre nós e a desgraça, vindo em nossa direção, hesitante e admirado. Abrimos caminho para ele, formamos uma estreita viela a fim de que ele possa ir para a morte sem nenhum obstáculo, para que possa ler o que está escrito ali e depois nos diga que nem tudo está tão ruim assim. Ao meu lado, o advogado Schmidt está se apoiando ora num pé ora noutro, eu o ouço sussurrar a si mesmo:

— Ora, entre logo.

Pois Jakob anda irritantemente devagar, olhando as pessoas nos olhos em vez de olhar para a frente.

Pontualmente, no horário do começo do trabalho, Jakob chega diante do portão fechado e lê o comunicado afixado nele. Que hoje, na metade do dia, às 13 horas em ponto, todos nós temos que aparecer na praça diante do quartel, 5 quilos de bagagem por pessoa, as residências devem ser deixadas abertas e limpas, aqueles que forem encontrados em suas casas após a hora fixada, o mesmo vale para as pessoas acamadas e débeis, mais pormenores às 13 horas no local indicado.

E agora vá e lhes dê mais consolo, o problema é seu saber onde consegui-lo, faça-os crer que tudo é apenas uma brincadeira de mau gosto, que na realidade será uma viagem à toa, com muitas surpresas agradáveis, é algo parecido com isso que eles esperam atrás de você. Nenhum motivo para inquietação, irmãos, eles querem ouvir, podem deixar sossegados esse papelzinho pendurado aí e não se preocupem mais com ele, por mim, quem for curioso também pode ir ao quartel à uma, caso não tenha coisa melhor que fazer. De qualquer modo, nada pode acontecer, pois afinal vocês ainda não sabem, por ignorância eu esqueci por completo de contar, os russos já estão esperando atrás da esquina mais próxima e cuidarão para que nenhum mal lhes seja feito.

Nós achamos que Jakob está decorando as poucas linhas, pelo longo tempo que ele fica parado imóvel diante do cartaz. Por que fica tanto tempo?, nós nos perguntamos, mudos e pressentindo o pior, como estará seu rosto quando ele o apresentar de novo a nós e o que dirá, claro que alguma coisa terá que dizer, vejo também que os primeiros abandonam a fila em silêncio. Sei com certeza angustiante que eles têm razão, não há nada mais a se esperar ali, mesmo assim continuo com esperança e como a maioria não me mexo do lugar.

Não vale a pena. Jakob se vira após uma eternidade, apresenta-nos dois olhos vazios e, no mesmo instante, até o mais estúpido.reconhece que não há mais salvação. Jakob, ele conta, não tem tempo para, sozinho, ficar horrorizado com a evolução da coisa, ali na frente se aglomera o horror dos outros, que o encaram como fiéis logrados, como alguém para quem chegou o dia de finalmente resgatar os penhores distribuídos com tanta leviandade. De novo ele fica parado um longo tempo, sem ousar levantar os olhos, e os outros, tampouco facilitam as coisas para ele, desaparecendo, por exemplo, indo buscar os 5 quilos de bagagem, que devem ser escolhidos, ainda há tempo em abundância, todo o resto da vida, por assim dizer. A vielinha que Jakob abrira em seu caminho para o portão se fechou atrás dele, agora Jakob se encontra num apertado semicírculo, como um brincalhão, segundo as palavras do próprio Jakob, que esqueceu seu texto no momento decisivo.

— Vocês não têm coisa melhor a fazer do que ficar boquiabertos? — pergunta uma sentinela atrás da cerca.

Somente agora nós o notamos, ele está a alguns metros ao lado do portão e apenas ele sabe há quanto tempo. De qualquer forma, não ouviu muito, embora tudo de importante já tenha sido dito. Finalmente as pessoas se mexem do lugar, para que irritá-lo à toa?, separam-se, caladas. A sentinela balança a cabeça, divertida com aquelas criaturas estranhas, Jakob se sente quase agradecido pela ajuda involuntária.

Ao chegar em casa Jakob vai de imediato ao sótão. Espera encontrar Lina ainda na cama, mas ela nem sequer se encontra no cômodo. No entanto, o dia não está dos melhores, de maneira nenhuma, apenas poucas manchas azuis aparecem no céu, Jakob pode imaginar que suas ordens não são levadas muito a sério. A cama está bem-feita, o pedaço de pão desapareceu do prato em cima da cômoda, Lina se levantou logo depois que ele se despediu pela manhã e foi apressada empreender alguma coisa qualquer sobre a qual jamais saberemos algo. Jakob toma a decisão de procurá-la, mais tarde, em primeiro lugar vai embrulhar as coisas de Lina, depois as suas, quando isso tiver acontecido Lina já terá sido encontrada. Enquanto isso, Jakob não se preocupa em saber se o edital do portão é válido apenas para aqueles que trabalham na estação ou para todos os habitantes do gueto. Pois não lhe resta outra alternativa a não ser levá-la consigo, deixar Lina não significaria esperar um destino incerto para ela, é fácil de calcular.

A quantidade máxima prescrita de bagagem acaba sendo bem generosa, todas as coisas úteis de Lina dão juntas pouco mais que um punhado. Jakob enfia roupas brancas, meias e cachecol nos bolsos e recolhe o vestido de inverno, Lina aparece. Traz na mão um restinho de pão e muito se admira com a presença de Jakob. Entretanto, logo nota seus olhos de desaprovação, que ela interpreta corretamente no mesmo instante: ele está irritado porque ela saiu do sótão contra a sua vontade.

— Só estive na bomba d'água. Estava com sede — explica Lina.

— Está bem — diz Jakob.

Ele termina com o vestido e lhe dá para segurar, em seguida olha em volta, abre mais uma vez as portas da cômoda, para ver se havia alguma coisa esquecida.

— Agora eu vou morar de novo com você lá embaixo? — Lina pergunta.

— Vem — ele diz.

Os dois vão ao quarto de Jakob. Encontram-se na escada com o vizinho Horowitz, que possivelmente está vindo do porão e se cansa com uma enorme mala de couro, cujos fechos não sustentam a tampa.

— Qual a sua opinião? — pergunta Horowitz.

— Adivinhe — diz Jakob.

Agora ele tem certeza que o edital da estação é de validade geral, a absurda pergunta de Horowitz e a mala em sua mão, cartazes como aquele devem ter aparecido em cada entrada de fábrica durante a madrugada.

— Você por acaso ouviu para onde nos levam?

— Não — diz Jakob.

Acompanhado de Lina, ele entra apressado em seu quarto, antes que possa se envolver em discussões mais longas, ainda teria vontade de saber, no máximo, o que o solteiro Horowitz esperava com aquela mala gigantesca, claro que em seu cartaz não devia constar 200 quilos por pessoa.

Quando a porta está fechada Lina confessa que não suporta Horowitz. Todas as vezes ela faz uma enorme curva longe dele, pois Horowitz tem sempre à mão alguma advertência para ela, como não fique à toa por aí, cumprimente, não olhe tão atrevida, é melhor parar de fazer barulho, sempre lhe ocorre alguma coisa. Uma vez ele chegou a sacudi-la pelo braço, quando Lina desceu escorregando pelo corrimão da escada e acabou aterrissando aos seus pés. Jakob diz:

— Ah, então foi isso.

Após retirar as coisas de Lina dos bolsos e colocá-las em cima da mesa, Jakob começa a fazer a mala. Quer dizer, antes deve escolher mala ou mochila, em ambas haveria lugar de sobra. A maneabilidade decide pela mochila, já que uma mala pode se tornar um aborrecimento numa viagem de duração incerta em que uma das mãos deve ficar constantemente à disposição de Lina.

Durante um bom tempo Lina espera paciente que Jakob explique por sua própria vontade seu estranho afazer, mas ele diz apenas de tempos em tempos: passe-me isso, segure aquilo, e nenhuma palavra contra sua curiosidade. Por essa razão ela é obrigada a perguntar:

— Por que você está colocando tudo na mala?

— Ora, por que é que as pessoas fazem malas?

— Não sei — diz Lina, sublinhando com um impetuoso encolher de ombros, como já se conhece, os ombros até as orelhas.

— Nesse caso, pense um pouco.

— Porque se vai partir?

— Exatamente por causa disso, sua espertinha.

— Nós vamos partir? — Lina grita, e a frase soa um pouco como: e você só me diz agora?

— Sim, nós vamos viajar — Jakob diz.

— Para onde?

— Não sei muito bem.

— Para longe ou perto?

— Acho que bem longe.

— Tão longe quanto até a América?

— Não.

— E como até a China?

— Também não.

— E tão longe quanto até a África?

Jakob sabe por experiência que Lina é capaz de prosseguir com essa brincadeira por horas, por isso ele diz:

— É, mais ou menos tão longe quanto até a África. Ela sai dando saltos pelo quarto, quase não consegue acalmar sua felicidade, e Jakob faz uma boa cara, afinal a menina nunca viajou de verdade. Fica bem difícil suportar quando Lina lhe dá um beijo repentino e pergunta por que ele também não está contente.

— Porque não gosto de viajar — ele diz.

— Você já verá como vai ser bonito.

Ele chega ao fim com a mochila, duas colheres por cima, quer atá-la, e nesse momento Lina põe a mão em seu braço e diz:

— Você esqueceu o livro.

— Que livro?

— O da África.

— Ah, sim. Onde ele está?

— Debaixo do travesseiro. Vou buscar correndo!

Lina sai correndo, Jakob ouve sua voz divertida no corredor e escadaria acima:

— Vamos viajar! Vamos viajar...

Apenas por alegria ou também para, sob a proteção de Jakob, irritar um pouco o rabugento Horowitz.

Depois nós partimos.

O vagão está muito apertado e abafado, os judeus estão agachados ou sentados no chão ao lado de seus 5 quilos, no mínimo 30, acho. À noite, dormir, caso a viagem dure tanto tempo assim, será um problema, pois todos não poderão dormir de uma vez, será preciso fazê-lo por turnos. Também está escuro, as poucas frestas estreitas logo abaixo do teto oferecem apenas uma escassa iluminação, além do mais estão quase sempre ocupadas. Quase não se ouvem conversas, a maioria ostenta uma aparência de estar refletindo sobre coisas terrivelmente importantes e sérias, no entanto com o barulho das rodas rolando, poderia se conversar sem ser ouvido, apesar do aperto, bastaria querer.

Estou sentado em cima de uma fronha quadriculada, na qual estão metidos todos os meus farrapos, e me entedio, ao meu lado uma mulher velhíssima chora baixo, por consideração. Há muito tempo que se lhe esgotaram as lágrimas, entretanto de tempos em tempos ela assoa o nariz com muita força, como se fosse para conter imensas cascatas. E seu marido, com quem ela divide a mala, olha todas as vezes pedindo desculpas à roda, pois isso lhe é muito doloroso, porque ele quer dar a entender que ela escapa à sua influência.

À minha esquerda, para onde minha atenção se volta forçosamente, Jakob conquistou um lugar na fresta, mas posso assegurar que essa vizinhança é puramente casual. Eu não me pus ao seu lado, não vou tão longe quanto alguns imbecis que lhe imputam uma espécie de cumplicidade por essa viagem, não posso negar contudo que sinto um injusto rancor contra ele, já que desabaram todas as casas que montei com os alicerces por ele fornecidos. Eu não me pus ao seu lado, pouco me importa ao lado de quem viajo, simplesmente aconteceu. Através das pernas de Jakob vejo Lina, a quem até agora só conhecia de ouvir falar, ela está sentada na mochila. Lina faz com que Jakob me pareça mais simpático de novo, eu penso: que outro se teria sobrecarregado com uma criança?, e eu penso: isso pesa tanto quanto meu desapontamento, no mínimo.

Eu gostaria de travar conhecimento com ela através de um piscar de olhos ou de caretas, como tanto se faz, mas Lina me ignora. Lina olha pensativa para o chão, com certeza está ocupada com pensamentos que agora são estranhos a todos os outros, pois vez por outra ela sorri para si mesma. Ou seus lábios formam palavras silenciosas ou ela faz uma cara como se não tivesse certeza de alguma coisa, é divertido observá-la. Acho uma pedrinha redonda no chão, atiro-a em seu braço. Lina emerge de suas meditações, olha, quem poderia ter sido esse?, olha em todas as direções, só para mim é que não. Então Lina levanta a vista para Jakob, que está imóvel diante da fresta, acima de qualquer suspeita, toda a sua atenção pertence à terra que passa lá fora. Ela bate na barriga de sua perna. Jakob olha para baixo e pergunta:

— O quê?

— Está lembrado do conto de fadas? — pergunta Lina.

— De qual?

— Da princesa doente.

— Estou.

— É verdade?

Em seu rosto se pode ver com clareza que Jakob acha estranho que Lina pense nisso justamente agora.

— Claro que é verdade — ele diz.

— Mas Siegfried e Rafi não acreditaram.

— Talvez você não tenha contado direito, não?

— Eu contei igual a você. Mas eles dizem que isso não existe no mundo inteiro.

— O que não existe?

— Que alguém possa ficar saudável de novo recebendo um pedaço de algodão.

Jakob se curva sobre ela e a ergue à janelinha. Eu me levanto, pois as rodas fazem um tremendo barulho e quero ver como continua a conversa.

— Mas é verdade? — diz Lina. — A princesa queria um pedaço de algodão do tamanho de um travesseiro? E quando ganhou ficou boa de novo?

Vejo a boca de Jakob se alargar, ele diz:

— Não de todo. Ela desejaria uma nuvem. O gozado é que ela pensava que as nuvens fossem de algodão, e só por isso ficou satisfeita com o algodão.

Lina olha um longo tempo para fora, quer me parecer admirada, antes de perguntar:

— Mas então as nuvens não são de algodão?

Entre a cabeça dos dois reconheço um pedaço de céu com poucas nuvens e devo reconhecer que a semelhança é de fato assombrosa, elas parecem tufos de algodão.

— Então do que são as nuvens? — Lina pergunta.

No entanto, Jakob lhe faz esperar a resposta para mais tarde, inclusive porque aos poucos Lina vai ficando mais pesada, ele a coloca sentada de volta na mochila e em seguida volta a deixar que as imagens passem por ele.

Agora acho que chegou minha hora. Eu também sento, aproximo-me mais dela e pergunto se Lina gostaria que eu explicasse do que são as nuvens. Naturalmente que ela quer, e eu lhe conto sobre os rios, lagos e mares, sobre a eterna circulação das águas, sobre a pouco crível questão da evaporação, como a água flui invisível para o céu, em minúsculas gotas, e ali se concentra em nuvens que, num determinado momento, tornam-se tão pesadas e úmidas quanto esponjas encharcadas, até perderem novamente as gotas em forma de chuva. Tampouco omito o vapor, das locomotivas, por exemplo, das chaminés e de todos os fogos possíveis, Lina me ouve com atenção, mas com o ceticismo, eu sei, de que toda a longa história não será liquidada com uma lição. Vejo também que Jakob me encara com olhos amigáveis, talvez minha aula seja culpada por alguns dias depois ele me contar uma história muito maluca, justamente a mim. Pois não está escrito em minha história o fato de eu ser um dos poucos a sobreviver.

Quando se esgota meu conhecimento sobre o surgimento e composição das nuvens, eu digo a Lina que ela pode fazer perguntas sossegadamente, caso não tenha compreendido algo. Todavia, ela não faz uso dessa oferta, apóia a cabeça nas mãos e com toda calma reflete mais uma vez sobre a questão. De qualquer forma, Lina precisa se conformar com um erro transcendental, as nuvens não são de algodão.

— Você nem sabe no que está se metendo — Jakob sussurra em meus ouvidos.

— Por quê?

— Porque não faz a menor idéia das perguntas que essa menina é capaz de fazer.

Eu fito Lina e digo:

— Tão ruim assim não vai ser.

Os olhos de Jakob respondem ‘‘espere só’’, depois ele me pergunta se eu gostaria de chegar um pouco à fresta.

— Com prazer — eu digo.

Levanto-me ansioso e olho para fora, até que caia a noite. Vejo aldeias e campos cultivados, uma vez, inclusive, uma pequena cidade ao longe, num lago vejo um grupo de soldados descansando entre caminhões, canhões e vacas. E vejo algumas estações sonolentas, com plataformas, barreiras e casinhas da ferrovia, nas quais abundam receptáculos com flores, eu me pergunto se esses receptáculos são por regulamento de serviço, já que estão pendurados em cada casinha e são todos verdes. E vejo pessoas que seguem nosso trem com a vista e cujos rostos não posso identificar, mas vejo sobretudo árvores, as quais eu já quase esquecera embora ainda seja um sujeito jovem, miríades de árvores. Faias e amieiros e bétulas e salgueiros e pinheiros, pelo amor de Deus, o que vejo de árvores, as árvores não terminam. Uma árvore foi a culpada por eu não poder me tornar violinista, e sob uma árvore me tornei um homem de verdade, os javalis chegaram tarde demais para impedi-lo. E minha mulher Chana se perdeu junto a uma árvore desconhecida, e um decreto queria me proibir as árvores para sempre. Muitos dizem que as árvores confundem minha cabeça, fico e fico de pé, às vezes eu ainda sento hoje num trem, em trechos especialmente arborizados, o que mais gosto é de bosques com árvores diversas. Até que ouço a voz de Jakob:

— Você não quer dormir agora?

— Deixe-me mais um pouco de pé — eu digo.

— Mas você não vê nada mais — eu o ouço dizer.

— Claro que vejo.

Pois ainda vejo sombras de árvores e não posso dormir, estamos viajando, para onde viajamos?

ESTA OBRA FOI COMPOSTA PELA FORMA COMPOSIÇÕES GRÁFICAS EM GARAMOND E IMPRESSA PELA LIS GRÁFICA EDITORA EM OFFSET PARA A EDITORA SCHWARCZ EM JUNHO DE 1987.